ヌリタス ～偽りの花嫁～
上

Jezz

Illustration
なおやみか

ヌリタス〜偽りの花嫁〜　上

contents

第1話　少年は女になり、子どもは大人になる

青空に赤い花びらが舞っている。

（あの花の花言葉は、たしか「永遠の幸せ」だったかな。今の僕にはもっとも不似合いな花だ……）

豪奢《ごうしゃ》な純白のウエディングドレスに身を包んだ、赤い髪の花嫁は静かに思った。

歳《とし》の頃は十六、七、というところだろうか。ようやく大人の女性の入り口に立ったくらいの、華奢《きゃしゃ》な肢体の美しい少女だ。

白い教会までの道の両端に並んだ人々が口々に祝福の声を上げ、拍手をする中、父親と思《おぼ》しき老年の男性と並んだ花嫁は、しずしずと進んでいく。

「我が王国初の、私生児の公爵夫人、か……」

見事な銀髪の初老の男性が、花嫁にだけ聞こえる抑えた声で嘲るように呟《つぶや》いた。

「実に滑稽だと思わないか、え？　なぁメイリーン」

悪意に塗れたその声音にも、花嫁は人形のような横顔を動かさない。

彼女はただ、纏《まと》ったドレスの重みに辟易《へきえき》していた。

（愚かなメイリーン、あんたが裾を破いたせいで、かえってドレスが豪華になってしまったじゃないか。重くて重くて崩れ落ちてしまいそうだ）

鉛のように思える足を引きずって花嫁は、一歩一歩、教会の入口を目指し、階段を上っていく。

（母さん……待っていて。必ず迎えに行くから。絶対にやり遂げてみせるから）

階段を上った先には涼やかに美しい花婿が、穏やかな微笑を湛《たた》えて彼女に手を差し伸べた。

花嫁は目を伏せる。

（さあ始めよう。偽りだらけの滑稽な物語を）


――遡ること数か月前のことだ。

その少年は豚小屋で汚物の山を片付けながら、将来、銀色に輝く鎧《よろい》をまとった騎士になることを夢見ていた。
十四、五歳くらいに見えるが、ひどく栄養状態が悪そうで、やせ細っているので、もう少し上かもしれない。

瞳は深い青色で明るく輝いているが、細い腕と脚のあちこちには無数の傷がある。古びた服には無数の汚れが染み付き、重たい荷物のせいで歩く足取りは重かった。

少年はジャガイモの袋を引きずりながら、ただ輝く剣を持った騎士の姿を思い描いていた。

だが、現実は、そんな甘い夢を見る時間すらろくに許してくれない。

額に流れる汗を拭いながら壁にもたれかかったその瞬間にも、それを妨害する無情な声がかかるのだ。

「おい！　ぐずぐずしてねぇで、さっさとこの牛乳を厨房《ちゅうぼう》へ運べ！」

「はい……」


少年が住み込みで働いているロマニョーロ伯爵家は、由緒ある家柄で、代々文武に長《た》けた優秀な人物を数多《あまた》輩出していて、王国内で評判が高かった。

だが現当主、エラート・ロマニョーロの代になり、その家門に重大な危機が訪れた。

エラート自身の力量不足ももちろんだが、彼の夫人が連続して、娘ばかりを四人も産んだからだ。

爵位を受け継ぐべき男子は一人も産まれなかった。

後継ぎのいない貴族は世間体が悪い。高貴な家名を受け継ぐのは男子でなければならない。

伯爵だとて、最初のうちは、彼の娘を抱いて可愛《かわい》がったものだった。

だが二人目の娘が産まれたあたりから、伯爵もその夫人も焦りを感じ始めた。

そしてついに四人目の子も娘だと分かったとたん、伯爵は夫人の方を見向きもしなくなった。

美しかった伯爵夫人は、幾度もの妊娠と出産を経て輝きを失い始めた。容色の衰えた彼女に対する伯爵の愛情は、そんなものは最初からなかったかのように冷めていった。

「娘ばかり生まれて、どうしろというのだ！」

エラート・ロマニョーロ伯爵は、銀色の髪が美しく風格があり、若い頃は王国の女性たちの憧れの的だった。

彼は自然な流れで、当時もっとも美しかった貴族の令嬢と結婚し、誰もが羨む夫婦となった。

実際、末の娘が生まれるまでは彼は貴族男性として順風満帆な生活を送ってきた。だがその時期から、彼は外に目を向け始めた。

　彼は周囲の人間にこう言い訳をした。

「こうでもしないと、辛い心を慰められないんだ」

　当時、貴族の男が複数の女性を渡り歩くことは全く汚点にならなかったことも、彼の行動に拍車をかけた。今や、ロマニョーロ城でドレスを着ている者は全員、彼のお手つきであると言っても過言ではないほどになった。

　彼は年齢や子どもの有無にこだわらなかった。彼の目には身分の低い彼らは貴族とは全く別の存在として映っていた。

　伯爵は彼らの泣き声と獣の鳴き声に、どんな違いがあるのかすらわからなかった。

　そして、伯爵が女色に溺れている間に、夫人は待望の後継者を産んだ。だが、その息子の誕生すらも、伯爵を改心させることはできなかった。


　少年の母は三十歳を過ぎたばかりで、体格は小柄でほっそりとしていた。そして女中という身分には似合わず、目元には高貴さが漂っていた。

　彼女は十六歳のときに起きた悪夢のような出来事の後、次の年に父親のいない子どもを一人産んだ。

　彼女に与えられた不幸はそれで終わりではなかった。彼女は、その後も男の欲望にさらされ続けなければならず、低い身分に生まれた彼女にそれを拒否する力はなかった。

　母親は深夜にだれかの足音が聞こえると、少年を叩《たた》き起《お》こした。

「起きなさい。早くクローゼットの中に入るのよ！」

　彼女は少年をクローゼットに押し込んで扉を閉めると、目をつぶり耳を塞ぐように命じた。

　幼い少年は、何の疑いもなく母親の言う通りに暗闇の中で身を縮めるのが常だった。

　その時間は、時に短く、時に非常に長かった。ウトウト眠ってしまうこともあった。

　長い間、少年は母親の言い付けに従っていた。

　だがある夜のことだ。少年は耳を塞ぐ手を外した。

　成長した彼は、何かがおかしいと気付き始めていたのだ。

　部屋の中では、男の乱暴な声が陰湿に響いていた。

　男は興奮のためか、呼吸が荒ぶるのを抑えられず、激しい口調で汚い言葉を吐き捨てる。

「この声すら出さないクソ女が。どうだ。俺の下に敷かれる気分は。今夜もめちゃくちゃにしてやる」

少年は震えながら、聞こえてくる声に耳をすませた。

やむことのない男の暴言、そしてベッドが揺れて、壁を打ち付けるような音と、熱っぽい吐息が聞こえてきた。

少年はそれが何を意味するのか、ぼんやりとわかるような気がしていた。これは城の男たちが集まってふざけながら話していた、男女の秘め事、というやつではないか。

「だけど、なぜ母さんが？」

そうしているうちに静かになったので、彼はクローゼットの隙間を覗《のぞ》いてみた。

少年はクローゼットの隙間から、もう一度外を覗いた。

とても狭くて、まともに見えるものは何もなかった。

衣擦《きぬず》れの音がして誰かがベッドから下り、小声で悪態をつくのだけが聞こえた。そして、狭い部屋を早足で横切る足音がドスドス鳴り響いた。

少年は、ただ青い瞳だけを鋭く光らせていた。

「一体、あれは誰なんだ」

少年は勇気を出して、音が出ないようにクローゼットの扉をそっと押し開けた。

去っていく男の後ろ姿だけが確認できた。

背が高く立派な体格の男は、暗闇に慣れた少年の目には眩《まぶ》しいほどの銀髪をなびかせていた。

＊＊＊

少しの水気もない大地に、乾いた風が吹いていく。

少年は干し草の山を抱えたまま立ち止まり、汗ばむ体を砂混じりの風で冷ました。

城で働く少年の母親は、口数が少ないほうだった。

親子は二人とも与えられた日課に忙しく、会話らしい会話を交わすこともなかった。

まともな食事すらできない彼らは、夜にはお互いに無事に顔を合わせられたことだけに安堵《あんど》し、眠りについた。

腰が痛むほど硬いベッドだが、疲れた体を横たえた瞬間、睡魔は一瞬で彼らを夢の中へと導いた。

少年の父親はさすらいのジプシーで、母親は一夏の恋に落ちたのだという。その夏以降は、二度と会うことができなかったが、とてもいい人だったと。

子どもは母親の言葉を疑ったことはない。日々の暮らしに疲れ、顔も知らぬ父親を恋しく思う余裕すらなかった。

すでに最下層の身分なのだ。父親がいないからといってそれ以上の冷遇を受けることもない。ただ母親に似ていない外見が、自身の父親の姿を推測させるだけだった。

少年はため息をつき、豚小屋の水たまりになった場所に、自分の姿を映してみた。

白い肌に細い髪の毛。誰かを彷彿《ほうふつ》とさせる目元を見ながら、自分の推測が勘違いであることを願った。

昨日クローゼットの中から盗み見た銀色の髪の毛がしきりに脳裏に浮かんだ。

(まさか……)

少年の束《つか》の間《ま》の休息はそこで終わった。少年の痩せた背中を殴りつけるような怒鳴り声が響いたからだ。

「おい！　怠けてると昼メシ抜きだぞ！」

「はい。今、行きます」

女中の息子に生まれた少年は、この城では虫けら同然の存在だった。

城に住む高貴でまばゆい人々を眺めることも彼らと接触することもできない身分。餌を与えられ、住居を清潔にしてもらえる家畜の方が、自分たちよりましかもしれない。

乾いた笑いがこぼれた。

ガリガリに痩せこけた少年は、運んできた干し草をぬかるむ畜舎に素早く敷いた。

(でも、この仕事が一番気楽だな)

城の中に入らなければならないときは、緊張で口が渇き、喉が熱くなる。比べて干し草は重くもなく、力もいらない。陽《ひ》に当たり乾いた草からは、いい匂いがした。

＊＊＊

ロマニョーロ伯爵の唯一の息子であるアビオ・ロマニョーロは、少年と同じ歳だった。

彼は伯爵より、伯爵夫人によく似ていた。背は高くすらっとしていて、神経質そうに見えた。

アビオは母親と同じ赤い髪の毛と緑色の目をしていた。伯爵家の後継者である彼に逆らえる者は、城の中に一人もいなかった。

「おい！　虫けら」

ある日、少年が畜舎を出て、昼食をとりに城の裏側を歩いているとアビオに出くわしてしまった。

彼は冷笑しながら言った。

「ここはなんだかゴミ臭いな」

「豚小屋の掃除をしてきたところですので……」

アビオは鼻で笑った。

「豚小屋か。お前に似合いの場所だ。そう思わないか？」

「は、はい……」

少年はいつも彼の神経を逆撫《さかな》でしないよう務めていた。

だが少年が目を伏せ、頭を深々と下げているにもかかわらず、アビオは怒鳴り声をあげた。

「お前、生意気なんだよっ！」

ドスッ！

ピカピカの黒い靴の先が少年の腹部に突き刺さった。

午前中に食べた干からびたパンはすでに消化されており、空っぽの胃は突然の暴力に驚き大きな苦痛を訴えた。

少年が地面に座り込み胃液を吐くと、アビオは汚いものでも見るかのように少年を睨《にら》み、なおも蹴り付けた。

「お前が！　お前なんかが！」

（いつからだろう。こいつから変な目つきで見られるようになったのは。気持ち悪い）

少年はうずくまり、暴虐に耐えながらぼんやりと思った。


やがてアビオは満足したのか、力なく倒れる少年の元を去っていった。少年は、彼の足音が聞こえなくなると、ゆっくり体を起こした。

（今日は運がいいほうだ。顔を殴られなかったから……）

以前、唇を殴られた時は口の中がズタズタになり、しばらくの間、水を飲み込むことさえ大変だったのだ。

少年は地にうずくまったまま、女神に感謝を捧《ささ》げた。

「女神ディアーナ。今日はこの程度で済ませてくれてありがとうございます」

体を伸ばすと腹部に鈍い痛みを感じた。少年はそこを両手で押さえ、何もなかったかのように、昼食をとるためにゆっくりと歩き出した。

＊＊＊

その日の夜、少年が眠りにつこうとしたとき、腹が壊れそうなほど痛み始めた。彼は腹を押さえてうずくまった。

（ダメだ、母さんが起きてしまう……疲れているのに）

歯を食いしばって耐えてみたが、あまりの激痛に、うめき声が漏れてしまった。

「どうしたの？　どこか痛いの？」

体の小さい母が、茶色の髪の毛をとかしながら、少年に近づいてきた。

少年は動揺した。ズボンの股の部分がじんわりと生温かくなり、そこが真っ赤な血で濡《ぬ》れていたのだ。

（アビオに殴られたとき、内臓をやられたのか……）

少年は、絶望に身を縮めた。

子どもの様子を確認した母親は近づこうとした足を止め、絶望した顔で床に座り込んだ。

「ああディアーナよ！　御身はどうしてこんなにも私たちに残酷なのでしょう！」

少年は母親の激しい叫び声に驚いた。

（いつも静かな母さんが、なぜこんな反応を？）

「母さん？」

母親はやっとのことで立ち上がり、少年の痩せた体を抱き寄せた。彼女は子どもの荒れた頬《ほお》を悲しそうに撫《な》でて泣きながら言った。

「……この血はお前が女になったということを意味するの」

「え？　どうして僕が？」

母親の言葉に、少年は初めは何も考えられなかった。

少年は今年で十七歳になる。

今の今まで、ひそかに騎士になる夢を抱いて生きてきた。

再び足の間に生あたたかい血が流れた瞬間にも、母親の言葉をしっかりと受け入れることは難しかった。

母親の指先の震えを感じながら、その物悲しい視線の中で、少年は過去を思い返してみた。


「たくさん食べてはダメよ」

「早く大きくならなければいいのに」

「また髪の毛を染めないとね」

「どれだけ暑くても、外で服を脱いではいけない」

母親から言い聞かされてきた言葉たちだ。

（――ああ、そういう理由だったのか）

母はどんな理由があって自分の性別を城の者たちに偽ってきたのだろうか。

疑問に思う少年に、母親のため息がかかる。

「性別を偽るのは何も持たない私がお前を守るために選んだ唯一の方法だったの。でもこれでおしまいね。ずっと気をつけてきたけれど、初潮を迎えてしまったらどんどん女らしくなってくる」

彼女は子どもをきつく抱きしめた。

「これから、どうしたらいいのかしら……」

母親の低いささやきのような言葉は、少年から女になった十七歳の彼女の耳にじんわりと染み込んできた。もうどんなに夢見ても、彼女には銀色の騎士になる道は開かれない。

この城で初潮を迎えた十三、十四歳頃の女中の娘たちは、女性らしくなるや否や、伯爵のおもちゃにされた。

運が良ければすぐに捨てられたが、最悪の場合、伯爵の子どもを身ごもった。そうなれば嫉妬に狂った伯爵夫人から、恐ろしい仕打ちが待っている。

ロマニョーロ家には婚外子など一人も存在しないという事実が、彼らの末路を物語っていた。

＊＊＊

（確かに、男としてはどこか不自然で、居心地が悪いような気がしていたけど）

女になり始めた彼女は、自身の体を眺めてみた。

（平らな胸、やせ細った体……こんな傷だらけの手足の僕が、女だなんて）

まだ大人でも女でもない不完全な彼女は、硬くて狭いベッドに足を乗せ、座って考えに耽《ふけ》っていた。自分が男ではなく女だったとは、いくら考えても信じがたかった。

（髪の毛も短いし手はいつも汚れている。仕事をたくさんするから、身体つきもがっちりしているし）

「僕が女だって？」

彼女は口に出しながら、短い髪の毛を引っ張って手でこすってみた。

（母さんは、まだ何かを隠している。これじゃあ父さんがジプシーだっていうのも当てにならない）

ぼんやりと夜が明けはじめた。

彼女は血だらけの服と布団を丸めて外に運び、人のいない川辺で手がかじかむまで洗った。

立ち上がると、すでに月や星は姿を消し、太陽が存在感を表していた。

（この僕が、女だなんて）

とてつもない衝撃ではあったが、彼女の人生は何一つ変わっていない。

翌日も、朝食に干からびたパンの欠片《かけら》をもらい、キャベツだけが入ったスープを飲み干し、豚小屋に向かい、昨晩撒《ま》き散《ち》らされた汚物をすくって荷車につんだ。

そしてそれを庭園に持っていき肥料として撒《ま》き、干し草をつんで再び畜舎へ戻る。

干し草を敷いて、豚に餌をやっていると、すでに太陽は中天に差し掛かっていた。

いつも以上に体がだるく、それが昨日の夜の出来事と関連しているのではないかと思うとひどく疲れた。

まともに伸ばすことすらできない腰を押さえて、彼女は昼食をもらいに、疲れた足を動かした。

＊＊＊

「この役立たずが！　私がお前くらいの歳の時は、すでに戦場で騎士を手伝い剣を握っていたぞ！」

伯爵城の応接室では、伯爵と伯爵夫人、そしてアビオが衝突中だった。アビオは反抗的な目で父親を見やった。

「また小言の始まりですか？」

「一人前に父親に口答えする気か。鞭《むち》で叩《たた》かれたいか？」

ロマニョーロ伯爵は幼い頃から武芸にたけ、大小の功を立てたものだ。伯爵のすらりとした外見も功を立てるのに一役を買った。

だからこそ伯爵は、ひょろっとした体格にどんよりとした瞳を持つアビオが気に入らなかった。

伯爵は夫人をじろりとにらんだ。

「すべての原因は母親のお前にある。百年後には王国のどの本も、ロマニョーロ家についてたったの一行も褒め言葉を記すまい」

伯爵夫人は娘ばかり四人も産み、最後に産まれた唯一の息子を大切に育てた。彼女は子ども達だけが生きがいだったので伯爵の言葉など耳に入ってこなかった。

彼女は、やっとの事で怒りを抑え、伯爵に訴えかけた。

「伯爵様。あなたがこの城に滞在し、父親として息子に色々教えをくだされば、アビオももっと立派な息子に育つと思います」

夫人は、外をほっつき回る夫に対し、家庭に忠実になって欲しいことを遠回しに願った。

「俺が子どもの教育を怠っていると言いたいのか？」

「違いますわ、伯爵様」

赤毛で華奢な伯爵夫人は、かつては宝石のようだと讃《たた》えられた緑の目を伏せ物悲しく頭を下げた。

彼女は男子を産めば以前の夫婦仲が取り戻せると思っていた。だが伯爵は城に見向きもせず、待ち望んでいたはずの息子にも全く興味を示さなかったのだ。

「ロマニョーロ家の跡継ぎは、代々銀色の髪をしていたのに……お前のことは何一つ気に入らない！」

伯爵はアビオのそばを通り過ぎながら、最後まで非難の言葉を並べていた。彼が音を立ててドアを閉めると、伯爵夫人は、ピカピカの床に座り込んだ。

伯爵は家を顧みず、時々こうしてやってきてはアビオに不満をぶちまけていくだけだ。

彼女は、息子をしっかり守ってやれない自分自身に腹が立ち、彼らを見捨てた夫を思うと、疲れがこみ上げた。

「お母さん！」

今年十九歳になる娘のメイリーンが応接室の前を通り、母親が泣きながら倒れているのをみて駆け寄ってきた。

「アビオ！　何があったの？」

「知らねえよ！　畜生！」

アビオは足音を立てて応接室を出ていってしまった。メイリーンは蒼白《そうはく》な顔の母親をソファに座らせ、窓の外をのぞいた。

父親が馬車に乗ってどこかに出かけていくのが見えた。

第2話　赤い血の海を越えて

昼食の粥《かゆ》には、しなびたキノコと玉ねぎが少し入っているだけだった。

（これを食べたら、まだ残っている仕事をしなくちゃ……ああ、おなかが痛い）

いまだ少年と呼ばれることに慣れている彼女は、下腹部と腰の痛みに顔を歪《ゆが》めながら、ゆっくりと歩き出した。

下着に当てている厚地の古布のせいで、とても動きにくい。血液の痕跡が完全に消えていないズボンを穿《は》いて歩くのも同様に不便だった。

だが彼女はいくつかの穀物の袋を運ばなければいけなかったため、急いで動くしかなかった。

（遅れたら、下人の監督のゼペットに鞭で叩かれる）

背中に打ち付けられる鞭のことを考えると、歩調が速くなった。そのとき、後ろから不機嫌そうな声がかかった。

「おい、クズ」

「はい……」

（昨日も今日も本当に運がない。彼が城の外にいるときは、一週間以上は顔を見なくてすむのに）

彼女は頭を垂れ、できる限りの低姿勢をとった。だが今日のアビオは父親から叱責され、ひどく機嫌が悪かった。

やせ細った彼女の白い首筋を見ながらアビオは残忍な笑みを浮かべた。どうすれば、このムシャクシャした気分を晴らせるだろう。

アビオは少し考えた後、傲慢な目つきで命令した。

「僕の足の間を、這《は》って通りぬけろ」

「え？」

アビオは両足を広げて立ち、地面を指差し笑っていた。

彼女は少しだけためらったが両手を地面につけ、のそのそと這った。彼女はゆっくりと進み、アビオの股の間からまるで犬のように這《は》い出《で》た。

アビオは、なんてこともないように足の間を通るそれが気に入らなかった。彼はもっと抵抗されることを期待していたのだ。

嫌がるやつの首根っこを掴《つか》み、じっとにらみつけて主人が誰かわからせてやるつもりだったのに、これではあまりにもつまらない。

だから、この陰気な顔の獲物の顔面を蹴り飛ばした。

うめき声一つあげない彼女はいつもアビオを刺激した。

他の奴《やつ》らは怒りを露《あら》わにしたり、助けてくれ、と哀願したりした。彼らの悲鳴が大きければ大きいほど興奮した。

だがこいつは、ほかの奴らとは違っていた。

言われた通りにするし、殴っても殴られっぱなし。

だからこそ余計に彼の気に障り、苛立たせるのだ。

「お前は犬以下の存在だ。わかってるのか？　卑しすぎて名前すらない虫けらが！」

アビオはうずくまって倒れている彼女の腹部や背中、頭を容赦無く蹴り続けた。乾いた土に無残に血が染み込んでいくのを見て、彼はやっと足を止めた。

アビオは彼女に向かって唾を吐きかけ、満足そうな顔で去っていった。

ひたすら耐え忍んでいた彼女は、アビオが去った後、ずっと頭を抱え込み、庇《かば》っていた自分の両手を見た。

（こんな運命で、こんな目に遭っても、まだ生きていたいとか、笑える）

体を裂くような痛みの中、彼女はそうして目を閉じたまま倒れ伏した。


その後、体を引きずるようにして母の居る部屋に戻った彼女は、高熱を出して寝こんだ。

母親は仕事の合間に必死で看病をしたが、熱は一向に下がらなかった。彼女が意識を失っている時間が長くなるほど、母は心配になった。

そして、二日目の夜、彼女の母親であるレオニーは、我が子を失うかもしれないという想《おも》いから大きな決心をした。

（どんな目に遭おうとも、この子を失うよりはマシだわ）

＊＊＊

「伯爵様」

その夜、豪華な城とは似つかわしくない、みすぼらしいドレスを着た女が、震えながら伯爵の執務室の戸を叩いた。

「これはこれは。珍しいこともあるものだ」

机の書類の山をあさっていた伯爵は、扉の前でたじろぐ小さな女中に目をやった。

彼女は、伯爵が城の中でもっとも気に入っている女中だった。

下賤《げせん》の身分のくせに、目元に高貴さがある。彼女は一度たりとも自分に笑みを見せず、長い間、寵愛を受けながら、何一つ望んだりしなかった。

自分が抱いているときも、声ひとつあげなかった。

「入りなさい」

レオニーは恐る恐る扉を閉め、初めて明るい灯《あか》りの下で伯爵と対面した。

いつも夜中にひっそりと訪ねてきては悪夢のような時間を与え、去っていく男。彼の顔を正面から見たら、吐き気がこみ上げてきた。

レオニーは過去を思い出していた。


それは、彼女が十六、七歳の頃の出来事だった。伯爵城の女中として働いていた母親に付いてあれこれ手伝っていたレオニーは、ある日の夜、謎の訪問客を迎えた。

その者は酒に酔ったように充血した目をしていた。

レオニーの母親は彼を見ると、涙を流し、絶望するように床に這いつくばった。

「伯爵様、どうかこの子だけは勘弁してください。代わりに私がお相手します。どうかおやめください」

母親が蹴り飛ばされ、悲鳴を上げるのが聞こえた。

「クズどもが、俺につべこべ無駄口を叩いていいと思っているのか?」

彼はニヤリと笑うと、母親の目の前でレオニーを寝台に押し倒した。

反抗する彼女の両腕を掴み、伯爵は本能のまま動いた。

レオニーは倒れている母のことが心配で心配で、自分自身に何が起きているのかすらよくわからなかった。

それは、魂を破壊する暴力であった。

悲劇的な出来事が終わると、伯爵は死体のように横たわったレオニーをおいて、悪魔のように嗤《わら》い、部屋を後にした。


その後、銀髪の男は不定期にレオニーのもとを訪ねるようになった。そして、運命はさらに残酷だった。

初めて彼が訪ねてきたあと、彼女はすぐに子どもができたことを知った。月のものが止まり、わずかに下腹が大きくなり始めていたのだ。

レオニーは、思い切って母親に事実を打ち明けた。

その後もレオニーはお腹《なか》の子に謝りながら、高いところから転がってみたり腹部を殴ってみたりした。

女中から生まれた子どもの人生がどんなものかなんて考えるまでもない。レオニー自身も彼女の母親が、名前も知らない貴族に乱暴されて生まれた子どもだった。

どん底の人生を味わうことが定められた子どもなど、産みたくなかった。

食事をわざと最少にとどめたので、臨月になってもそれほどお腹が大きくならず、周囲の誰も彼女の妊娠に気づかなかった。

そんな劣悪な環境の中でも、子どもはその生を手放さなかった。結局、すべての逆境を乗り越えてレオニーの子どもは生を受けた。

産婆を呼ぶことすらできず、微《かす》かな灯りの下、馬達が見守る中で彼女の母親が赤ん坊を取り上げた。母は持っている布の中で最も柔らかいもので赤ん坊をくるみ、泣きながらへその緒を切り落とした。

「お母さん、どうか男の子だと言って」

お産に疲れ血走った目をしたレオニーが、赤ん坊を抱く母親に弱々しく言った。産まれたばかりの赤ん坊の濡れた髪が月明かりを受け、眩しいほどに輝いていた。

母親は、ため息をついてうつむいた。

「すべて卑しい身分に生まれた私の罪だ。ああ」

母親の言葉から、レオニーは自分の子どもが女の子であることを察し、あまりの悲しみに涙すら出なかった。

これが伯爵夫人にばれたら他の女中達のように殺されるかもしれない。戦々恐々と毎日を過ごした。

子どもを部屋に隠しながら母親とともに育てた。

子どもは自分の立場をわかっているのか、泣きわめいたりすることもなくとてもおとなしかった。

彼女は出産した次の日も何事もなかったかのように懸命に雑巾がけをした。食事の時間のたびに部屋へ戻り、まともに出ない乳を飲ませ涙を流した。

レオニーは、赤ちゃんを一人残し働きに行かなければならないことがとてもとても辛かった。

母親は心労がたたって早く死んだ。レオニーは子どもと二人残された。

できることならずっと隠し続けたかった。名前すらつけずに男の子として育てた子どもの存在に、誰も気づかなければいいのにと思った。

不可能だと知りつつもレオニーはそうやって子どもを守ってきた。彼女にまるで関心がないかのように、なるべく言葉を交わさなかった。

いざというとき子どもが躊躇《ちゅうちょ》なく自分を見捨てられるように自分に懐《なつ》かないことを祈った。

自分のどん底の人生に、子どもには巻き添えになって欲しくないと、強く強く願っていた。

＊＊＊

「それで、何の話があるんだ?」

伯爵は気だるい何とも言えない表情で、椅子にもたれかかり、レオニーに話しかけた。

「医者を呼んでください。子どもが病気です。放っておいたら死ぬかもしれません」

「子どもがいたのか?」

レオニーは伯爵を見るだけで吐き気がしたが、子どもが熱にうなされる顔を思い出し、拳を握り勇気を出した。

「伯爵様の子どもです」

「私には私生児など存在しない」

居てはならないのだ。

ロマニョーロ伯爵はレオニーの言葉を鼻で笑い、聞き流そうとした。

「子どもは、伯爵様と同じ銀髪です」

伯爵は、その言葉に興味を示した。

王国内で銀髪はロマニョーロの血筋のみが持つ特徴だった。だが彼の四人の娘も、後継たるアビオも、みんなその銀髪を持たなかった。

伯爵はそのことに、内心とても失望していた。

「城の中に銀髪がいたら、私が見逃すわけがないのだが」

「私が命を守るために、幼い頃から毛染めをさせてきました。伯爵夫人が銀髪の子どもを見たら、生かしてくれないだろうと思ったからです」

やはりこの女はなかなかにしたたかだった。つまらない頭で考えたにしては上出来だった。

伯爵は顎を触りながら、奇妙な笑みを浮かべてみせた。

「わかった。治療を受けられるように手配をしよう。それから話をしよう」

レオニーは子どもを医者に診てもらえるという事実に安心し、足の力が抜けた。

これで子どもの命は助かる。

レオニーの頭の中はそのことでいっぱいで、忍び寄る不幸の影のことなど考えもしなかった。

第3話　豚小屋の私生児

ロマニョーロ伯爵は約束を守った。

すぐに医者を呼んで、レオニーの子を診るように命令し、生死をさまよっていた彼女は三日ぶりにやっと目を覚ました。

「母さん？」

レオニーは泣きながら彼女を抱きしめた。

「ああ、よかった。よかった！」

彼女は声を出すことすら苦しいのか、やっとのことで目を開けながらも尋ねた。

「母さん……これはいったい、どういうこと？」

「お前は、死ぬかもしれなかったんだよ」

レオニーは彼女が死ななかったことがこの上なく嬉《うれ》しかった。

だが彼女は、なぜ医者が自分を診てくれたのかがわからず、訝《いぶか》しがっていた。

医者は貴族だけが呼ぶことができるのに。

レオニーはその視線を痛いほど感じ、これ以上隠すことはできないと思った。

目が覚めてから一週間がすぎた日、彼女はついに少しずつ動けるほどに回復した。狭い部屋に、レオニーと彼女は並んで座っていた。

「これから私が話すことを、よくお聞き」

レオニーは荒れた手で彼女の手を恐る恐る撫でた。母のこんな優しい行動は今まで一度もなかったので、彼女の心臓は、さらに速く鼓動を打った。

真剣な目つきをしてどことなく緊張している母の姿に、得体の知れない不安を感じた。

「お前は、ロマニョーロ伯爵の私生児なんだよ」

「そんなまさか。母さん！」

彼女は恐怖と驚愕《きょうがく》に目を見張った。

自分が男ではなく女だったということすらまだ信じがたいのに、さらに父がジプシーではないとは。

「お前ももう、薄々気づいていたんじゃないのかい？」

母親は立ち上がり染料を入れた器を持ってきた。

「これを塗れば、本当の髪色に戻るんだって」

母親はそれを丁寧に塗り、布で彼女の頭をぎゅっと包んだ。そして適量の水で洗い流し、乾いた時、彼女の髪の毛はまばゆいほどの銀髪に変わっていた。

彼女は手のひらほどの大きさの鏡で、自分の髪の毛を確認した。

今までもろくなものではなかった人生がこれからもっと辛いものになるであろうという予感がひたひたと彼女の心に押し寄せていた。

ロマニョーロ家の面々については、よく知っていた。

伯爵は若い女に狂い、城には見向きもせず、自分の子どもにも無関心だった。

伯爵夫人は、家庭を顧みない旦那のせいで負った傷や絶望を、唯一の息子に愛情を注ぐことで慰めていた。そして伯爵の愛情を注がれている女を探し、復讐《ふくしゅう》することに生きる喜びを見つけようとしていた。

城に一人残っているメイリーン嬢は、体が弱く、いつも苛立ちと不満をこぼしてばかりの世間知らずの娘だった。

そして最後に、アビオ・ロマニョーロだ。

伯爵の後継者である彼を思い出しただけでも、彼女は短

い銀髪をすべて引っこ抜いてしまいたくなるような気持ちになった。

彼は、小さい頃から普通ではなかった。同年代だったため、彼の数多くの悪行をそばで見て育ってきた。

最初のうちは動物を苛《いじ》めることから始まり、今は彼の目に映る女中や下人たちを、ズタズタになるまで鞭で叩いたりしていた。

むしろ鞭で叩かれる方がマシだと思うほど、ひどい暴力をふるうこともあった。自分もまさに彼の蹴りによって死にかけたのだ。

（あいつらが、僕が伯爵の私生児だと知ったら、どう思うだろう？）

彼女は深いため息をついた。

受け止めきれないような出来事の連続で、頭の中はめちゃくちゃだった。

「いっそ、全部夢だったらいいのに」

彼女は騎士になるのは無理でも、騎士のそばで雑用をする仕事にでもつきたいと思っていた。盾を持ったり馬の世話をするくらいなら自分でもできるのではないかと考えたのだ。

（せめてお金を稼いで、母さんを連れて田舎の小さな村に移住できたらと……）

だが、今となってはすべて水の泡だ。

この国では私生児は居ない者として扱われる。

彼女は男になることもできず、平民になることすら叶《かな》わなくなってしまった。

（母さんと伯爵の関係を知ったら、果たして伯爵夫人は母さんを生かしておくだろうか。私生児である自分は？　命の心配すらしなければいけなくなるなんて）

「母さん、隠すなら、最後まで隠し通してくれたらよかったのに。どうして今さら」

彼女は恨みを込めて母にそう漏らした。

「そうね、全部私の罪だよ」

レオニーは、いつだったか母から言われた言葉を、自分も繰り返した。

（こうなるとわかっていれば、きちんと名前もつけて、愛情を注いでやった方がよかったかもしれない）

後悔が込み上げてきた。もしものことがあったらいけないと、レオニーは常に娘と距離を置いていた。それが彼女のためだと思っていた。

けれど、すべてが無駄となった今では、それをひどく後悔していた。

＊＊＊

その日、レオニーは、茶色の粗悪な生地で作られたつぎはぎだらけのドレスを着て、腰をかがめて彼女の手を握っていた。

彼女は足首がむき出しになった男物のズボンを穿き、上衣を身につけ、瞳に滲《にじ》み出《で》る不安を隠せずにいた。

伯爵のいる城に入ると、彼らのみすぼらしい姿はとても浮いていた。待機して居た執事に案内され、伯爵の執務室へ母親と彼女は入った。

そこにはまるで巨大な冬の山のような伯爵が立っていた。

彼女が唇を噛《か》み締《し》めうつむくと、震える細い銀色の髪の毛が、伯爵の目に留まった。

「お前の言った通りだ。ロマニョーロ家の血に違いない」

レオニーは伯爵の口から彼女が私生児であることを認められ、足の力が抜けた。

彼女自身は、もはや人間としての人生を諦めていたが、せめて子どもにはもう少しマシな人生を送って欲しいと強く願っていた。

だが、今となってはすべてが不確かだ。

私生児が城の女中よりももっと貶《おとし》められる存在だったらどうすればいいのか。

伯爵が近づいてきて、彼女の顎を手荒く掴み、自分の方を向かせた。

伯爵の青い瞳が、明らかに恐怖に怯《おび》えている彼女の冷たい海のような瞳とぶつかった。伯爵の目には、驚きが滲《にじ》んでいた。

「なんて馬鹿げたことだ。私生児ごときが銀髪に青い眼《め》。俺の血を色濃く引き継ぐとは！」

伯爵は汚いものに触ったたかのように手を引っ込め、大声で笑った。彼女はその笑いに、少しも愉快な気持ちが込められていないことを察し、恐怖で肩をすくめた。

「で、お前は男か？」

伯爵は十七年間いることすら知らなかった私生児の存在に少しだけ興味を持っていた。

アビオの下で召使いとして雇おうかとも考えてみた。あるいは、彼の手伝いなどをさせるのも悪くなさそうだ。どちらにしても血の繋《つな》がった子どもだ。

彼女は、かすれる声を整えようとしたが諦めて、ただ首を横に振った。

伯爵は、彼女が男ではないと知るや否や、頭の中に描いていた計画を一瞬で消した。

「私生児の女とは！　とりあえず失《う》せろ。改めて指示するまで今まで通りでいい」

男ならまだしも、私生児の女など！　久々に咲きかけていた情熱がすっと消え、伯爵は彼女から視線をそらした。

彼女は初めてしっかりと父親に対面した瞬間、彼の目に浮かぶ感情を読み取ることができた。それはとうてい血縁の情の類ではない、軽蔑そのものであった。

父に会うことを期待したことなどなかったが、こんな瞬間は想像すらしていなかった。

彼女の空っぽの瞳は、しきりに床を見つめていた。

この男がきっと母親を苦しめているあの男だろう。自分の欲求だけを満たし、まるで汚物入れの中の汚物を畑に捨てるかのように、母を打ち捨て、消えていく男。

彼女は、男とあまりにも似ている青い目と銀髪を見るのが辛くて、全身を掻《か》きむしってこの男の痕跡を消してしまいたくなった。

できることなら、体を流れる血液すべてを、抜き取って流してしまいたかった。

（この男が、一夏の恋のジプシーの正体か……）

ジプシーの方が、何倍もマシだった。

＊＊＊

鼻を刺すような豚小屋の悪臭も、彼女にとっては慢性化して何も感じなかった。ただ、こうして自分の日常に少しずつ慣れていくことが怖かった。

何がどう怖いのか表現したかったが、自分の名前すら持たない無知な彼女にとって、それは容易ではなかった。

伯爵に会い、自分が彼の私生児だとわかったからと言って彼らの時間は前と変わらなかった。

いや、最初のうちは、夜中に伯爵夫人が乗り込んできて母親を連れ去ってしまうのではないかと気が気でなかったのだが。心配とは裏腹に、彼女とレオニーの日常は変わらなかった。

誰かが彼女を呼んだ。

「おい、またさぼっているのか？」

「違います。すぐに行きます」

彼女は急ぎ足で仕事場へと向かった。

豚小屋で汚物をシャベルですくい、それをあたふたと荷車にのせた。次は間もなく出産する雌の豚が隔離されている場所へ行き、新しい藁《わら》を敷いてやり、お腹を触ってみた。

お腹が大きくてまともに動くこともできない母豚の瞳は、とても疲れているように見えた。

膨らんだ腹の表面が、ぽこんと突き出たり、へこんだりしていた。その姿を見守っていると、なんだか母豚が哀れに見えてきた。だが、彼女が豚にしてやれることは、心の中で応援することだけだった。

そして、なぜこんな無駄な感傷に浸ってしまったのだろうと思い、急いでその場を離れた。

体はだいぶ回復したが、一週間ぶりに復帰した仕事は、まだ無理があったのか、息が少しあがった。彼女が荷車を引いて庭園へやってくると、庭師が声をあげた。

「おい、それは今日は捨ててくるんだ！　庭が臭うと奥様がお怒りだ」

「……はい」

（もっと早く言ってくれれば、この重い荷車をここまで引いてくる必要もなかったのに。前に庭園の肥やしに汚物を撒いたら、奥様は褒めてくださったのに……）

貴族の気まぐれはよくわからない。彼女は重い荷車を引き、城で最も人の気配のない広場へ行き、荷車を傾けて汚物を捨てた。

とても軽くなった荷車を引くと、なんだか心の重荷まで一緒に捨てたような気がした。もうすぐ昼食の時間だ。

タイミングを逃すと飢えることになるため彼女は、空っぽの荷車を隅に立て掛け、手を洗うために井戸へ向かった。井戸で水を汲《く》み、顔や首も洗うと、体に染み付いた豚の匂いが少しだけ取れた気がした。タオルなどもちろんないので、汚れた袖で濡れた顔をさっと拭いた。

そして、空腹をまずは水でごまかそうと、手で水をくんで口元に運んでいるときだった。

「ふーん」

誰かの声が聞こえて、顔を上げた。

母方の親戚を訪ねていて帰宅したアビオだった。彼女は、指の間からこぼれる水で服が濡れていることにすら気づかないほどの恐怖を感じた。

震える手で、彼女は本能的にお腹をしっかりとおさえた。よくなったと思っていたそこからキリキリと込み上げてくる痛みを感じ、叫び出したくなるほどだった。

「お前のような虫けらも、手を洗ったりするのか？　誰が勝手に城の井戸を使っていいと言った？」

アビオは逃げ出すように親戚の家に行き、城に戻ってきたものの、何もやることがないので馬に乗りロマニョーロ城を徘徊《はいかい》していた。

何のために、いや、何を探すためにあちこちをずっと徘徊していたのか、本人もわからなかった。

ただ脳裏に浮かぶのは、痩せた色白の彼女が倒れている姿だった。そしてついに彼女を井戸で見つけたときの気持ちは、喜びに近かった。

一週間前に足蹴にしてから、ずっと気がかりだった。流れる血を見て、満足に浸ったのもつかの間、彼女が死んでしまったのではないかと心配になった。

奴がいなくなったら、代わりに誰をいじめたらいいんだ。これほど自分の目に留まる奴が、他にいるだろうか。

彼女は腹を手で庇うようにしたまま地面につきそうなほど、頭を下げていた。

（このお坊ちゃんは僕を死の直前まで追い詰めたことを知っているのだろうか。自分と彼の身体に流れる血が、半分は同じだと知ったら、どんな表情をするのだろうか）

そんなことが、ほんの少しだけ気になった。

第4話　変化など何ひとつなかった

久しぶりに見る彼女は、前よりもっとか弱い体つきをしていた。顔を洗ったからか、その顔はいつも以上に白く輝き、卑しい身分とは思えないほど、澄んだ目をしていた。濡れたその首筋が、アビオの目には何よりも扇情的に見えた。

誰にも言えない欲望で、徐々に呼吸が荒くなった。アビオはすぐさま馬から降り、彼女の首元を引っ張って城の裏へ向かった。

触れた肌はびっくりするほど柔らかく、トクンと波打つ彼女の脈拍を感じると、そのまま絶頂に達してしまいそうになり、気が遠くなった。

「アビオ様、離してください。申し訳ありませんでした。今後は、井戸を使ったりしません」

アビオに連れて行かれるのがとても怖くて、彼女はただひたすら謝った。今度また殴られたら、もう二度と母親の顔を見られないだろうという強い予感がした。

アビオは人気のない場所に着くと、彼女を地面に叩きつけ、歯を食いしばり、短い言葉を吐き捨てた。

その言葉は、彼女に向けたようにも聞こえたが、彼自身への独白でもあった。

「お前なんかが、よくも僕を」

彼女は、彼がなぜ自分を見るたびにそんなことを言うのか、全くわからなかった。

極度の恐怖に包まれ、頭をあげることすらできず、地面にうつ伏せになったまま両手を合わせて許しを乞うた。

だからアビオのズボンが膨らんでいることにも気がつかなかった。

今度こそ死の神が振り下ろす巨大で冷たい鎌が、自分の首を飛ばすだろうという恐怖に陥り、じたばたした。

彼女は赤ん坊のようにうずくまり、自分に向かってくるだろう彼の足を予想して目を閉じた。

そして、いつの頃からかその存在自体を疑っていた神にも祈った。

(どうか助けてください。生かしてください。もう一度母さんの顔が見たいんです)

だが、予想していた暴力はなかった。

広場にはアビオの息遣いだけが響いていた。

アビオが跪《ひざまず》いて、自分のほうへ手を伸ばすのを感じた。

(もしかして首を絞めるのだろうか、それとも髪をむしりとるのだろうか)

あまりの恐怖に彼女が息を殺していると、近づいてくるアビオの熱い息遣いが、だんだん強くなってきた。

(え――何?)

彼女はこれを、クローゼットの中で聞いたことがあった。

突然浮かんだ考えに、彼女は両手で口を押さえた。

(そんなのはありえない。彼は自分を男だと思っているはずなのに!)

アビオは指で彼女の後頭部を軽く撫で、首筋に触れた。

その手つきは自分を殴る時とは違い、とても慎重で繊細だった。そしてもう一方の手で、彼自身の体のどこかを、ひたすら弄《いじ》っていた。

彼の次第に速くなる息と彼の指が自分の体に触れると身の毛がよだった。

アビオの汚らわしい体を押しのけて、逃げ出したかった。だが、命は一つしかないので、その後、降りかかる暴力のことを考えると、到底実行できなかった。

彼女はただひたすら、この時間が早く終わることを、空と大地に祈り続けた。

彼の手が首から耳、頭から背中へと、絶え間なく動き回った。最後、アビオが彼女の髪の毛を引っこ抜くかのように掴んだまま、身震いした。

「ああ、よくもお前なんかが僕を!」

彼は一人で文句を言い突然手をしまい、彼女を突き放しすっと立ち上がった。

アビオはうずくまっている彼女を見下ろしたあと、静かに歩き出した。

彼女は彼の足音が消えるまで目を閉じ、それから体を起こした。彼の手が触れた部分に、まるで虫が這ったかのような不快感を感じた。

彼のいた場所には、白い液体が点々と飛び散っていたが、彼女はそれが何を意味するのかわからなかった。

ただ命が無事だったことにほっとした。

殴られることもなく切り抜けられた。ちょっと暴言を吐かれるくらい、大したことなかった。

「明日もどうか、今日と同じくらいでありますように」

そんな風に考えて笑い、母親がもう一度染めてくれた髪の毛を掻きながら、向かっている途中だった厨房へと再び歩き始めた。

彼女は途中でまるで何かを拭き取ろうとするかのように、アビオの手が触れた場所をゴシゴシとこすった。


アビオ・ロマニョーロは、自室に戻り、頭を抱えていた。

（僕は今、何をしたんだ）

馬に乗っている時はこんなことをするつもりは全くなかった。ただそこにいるべき存在が、きちんとそこにいるか確認しようとしていただけだった。

爵位を継承することになれば、この城に属する使用人から小さな小石一つまで、すべて彼のものになるはずだった。だから、その卑しい存在も自動的に彼のものだと思った。

アビオは自分の両手を広げてみて、恥ずかしさに包まれた。あの細い首筋を鷲掴《わしづか》みにし、もう片方の手で、一体何をしたんだ。

絶頂は極めて短く、その後彼の気分はずっと梅雨の黒い雲に包まれたように憂鬱だった。もしこの事実を父が知れば、彼に対する評価はどん底まで下がるはずだ。


「あああ……」

いつの頃からか夢の中に、アビオに向かって明るく笑う子どもが登場するようになった。

体が透けてみえるような薄い服を着た子どもが駆け寄ってくる夢をみた日には、決まって下穿《したば》きを濡らした。

それは彼にとって最初の夢精であり、以後一度たりとも対象が変わることはなかった。

アビオは恐怖で背中を震わせた。もしあいつがさっきの行動で自分を嫌いになったらどうしようか。

しかしすぐに背を伸ばして両手を握った。あんな虫けらどもに、選択権などないと気づいたからだ。

それは彼の手を拒否する権利を持たず、高貴な伯爵家の後継者から目をかけられることは、非常に光栄なことだと思わなければならないのだ。

アビオの蒼白だった顔に、狡猾《こうかつ》な笑みが浮かんだ。

＊＊＊

「いくらなんでもあんまりです。殿下はなぜ私たちの一族にこんなことを。あなた、何かおっしゃってください！」

伯爵夫人は金切り声を上げた。

王国の肥沃《ひよく》な穀倉地帯を巡った戦いは、結局隣国が退くことで終結した。

戦争はどちらも無残な犠牲を出したまま終わり、戦争後新たに誕生したのは、英雄の名だけであった。

今回の戦争で、王国を守り抜くのに大きく貢献した若き公爵。

彼は優れた剣士であると同時に、とてつもない知略家でもあった。死を前にしても常に平然としている姿を見て彼に従う者も多かった。

彼の行く先には勝利だけがあるという言葉が単なる誇張ではないと思えるほどに、人々の信望を集めていた。

王は戦争の立役者である公爵に、褒美として優れた家柄の令嬢を与えることにした。

それがよりによってロマニョーロ家だったというわけだ。

若い公爵ならば、結婚相手として誰もが歓迎するだろうと思うかもしれないが、モルシアーニ公爵は、そんな人物ではなかった。

彼には、ゾッとするような数々の噂《うわさ》が付きまとっている。

実は人間ではなく悪魔である、血で入浴するのを楽しんでいる、生肉を食することを好む、おぞましいほどの醜い男である……等々。

彼はいつの頃からか貴族たちとの交流会や舞踏会に顔を出さなくなったので、そんな奇妙な噂が手のつけようもなく拡散していた。

「メイリーンは、ダメですわ」

ロマニョーロ伯爵夫人は、大切な末娘をそんな恐ろしい者に渡すつもりは毛頭なかった。

「そんな血なまぐさい者に、か弱いメイリーンは似合いません。モルシアーニ公爵と結婚することになったら、きっと悲劇的な運命を生きることになりますわ！」

伯爵は夫人の言葉を全く聞かずに、ティーカップに指をかけて悩みにふけていた。彼は、また別の理由で公爵を疎ましく思っていた。

ロマニョーロ伯爵は現役を退いてはいたものの、どこの家柄の者も彼にぞんざいな態度をとったりはしなかった。

彼らは、伯爵の誕生日や大きな記念日のたびに、贈り物や祝電を小まめに送り敬意を示した。

（だがあの若い公爵はどうだ）

伯爵に何か贈り物をするどころか、姿すら現さない。

（若い奴の生意気な態度は気に入らない。よりによって由緒ある我々一族と縁を結ぼうとは）

彼はモルシアーニがさらに歴史のある名望高い家柄だとは、考えもしなかった。しばらく考えていたロマニョーロ伯爵は、一瞬後、とても卑劣な笑みを浮かべた。

「外に出てレオニーの子ども……名前はなんだったか、とにかく、その子どもを連れてくるのだ」

伯爵の命令を聞いた召使いは、すぐに部屋の外へ出て行った。

「レオニーとは誰です？　その子どもとは？」

伯爵夫人は、不吉な予感に囚《とら》われ、夫を見つめた。


今日の昼食の粥には、小さな肉が入っていた。とても小さいとはいえ、いつぶりに食べる肉だろうか。

（……なんだか、不安になるな）

最初は縁《ふち》のかけた粥の器に入った小さな肉のかけらに喜んでいた彼女は間もなく不安になった。自分達に訪れる幸運は、まず疑ってかかることが癖になっていた。

だが、彼女はとりあえず空腹を満たそうと、一気に粥を飲み込んだ。

「おい、伯爵様がお呼びだ！」

それは粥をたいらげて器を置こうとした時のことだった。城の召使いが彼女を見つけた。

地面にべたりと座り込んで食事をしていた城の従業員たちが一斉に彼女の方を見た。

伯爵に呼び出されることが決して良いことではないということを、皆が知っていたのだ。

「何をやらかしたんだ？」

「この前病気で一週間休んだからじゃないか？」

「だが、それはアビオ様に殴られたせいじゃないか」

「シッ。聞かれたらどうする。口には気をつけろよ」

皆の心配に満ちた視線を浴びながら、彼女は粥の器を水でゆすぎ、召使いについていった。

どうりでなんだか、変に運がいいなと思っていた。

（ちくしょう）

彼女は悪い運気が消えてくれることを切実に願った。食べたばかりの粥が胃の中で逆流しそうだった。城に向かう道はいつも以上に長く感じられた。清潔で光り輝く城の中は彼女の居場所ではなかった。

自分のボロボロの服や体に染み込んだ畜舎の匂いなどが彼女を萎縮させた。

「伯爵様、連れてまいりました」

この前伯爵に会った部屋だった。だが今日は伯爵一人ではなく、夫人も一緒だった。

赤毛で華奢な伯爵夫人は、彼女を見るなり顔をしかめ、小さな白い手で扇子をあおぎだした。

一方、彼女は、庭に咲く真っ赤な薔薇《ばら》のように美しく上品な女性を見て感嘆し、口をぽっかりと開けた。

とても自分のような卑しい者と同じ人間とは思えなかった。

夫人は召使いに冷たい声で命令した。

「早く窓を開けて。一体何の匂いなの？」

彼女は自分の体が悪臭を放っていることをわかっていたが、こんなに恥ずかしく感じるのは初めてだった。

だが伯爵は夫人を非難するような声でこう言った。

「やめなさい。この子が恥ずかしがっているではないか」

夫人は夫がこの物乞いのような子どもをかばうのを聞いて目を丸くした。

まさか夫は男児にまで手を出しているのだろうか？

「伯爵様、一体その子は誰なのです？」

伯爵はニヤリと嫌な笑みを見せた。

「我がロマニョーロ家の救世主だよ」

第5話　半分の伯爵令嬢

「救世主……ですって？　それはどういう……」

伯爵夫人は、わけのわからないことばかりいう伯爵が恨めしく、彼に答えを催促した。

「これは俺の私生児だ」

「そんなはずが！」

伯爵夫人はテーブルの前の低い椅子に座っていたが、驚きのあまり半分立ち上がり、そしてまた座り込んだ。

城内で伯爵が手をつけ、身ごもった女中達は、子ども共々徹底的に始末したつもりだった。

（私の目に留まらずに生きていた子どもがいたなんて！）

夫人の目は怒りで赤くなった。だが、込み上げる怒りを伯爵の前で露わにするわけにもいかず、ドレスの裾をぎゅっと掴んで座っていることしかできなかった。

「そう気に病むことはない。これはメイリーンの代わりに公爵家に送るのだからな」

「男の子ではないのですか？」

夫人は目の前のみすぼらしい子どもをもう一度じっくりと見た。

男の子だとしたら十二歳頃と思われるくらいの、小さくて痩せた子どもだった。だが子どもの肌は卑しい身分にしてはとても白く、目元はとても上品だった。

（しっかり食べさせて髪の毛を伸ばせば、なかなかの見た目になりそうね）

だがそれも伯爵の血を引くからこそなのだと思うと、また怒りが込み上げてきた。

彼から愛されることはもう諦めていた。けれど自分が産んだ子ども以外は伯爵家に存在してはいけないということだけは心に決めていた。夫人は伯爵に彼女の心の内を悟られないように気をつけながら丁寧に伝えた。

「だけど伯爵様、メイリーンは私に似て、髪の毛が赤いのですよ」

「この子どもの髪の毛も、今、染めている状態だ」

伯爵の答えに夫人は鈍器で後頭部を殴られたような衝撃を受けた。ならば本来の色は何色だというのか。

（母親は誰なの？　どうして見逃してしまったのよ）

取り返しのつかないことをしたという後悔で、夫人は体をブルブル震わせた。

「お前、名前は？」

伯爵が私生児に質問した。うつむいていた彼女の頭は床に鼻がついてしまいそうな勢いでさらに下に向かった。

「伯爵様が質問しているじゃないの！」

夫人は怒りに満ちた声で答えを急《せ》かした。

「申し訳ございません。私には名前がありません」

彼女はそう言いながらも声がしっかりと出せずに動揺した。伯爵の私生児だと知った時からずっと不安だったが、この状況はとても辛かった。

（城になんか絶対に来たくなかったんだ……）

彼らの前で裸にされて観察されているような気分だった。全身に虫が這っているような気分と、恥ずかしい気持ちが混ざり合い、耐え難かった。

「いくら卑しい存在だからといって、名前もないなんて」

夫人は、やはり身分の低いものは無知で浅はかだと想いながら軽蔑した声を出した。

その時伯爵が、窓辺で体をこちらに向け口を開いた。彼は、私生児に名前があろうがなかろうが、たいして興味がなかった。

「さすがに名前がないのは不便だな。付けてやろう。あの城に行ったらメイリーンとして生きていかなければならないのだがね」

伯爵はまるで親切ぶるかのように、彼女が十七年間一度も持たなかった名前を、たった三十秒でつけてくれた。

彼は結局、彼女が死ぬまでその名前を呼ばれることなどないとわかっていたのだ。

「お前に私の姓をやろう。もちろんお前と私だけが知っている話だ。そうだ、ヌリタス・ロマニョーロがいい」

伯爵は冷たく笑った。

学のない彼女は知るよしもなかったが、ヌリタスとは「無」。すなわち何もないという意味だった。

伯爵夫人はそれでも眉をひそめた。

「伯爵様、なぜ私生児などに姓まで与えるのですか」

「他の誰が知ることもないだろう。その程度の好意は施すべきではないか」

「ヌリタス」と呼ばれた彼女は、突然つけられた名前と、今聞いている話に、全くついていけなかった。

なぜ突然名前がつけられたのか、全く理解できなかった。

（メイリーン嬢の名前は、どうして出てきたんだ。そして自分が救世主だって？）

一生懸命豚の世話をしながら、ただ細く長い人生を送りたかった彼女は、自分の目の前に何かよくない雨雲が差し掛かっていることを本能的に察した。

文字を習ったことがないため、自分につけられた名前がどんな意味なのかはわからなかったが、それが良い意味ではないということは、伯爵の口調から想像できた。

彼女は名前がなくてもきちんと生きてきたし、これからも名前など必要なかった。

望まぬ名前を持つことになったヌリタスは静かな日常が崩れ始めていることを感じた。

ヌリタスが顔を上げると風格のある伯爵の目と視線がぶつかった。伯爵が彼女を見る目は家畜を見る目と大差なかった。これがまさに彼女と血を分け合った父親なのだ。


伯爵はゆっくりと、今後のことについて独り言でもいうかのように話した。

伯爵家の本当の令嬢であるメイリーンはまず修道院に隠し、時が来たら隣国の親戚に預けるということだった。

そして少し前まで存在すら知らなかった彼の私生児をメイリーンの代役として公爵家に送ると言った。

その話に夫人は途中途中で低い悲鳴をあげ、まるで気絶してしまうのではないかと思うほどに青ざめていった。

ヌリタスは、貴族の話に割り込んではいけないのではないかとためらったが、結局渇いた口を開き、気になっていたことを聞いた。

「伯爵様。恐縮ですが、豚小屋を掃除する卑しい身分の私が、貴族になれるはずありません」

伯爵の目はまるで獲物を狙う狼《おおかみ》のように鋭かった。

彼が顎を触っているばかりで何も答えないので、ヌリタスはカタカタと震え始めた。

（身分を偽って貴族として生きるなんて、もしバレたら即死刑になるに決まってる！　女であることを知ったのだってほんの少し前のことなのに……）

自分にできるのは、豚小屋をきれいにして藁を運ぶ仕事くらいだ。

（貴族のふりだなんて、ありえない！）

伯爵夫人もヌリタスと同じように驚いたのか、手を震わせながら空に向かって低く叫んだ。

「まさか、その卑しい者にメイリーンの代わりをさせるですって？」

伯爵は彼女のほうに顔を向け、口を開いた。

「半分は卑しくあるが、半分は俺の血が流れている。知らないことは教えればいい。髪の毛だって赤く染めてしまえば解決だ」

夫人はメイリーンを悪魔のような男に嫁がせるのも嫌だったが、公爵を騙《だま》すことも気が進まなかった。最悪の場合、家門に大きな災いをもたらすだろう。

貴族の娘に生まれ順調な人生を送ってきた彼女は、その生活が崩れてしまうのではないかと恐怖を感じた。

ヌリタスは伯爵が冗談を言っているわけではないと気がつき、目の前が暗くなる気がした。

いっそ今よりも食事を与えないと言われれば従うし、もっと働けというなら努力する。だが貴族のふりなんて。

「ご主人様、伯爵様。どうかお助けください。私にはできません。どうか」

彼女は床を這って伯爵の輝く靴の先にしがみついた。

「こんな卑しい私にお嬢様の代役などできるはずありません。伯爵様、もっと頑張りますから。休まずに食べずにもっと努力します。どうか考え直してください」

ヌリタスは必死に訴えた。どうか伯爵が哀れに思い気持ちを変えますようにと、祈り続けた。

だが伯爵は汚いもののように彼女の手を足蹴にした。ハンカチでズボンの裾を払いながら隅でうずくまっている彼女を嘲笑し、言葉をかける。

伯爵の瞳には確信が宿っていた。

「いいや、お前ならできる。なぜならお前は、死ぬ覚悟でのぞむのだからね……」

ヌリタスは弾《はじ》かれたように顔をあげた。

彼は薄くて赤い唇を舌で舐《な》め、目を光らせた。

「そうしなかったら可哀想なお前の母親が、どれだけ悲しむと思うかな？」

ヌリタスは体の震えを止めた。今この悪魔のような伯爵が一体何を言っているのか、耳では聞こえたが、頭で受け止めるのに時間がかかった。

（なぜ母さんの話を持ち出すんだ？）

その瞬間、ある考えが彼女の全身を貫いた。

伯爵は、今、母親を人質にとって、ヌリタスにメイリーンの代役をさせようとそそのかしているのだ。

アビオに殴られた時よりも、彼の気持ち悪い息遣いを我慢した時よりも、はるかに強い吐き気がした。

(この人は、本当に人間なのだろうか……)

伯爵を罵倒し、母と一緒に遠くへ逃げたかった。彼の目の届かない、彼から危害を与えられない場所へ。

ろくに教育を受けていないが、ヌリタスはこれから降りかかってくる災難を容易に予測できた。

(だが、逆らうわけにはいかない)

なぜなら文字通り、母親の命が握られているからだ。

彼女はゆっくりとうなずき、了解したという意思を表した。伯爵の顔に満足げな笑みが浮かんだ。

(モルシアーニを欺くと同時に、俺の血筋まで守ることができる一挙両得な作戦ではないか。いくら戦争で手柄をたてたといったって、あの若い奴より俺の方が上だ)

伯爵を智略家《ちりゃくか》だと褒《ほ》め称《たた》えていた者たちが、近頃は皆モルシアーニ公爵の足元で媚《こび》を売っていた。あの若造が私生児と結婚すると考えただけで笑いが込み上げてくる。

彼にとって、レオニーと子どもがこうむる苦痛などは、考慮の対象にすらならなかった。

「さあ、これから忙しくなる。召使いたちに、この子どもの体を洗わせなければ」

伯爵夫人は、彼の考えに同調することはできなかった。自信に満ちた伯爵の言葉にも、どこか不安を感じた。

(そんな作戦は、とても危険よ……)

彼女の子どもに関わる問題でもあったので夫人は恐怖を覚えた。だがこの時代の女性たちに、家政に対する発言権など無いに等しく、黙って従うことしかできない。

「ついてきなさい」

隅でうずくまっていた彼女を冷たく睨みつけたあと、伯爵夫人は彼女の前に立った。ヌリタスは怒りと衝撃でボロボロになった体をなんとかして起こした。

ヌリタスは出ていく前にしっかりと伯爵の姿を見据えた。彼女が今、彼らの言葉に素直に従うのは決して負けを認めたからではない。

彼女の後ろで、扉が閉まった。

第6話　ルーシャス・モルシアーニ「夜空に似た男」（1）

モルシアーニの領地は、数年ぶりの主の帰還を歓迎する準備で盛り上がっていた。公爵は戦争が始まって以来、一度もこの場所へ帰っていなかったのだ。

「長らく留守をされていた主がやっとお戻りになった！　今宵《こよい》は貴族様方を招いた宴が開かれる！」

皆、宴の準備に興奮した面持ちで忙しそうに動きまわる。逃げ回る鴨《かも》を追いかける音やパンを焼く香ばしい香り、そして前日に仕留めた豚を焼く匂いが、城中に漂っていた。

召使い達は一階の食堂の長く広いテーブルをツヤが出るまで磨き、女中達は洗濯して干していたテーブルクロスを取り外し、たたんでいた。

庭師達は、せっせと庭の手入れをした。

公爵城をまとめる執事が、城のあちこちをまわりながら、最後の点検にいそしんでいた。

「公爵様に我々が留守の間も仕事に励み、城をお守りしていたことを示すのだ！　皆、気を引き締めるように！」

「はい！　わかりました！」

一方で、今晩の宴の主人公である男は、城の盛り上がりなど全く知らないかのような顔をしていた。

いつもヤキモキしなければならないのは、彼に仕える侍従、セザールの役目だった。

「公爵様、あの……今夜は、宴が開かれます…」

侍従であるセザールは、自信のなさそうな口調で語尾を濁らせ、机について黙々と剣の手入れをする主人の反応をうかがっていた。

主であるルーシャスは、戦場を除いては、人々が集まる場所を避ける傾向にあった。もし今晩も参加しないと言い出したらどうしようかと、気が気でなかった。

ルーシャスは何も答えず、ただ自分の剣を乾いた布で拭いたあと、刃先を高くかざして仕上がりを点検していた。

セザールはその青光りする刃をみて、腕に鳥肌が立つのを感じた。

（その刃は戦場でどれだけの命を奪ったのだろうか……）

セザールは緊張を必死で押し殺し、何も言わないままのルーシャスに他の話を振ろうと心に決めた。

「公爵様、結婚のお話ですが――」

その単語を聞くと、公爵は持っていた剣を鞘《さや》に収めながら、やっとセザールのほうに目を向けた。

セザールは彼に仕えて三年経《た》っていたが、その目を正面から見るには、自分はまだまだだと感じた。セザールは無理して微笑《ほほえ》んで、主の様子をみた。

公爵は、カラスの濡《ぬ》れ羽色《ばいろ》の黒髪で、彫刻のように整った容貌の美男子だった。外で激しい活動ばかりしていたため肌の色は少し焼けていた。

(もう少し目の力を抜いたらきっとすごく人気が出るはずなのに……)

セザールのようなぱっとしない印象の人間は、いくら着飾ったところで人々の視線を集めるのは難しいが、公爵はどこに行っても女性達の心を奪った。

だが、公爵と視線を合わせた者は、皆、彼に話しかける気を失った。

彼にすっかり惚れ込んだ女性が勇敢にも接近を試みても、彼は相手をまるで石ころのように扱うので、百人中百人がすべて耐えきれずに去っていった。

暴言を吐いたり罵ったりすること以上に人を滅入《めい》らせるのは、「無関心」だ。

そんな公爵だからこそ、戦争で多くの勝利をおさめることができたのだろう。

敵も公爵が鎧をまとい血のついた剣を振りかざして笑うのを見ると、ゾッとして剣を捨て、逃げだしたという。

だが彼は、噂のように好んで人殺しをするような人では決してなかった。

優しいとは言いがたいが理不尽な命令を下したりもせず、他の貴族達のように身分の低い者をぞんざいに扱うような傲慢さもなかった。

公爵はただ他人の感情に鈍感で、口数が少なく、そして任された仕事に熱中していただけだ。戦場で敵を倒すこと以外に何ができただろうか。

公爵はしばらく黙っていたが、ついに口を開いた。

「誰の結婚だ? 私はもうそんな歳になったのか?」

セザールは、手に持っていた伯爵家からの手紙を危うく床に落としそうになった。

「まさか、覚えていらっしゃらないのですか? 宮殿が勝利の祝いの意味を込めて、ロマニョーロ伯爵のお嬢様との縁を結んでくださったではないですか!」

「は……」

公爵は、やっとその気が滅入る出来事を思い出し、すっと椅子から立ち上がり、侍従の前にどんと立った。

セザールは怖気付《おじけづ》いて二歩下がり、そして彼の表情をもう一度うかがった。

訳もなく人を殺したりする人でないことは確かにわかっているのだが、公爵の前ではつい縮み上がってしまう。

主の表情から彼がそのことをすっかり忘れていたことが明らかに読み取れた。

どんな頭の構造ならそんなことを忘れられるのかと疑問に思ったが、セザールは公爵が自分自身の誕生日すら覚えていなかったことを思い出した。

「ロマニョーロ伯爵家のメイリーン嬢が、現在ご病気のため結婚を少し遅らせてほしいとのお手紙が届きました」

公爵は不機嫌そうに口を引き結んで言った。

「いっそそのまま死んでくれれば、お互い楽なのに」

「はい？」

セザールは驚いて、持っていた手紙を結局落とした。そして泣きそうな声でこう言った。

「公爵様、どうかそんなこと仰《おっしゃ》らないでください。そんなことだから、変な噂が絶えないのではありませんか！」


公爵についての噂が、初めはどんなものだったかは思い出すことすらできない。だが些細《ささい》な怪しい噂は、時が経つごとにどんどん尾ひれが付いて大きくなっていった。

実は、すべてが嘘《うそ》というわけでもない。

彼が戦地で殺した敵の死体を集めたら、山とまではいかなくても低い小山程度の高さにはなるだろう。彼の剣についた血が乾く日などなかったことも事実だ。

一八五センチを超える長身に焼けた肌、鋭い眼光を持つ彼が剣を振り回す姿は十分に恐怖を煽《あお》った。だが噂のように血の風呂に入ったりはしていない。

セザールは戦地で滞在しているとき、見たことがあった。その手を血に赤く染めた日、公爵が一人、小さな天幕に置かれた女神像に向かい祈りを捧げ、天に許しを請うているのを。

屠《ほふ》った魂が天の園で安らぎを得るようにと真摯に祈っているのを。

公爵が戦を好むという噂は、事実ではなかった。

第7話　ルーシャス・モルシアーニ
「夜空に似た男」（2）

「もうすぐご結婚なさるのです。花嫁のためにも本日、淑女の皆様には、どうか何も仰らずに、目も合わせないようにと、私からお願い申し上げます」

セザールはベイル男爵家の次男で、公爵より五歳若く、剣術の才能はなかったが、文書の整理や公爵の仕事全般を処理する才能には、格別に長けていた。

彼は公爵に憧れ、そして部下が平民出身だろうが貴族出身だろうが実力だけで評価する態度を尊敬していた。

貴族社会の頂点にいながらも、その権威を振りかざして相手を屈従させたりしない人は、本当に珍しかった。

「そのアドバイスはなかなかだ。セザール」

少し差し出がましい助言をしたセザールは、意外にも公爵に褒められて、つい伏せていた目を開けてしまった。

「公爵様……！」

彼に褒められるのはとても珍しいことだった。

感激したセザールはつい公爵のほうへと駆け寄り、くどくどと謝辞を述べようとしたが、とたんに煩わしそうになった彼の表情にピタッと口をつぐんだ。

彼の性格はよくわかっていたつもりだが、少し興奮しすぎたようだ。

気後れしたらしい近侍の顔に伯爵は苦笑した。

「だから私はいつも君のことを褒めないんだ」

セザールは、自身が侍従として未熟だったことを反省し、頭を下げて床を見つめた。

「一度、行ってみなくてはいけないな」

「どこにですか？」

公爵が放った言葉にセザールは驚いた。

やっと宴の準備が整うというのに、どこに行くというのだ。執事に合わせる顔がなくなりそうで、心臓が口から飛び出そうだった。

招いた貴族たちの怒りをどうやって鎮めるつもりなんだろうか。主人公が不在の宴を想像しただけで冷や汗が出始めた。公爵は短く答えた。

「ロマニョーロの領地」

「なぜそこへ行くのです？　令嬢はひどい病気だと仰っているのに」

だが公爵はセザールの言葉も聞かずに窓辺に立って、賑《にぎ》やかな従業員たちの姿を見つめていた。

（彼らは、なぜあんなにも楽しそうな顔をしているのだろうか？）

自分の帰還を祝う宴を準備する召使いたちは、ひどく疲れているようなのに、顔には笑みが浮かんでいる。到底理解できなかった。

（サビエ国王はどんな意図があってこの縁談を勧めてきたのだ？　断るべきだったのか？）

大きな賞を与えるかのように微笑む王の前で、ルーシャスは、誰と結婚しようが大差ないだろうと思い、受け入れた。だがあの蛇のようなロマニョーロ伯爵の末娘との結婚となると、全くもって気が進まなかった。

家門の主人として後継を作らなければならないという責任感は彼にも重くのしかかっていた。

だが皮肉なことに、子どもの頃に一人ぼっちになった公爵の支えになっていたのも、家門を守らなければならないという使命感、ただそれだけだった。

ルーシャスはロマニョーロ伯爵の銀髪を思い浮かべ、顎に手をあてた。向こうも自分も、望まない結婚だ。病気というのは、本当だろうか？

手紙はこの上なく丁寧で簡潔だったが、そこには何か影を感じた。明らかに怪しかった。

公爵は、長い指で窓に文を書いた。

『Semper paratus.（常に備えよ）』

そしてすぐに大きな手のひらで消し、振り返って目を輝かせた。すでに始まった新たな戦いに備えるためには、まず敵を把握することから始めなくてはいけない。備えに、やり過ぎなどというものはない。

「私の妻に会ってみたいものだな」

「え？」

心のこもっていない口調と、公爵とは似つかわしくない言葉の調和の不自然さに、セザールは体を震わせた。

今まで女性に目を向けたことすらなかった方が、結婚を前にして突然変わったのか？

だがあまりにも真剣なその表情が、彼が別人になってしまったのではないことを物語っていた。

その日の宴は、すべて完璧に行われていた。

公爵家の象徴であるワシの紋章が力強くはためき、宴のための料理が並べられ、公爵の勝利を祝いにきた客達が城にあふれていた。

モルシアーニ城が数年ぶりに門を開くということもあり近隣の貴族という貴族、皆が訪れた。

セザールと執事の説得のおかげで、主である公爵が宴に参加しないという失礼な事態は、ギリギリで防ぐことができた。

「みなさん、お集まりありがとう」

ルーシャスはその真っ黒な瞳と同じ艶のあるマントを羽織り、堂々とした姿で、ゆったりと宴に現れた。

「あれが……！」

悲鳴のような呟きが主に女性陣から漏れた。

もしかしたらと思ってついてきた結婚適齢期の未婚の女性のみではなく、既婚の貴婦人たちですら、彼の魅力的な姿に心を奪われた。

噂ではあまりにもひどい容姿のため人を避けて暮らしていると言われていた。

だが彼のたくましい肩と美しい容姿、すらりと伸びた足を見た女性達は、密《ひそ》かに色々な想像をしはじめた。

公爵は彼に注がれる執拗《しつよう》な視線のせいで、宴が始まるなり疲れている様子だった。

「モルシアーニ公爵、万歳！」

皆が公爵を尊ぶ声が城中に響き渡り、その声は夜の空を飛んでいた鳥達も驚くほどだった。だが、公爵にはそれに鷹揚《おうよう》に応えるのが精一杯だった。

一度乾杯を終えると、公爵は自身に注がれる私欲に満ちた貴族たちの視線を避けるようにそっと消えてしまった。

それを知って公爵に媚を売ろうと企《たくら》んでいた者達や、娘を後妻として後押ししようとしていた父親たちも、皆、渋い顔で帰るしかなかった。

とりわけ彼の長い夜を慰めようとしていた女性達の、やるせないため息が、夜空を白く飾った。

「後は頼んだぞ」

セザールは、そう言った主と彼の馬が消えていったロマニョーロの領地の方向を見つめながら、心の中で彼の無事な帰還を強く祈った。

これから、戸惑う客達をなだめなくてはいけない。

こわばった顔のセザールは、再び重い足取りで城へと歩き出した。

＊＊＊

女中たちは熱いお湯で木の桶《おけ》を満杯にし、嫌そうな顔でヌリタスの服を脱がそうとした。ヌリタスは彼女たちの手を払いのけて、自らさっさと服を脱ぎ捨てた。

「ああ、臭い。臭い」

女中たちは、わざとらしく呟いた。豚の世話をしていた者の入浴の手伝いを突然命じられ腹を立てているのだ。

彼女たちの否定的な感情をヌリタスは痛いほど感じた。裸のヌリタスは、彼女たちに謝りたかった。だが渇いた口はそう簡単に動かなかった。

女中たちは荒っぽい手つきでヌリタスの垢《あか》を落とし、悪臭を消すために、薔薇で作った香油をたっぷりと塗った。

入浴を終えると、女中たちは彼女にメイリーン嬢が以前着ていた緑色のドレスを乱暴に着せて、振り返ることもなく次々と出ていった。

彼女たちの気持ちは理解できた。自分だって昨日まで豚小屋の掃除をしていた相手を、突然お嬢さまみたいに扱えと言われたら閉口するだろう。

誰もいなくなった部屋で、ヌリタスは鏡の前に立った。

女中たちがいた時は、到底勇気が出なくて自分の姿を見ることができなかった。こんな風に女の格好をすることも初めてだった。

長く垂れ下がるドレスの感覚にも慣れないし、歩くと足に生地がまとわりついて、まるで赤ん坊が初めて歩く練習をするかのようにぎこちなかった。

鏡に映った女は、実に滑稽だった。短い髪をし、ボリュームのない痩せた体にドレスを着た様子は、まるでカーテンを体に巻いているようで、この上なく貧相だった。

「伯爵様がお呼びです」

女中がやってきて、無愛想にその一言だけを残し去っていった。

ヌリタスは、はねた髪の毛を落ち着かせようと手で触ってみたが、何も変わらないので、そのまま部屋を出た。

少し裾の長いドレスを引きずって伯爵の執務室に向かっていると、会いたくない顔が目にはいった。

彼女を見たアビオは、初め誰だかわからないようで、怪《け》訝《げん》そうな視線をよこした。

そして彼の目は次第に大きくなり、すぐに駆け寄ってきてヌリタスの肩を両手で掴み揺さぶった。

「お前、女だったのか？　なぜこんなものを着ている？どうして城の中にいるんだ？」

アビオは興奮して、立て続けに彼女に質問を浴びせた。

ヌリタスはとても疲れていたので何も答えたくなかった。彼女が黙っているのでアビオはさらに問い詰めた。

「まさか父上の情婦になったのか？　違うよな？　ん？なんとか言え！」

彼はまるで、妻の不倫を疑う夫のように、ヌリタスを追及し続けた。

彼女は彼に何かを説明する必要性を感じなかったが、今後避けられないことだと思い力を振り絞って決心した。

初めての自己紹介だった。

「私は、ヌリタス・ロマニョーロです」

「ヌリタス？」

アビオは信じられないといった様子で、彼女の言った名前を唱えた。

こいつに名前があったなんて初めて知った。アビオは、彼女が自分と同じ姓を名乗ったことに遅れて気づいた。

「……いや、お前のような虫けらが、どうして僕たちの姓を名乗る？」

「私は、伯爵の私生児です」

私生児という言葉を聞いた瞬間、アビオの目に奇妙な光が宿った。

「そんなはずが」

異母姉……もしくは異母妹か？　父を同じくするというならそういうことになる。

彼を夜な夜な苦しめてきた相手が男ではなかったというだけでも衝撃的なのに、同じ血を分け合っているなんて、とても認められなかった。

「そんなはずがない」

アビオは口を開け、呆然《ぼうぜん》とした顔で彼女を揺さぶっていた手を下ろし、立ちつくしていた。

ヌリタスは、立ち塞がっていた彼を押しのけて、伯爵のもとに向かうため、背を向けた。

その時やっとアビオはヌリタスが彼の元を去ろうとしていることに気づき、大きな声で彼女を呼び止めた。

「おい、待てよ。そんなことありえるか？　嘘だろ？　なあ、お前と僕は血が繋がっているって？　え？」

アビオの絶望的な叫びは、伯爵城に響き渡るほど大きかった。だがヌリタスは、振り返らなかった。

彼の声はまるで尻尾の先を切り取られたときの豚の鳴き声のようだと思った。

第8話　どん底に落ちる（1）

アビオが疑問に思うのは当然だった。彼女自身だってまだ信じられないことなのに。

陽が昇れば荷車をひき干し草を敷いて汚物の処理をしていた。その後、また重い荷物を運び一日を終えていた彼女が、今は壁中に絵画が飾られ埃《ほこり》一つない廊下を歩いている。

ヌリタスは勇気を出してアビオを押しのけたあと、高まる鼓動を落ち着かせながらひたすら歩き続けた。以前の自分には想像すらできなかったことだ。

彼女は、荒れた手を胸に当て、そしてもう一度手をひらき、ゆっくりと眺めた。彼女の人生が刻まれている痩せこけた手が、今日はいつもに増してみすぼらしく見えた。

だが、すぐに母親の顔を思い出し、勇気を出してもう一度伯爵の部屋の前に立った。

その扉を開ける前に、もう一度ドレスの感触を確かめてみた。とても柔らかくて、まるで花びらに触れているかのようだった。

ヌリタスは深く呼吸をして、気を引き締めた。

(伯爵様がどんなことを言おうと驚かないようにしよう。母さんと自分のことだけ考えるんだ)

皆、どんな卑しい生活を送ろうとも、地獄よりはこの世のほうが良いと言っていた。今日よりマシな日がきっとくるだろう、そう思って生きてきた。ヌリタスは両手で顔をこすったあと、やっとの思いでその扉を開けた。


伯爵の執務室には、楽しそうな伯爵と、不安に押しつぶされそうな伯爵夫人、そしてメイリーンがいた。

ヌリタスが現れると、彼らの視線は彼女に集中した。

先ほども来たが、とても居心地が悪く、恐怖すら感じつつ部屋に入ったヌリタスだが、貴族のマナーなど知るはずもなく、ただ従業員の男たちと同じような挨拶をした。

ドレスを着た彼女が頭を下げると、メイリーンは短く悲鳴をあげた。

「なんてみすぼらしい」

まるで珍しいものでもみるかのように、メイリーンはヌリタスの周りをぐるりと一周した。

すでに流行が過ぎたメイリーンのドレスを着て、濡れた髪のまま瞳に不安を浮かべて立っているヌリタスの姿は、本当に奇妙だった。

メイリーンは伯爵に似た彼女の目をもっとよく見ようと、さらに彼女に近づいた。

適当に切られた短くパサパサの髪の毛は、何色かもわからないほどに暗く、まだらだった。

「本当に男ではないの?」

ヌリタスの短い髪を鼻で笑いながら、メイリーンはたっぷりとした赤い髪の毛をそっと揺らした。

メイリーンは母親に似て非常に美人だったが、体は華奢で腰もとても細かった。

(こんなにかよわく高貴なお嬢様の代役なんて……)

ヌリタスはメイリーンの姿を実際にみて、そんなことは不可能だと強く確信した。

「なんて滑稽なのかしら」

メイリーンに外見を見下されても、ヌリタスは怒らなかった。それは事実だった。

少年のふりをして、誰も疑わなかった彼女がドレスを着たところで、たった一晩で淑女に見えるはずがない。

彼女はこれまで、現実を冷静に見るしかない状況の中生きてきた。

彼女が抱いた儚《はかな》い夢は、騎士になること、たった一つだけだった。

ヌリタスは握りしめていた手を重ねあわせ、頭を下げた。

「恥をかかせるんじゃない。メイリーン」

「軽率でしたわ、伯爵様」

伯爵の指摘に、すんなりと過ちを認めるかのように視線を下げながら、メイリーンはヌリタスにだけ見えるように唇の端をつり上げた。

「我々ロマニョーロ家のために、大きなことを成し遂げてくれる子どもだ。気を遣ってやれ」

伯爵の言葉を聞き、メイリーンはもうヌリタスに興味がなくなったかのように靴音を立てながら彼女から離れ、ソファに座って慎《つつ》ましい淑女のような態度をとった。

「思った以上に、手入れをしなければならない部分が多そうだな」

伯爵は、まるで馬市に馬を買いにきた者のように、ヌリタスの足の先から頭のてっぺんまでじろじろと見た。

栄養状態が悪くパサパサの短い髪の毛に、高いオイルを塗っても消えない顔の白いはたけ、ガリガリに痩せた体に似合わないドレスを着た姿は、メイリーンの言葉通り、本当にみすぼらしかった。だが、熱のこもった青い瞳と彼に似た口元が、伯爵の視線をさらった。

そして、焦りを隠せない夫人が伯爵に尋ねた。

「伯爵様、結婚の日取りは決定しているのですか？」

「今日、公爵家に手紙を送ったので、一週間以内には返事がくるだろう」

「なんと伝えたのです？」

「メイリーンは今、ひどい皮膚病に冒されているため、少しだけ時間をくれるようにと。半年ほどあれば、髪の毛も伸びるだろうし、肉付きもよくなるだろう」

伯爵は、もうすべての計画を立てていた。

病気と偽り時間を稼いで、この子どもに貴族のふりができるよう色々教え込む。しっかりと食べさせれば、このみすぼらしい姿も、少しはましになるだろう。

モルシアーニ公爵を貶めることを想像するだけで笑いがこみ上げてきた。

だが、この部屋で幸せそうな顔をしているのは、伯爵一人だけだった。メイリーンと夫人は、得体の知れない不安に胸が押しつぶされそうだった。

伯爵の自信に満ちた態度が、余計に彼女たちの不安を煽った。何かを考えていた伯爵が口を開いた。

「明日から城にきて生活しなさい。お前はこれから、完全な貴族になるのだ」

ヌリタスは、幼い頃初めて荷車を引くことになった日のように緊張した。

発育が悪いせいで、彼女はいつも小さく痩せていた。山のような干し草がつまれた荷車は、到底運べそうになかった。荷車を引く両手の皮は剥《は》がれ、雨のように汗が溢《あふ》れた。一歩進むことすらやっとのことだった。

今日はまさに、あの時のようだ。貴族の真似《まね》をする自信など到底なく、言葉が出なかった。

(いっそのこと、もっと働けと命令されれば、歯を食いしばって必死で働くのに……貴族だなんて)

自分など、花のような貴族のお嬢様の足元にも及ばない。そんな彼女の不安に気がついた伯爵が、とても優しげに微笑んだ。

「心が揺れるたびに母親の姿を思い浮かべれば、気力がわくだろう」

(なんて卑劣な奴……)

禽獣《きんじゅう》にも劣る男が、再び母について言及した。

果たしてこの人は知っているのだろうか。彼が母の健康を害しただけでなく、精神までも壊していることを。

きっと知らないだろう。それに気づく者であれば、こんなことを計画したりはしない。

裏庭で飼われている犬たちでさえ、自分の子どもを可愛がっていた。生まれて間もない、まだ目も開けられない子犬をくわえ、舐めて、その命を離すまいと必死だった。

こんな奴の下で働いてきたということだけでも怒りがこみ上げてくるのに、今度はそいつのために命をかけなければいけないと思っただけで、胸の奥から熱い火柱が上がってきそうだった。

いつだって無味乾燥だった彼女の感情がいつの間にか色を持ちはじめた。

ヌリタスが顔を上げ、敵意のこもった目で伯爵を睨みつけると、彼はわざとらしい笑顔でにっこりと笑った。

「わからないか？　これは卑しいお前への、私の愛だということが」

ヌリタスは、蛇蝎《だかつ》の如き彼の口から発せられた愛という単語に、拍子抜けした。

愛とは、こんな意味だっただろうか。気が滅入って、言葉が出なかった。

彼女も生きていくのに必死で母親と情を分けることができなかったが、よくわかっていた。

（いつだって母さんは僕のことを考え、想ってくれていた。愛なんて、よくわからないけれど、きっとそういうものが愛なんだ）

そして今この人が吐いたのは、毒だ。

それは、罪のない者の命の手綱を掴み、彼女を死地へと追いやる脅迫に近かった。

高貴な血筋を持つ彼らを守るための、利己心にすぎなかった。彼女や彼女の母親への配慮を一切しない彼らの顔を見る自信が、今は全くなかった。

伯爵が、何も答えず力なくうなだれているヌリタスのほうへ体を向けた。ガタガタ震える小さな肩と、ぐっと握りしめられた手が赤く染まっているのが見えた。

だが、それがすべてだった。この私生児の未来など、彼にはどうでもよかった。

彼女はただ単に、彼のゲームの駒に過ぎなかった。しかも、非常に有能な駒になりそうだった。

ヌリタスは怒りで髪の毛が真っ白になってしまいそうだった。もしもう一度この人間が愛などと口にしようものなら、次は我慢できそうもなかった。

幼い少女たちを一瞬の情欲の対象とし、その後彼女たちが味わう苦しみなど全く考えない、そんな男だ。そして、意図的に伯爵を誘惑したわけでもない女性たちは、伯爵夫人によってむごい苦痛を与えられることになった。

ヌリタスは今回のことがなければ、適度に頭を下げ、黙々と与えられた仕事をし、使い物にならなくなるまで家畜のように働いていたことだろう。

貴族たちの望み通り、口はあっても意思を表現しないまま、彼らの眩《まばゆ》い光の陰で、ただ働いていたことだろう。

「どうして何も答えないのよ？　この、無礼者」

夫人は、何も言わず立っている私生児が気に食わなくて、頭がおかしくなりそうだった。今後待ち受ける出来事への不安と、目の前にいる卑しい存在のせいで、はらわたが煮え繰り返っていた。

そしてそれは一瞬の出来事だった。彼女は、ぼーっと立ちつくしているヌリタスに近づき、とても強く頬を叩いた。

ヌリタスは、一瞬驚いたが、そんなそぶりを見せないよう歯を食いしばった。すぐに頬が腫れあがり熱を持ったが、痛くはなかった。彼女は今ここに立っているが、彼らとは一緒にいないものだと思い込もうとしていた。

伯爵は、夫人の突然の暴力に舌打ちをした。

彼は柔らかい声で、夫人をなだめるように言った。

「重要なことをやり遂げる子どもなんだ。優しくしてやりなさい」

だがヌリタスにとっては、彼女を殴ったその手よりも、彼女のことを想っているかのようなこの男の声がもっと耐え難かった。

すべての計画は、この男の邪悪な脳内から生み出されたものであり、自分の体も、まさにこの男からできたものだ。

（私は必ず今回のことをやり遂げて見せる。最後まで見ているがいい）

ヌリタスは、やせた首筋がブルブル震えるのを感じた。

絶対に涙を悟られないようにし、早くこの時間がすぎることだけを祈った。

（これがどうか一夏の短い悪夢であればいいのに……）

額から流れる汗が床にぽとんと垂れる音が、これが現実であるということを彼女に実感させた。

王国にはピラミッド型の身分階級が存在した。頂上は少数の王族、そしてその次を貴族達が占めていた。

王族は、貴族の上に立つことのできる存在であり、貴族達はその下の階級を支配した。

ピラミッドの下段には、平民と賎民がいた。

平民は主に城で働いたり、農業を営んで農作物を捧げたりしていた。店を営んだり、運輸業に従事しているものも、そこに属していた。

そして、平民の下の賎民達は、王国のピラミッドの最も下に存在し、彼らの人生には何の希望もなかった。

主に屠殺《とさつ》を行う者や、罪を犯した者、王国で卑しいと認められたもの達が、その身分を与えられた。

ヌリタスは、以前は平民としての人生を送っていた。

楽ではないけれど、一生懸命働けばいつかは母親を連れて静かな場所で平和な人生を送る日が来るだろうと、夢見ることができた。

だが、今は伯爵の私生児であることが明かされ、これ以上平民として生きていくことはできなくなった。

王国での私生児は、平民でも賎民でもない、中途半端な存在だった。

「豚小屋の掃除係よりももっと下に落ちるなんて、思ってもいなかった」

ヌリタスは短くてごわごわした髪の毛を振り乱しながら、不満を吐き出した。

あの日々よりもさらに下に落ちることなど、一度たりとも考えたことがなかった。途方に暮れて、それ以上言葉が見つからなかった。

これがすべて伯爵のせいだと思うと、怒りを抑えることができない。彼がむやみに女中たちに手を出したりしなければ、母の人生はここまで悲惨ではなかったかもしれない。ヌリタスがこの世に存在しなかったとしても。

「貴族なんて、全部クズばかりだ」

ヌリタスはまだ、思ったことをそのまま口にする悪癖を治すことができなかった。

隣でドレスを着る手伝いをしてくれていた女中が、怒りのこもった声を聞き、ビクッと驚いた。

女中は、彼女より下の身分の私生児の髪の毛をとかしているということに改めて苛立ちを覚えたのか、櫛《くし》を握る手に力を込めた。

「いたっ」

「あ、申し訳……」

ヌリタスは不満に満ちた表情で自分に仕えている女中の腕を、強くつかんだ。

女中は彼女に対し敬語でもなければ砕けてもいない変な言葉を巧妙に使った。

ヌリタスは、女中の気持ちがわからなくもなかった。だからといってこのような態度を取られるのも困る。

「私だって、やりたくてやっているわけじゃない」

十年近く豚小屋の汚物と藁を運んでいたため、女にしてはとても握力が強い方だった。

彼女は鏡を通して女中の目を正面からじっと見据え、ゆっくりと低い声で話し出した。

「こうなったからには、あなたの仕事をきちんとやって」

鏡に映る依然として滑稽な自分の顔を見ながら、ヌリタスは女中を威嚇した。彼女には、今こうして女中とやりあうような心の余裕はなかった。

実際、女中の両親もこの城で働いており、彼女もそうだった。同じ境遇といっても過言ではない。

ヌリタスは初めてドレスを身につけた日から一日たりとも平穏を感じることはなかった。

母の安否を常に心配し、今までやったこともなかった勉強に、ダンスのレッスンにと、頭が爆発しそうだった。

（朝早くから夜遅くまで、働きまわっていたあの時の方がマシだったと思う日がくるなんて）

貴族の生き方というものは、彼女を息苦しくさせた。


「初めまして。ヌリタスさん。あなたの家庭教師を務めさせていただきます。私のことはボバリュー婦人とお呼びください」

伯爵は、口の重い男爵夫人にヌリタスの個人授業を担当させた。ボバリュー夫人は、伯爵夫人の母方の実家の遠い親戚で、戦争で夫を失い、娘たちの家庭教師として生計を立てていた。

ヌリタスは彼女と初めて会った日のことを思い出した。

彼女はグレーのドレスを着ていた。一本の後れ毛もなく結い上げられた髪形から、彼女の性格が垣間見《かいまみ》えた。

彼女はヌリタスの身体に合っていないドレスと、物慣れない佇《たたず》まいに眉をひそめた。

「いっそ獣に授業をする方が、楽かもしれませんね」

吐き捨てるように言われたが、自分の姿が見苦しいことはよくわかっていた。


そして彼女の第一印象と寸分の違いもない授業が繰り広げられた。ボバリュー夫人はヌリタスが文字を読み間違えるたびに細い木の棒で彼女の背中を容赦無く叩いた。

ヌリタスにとって、鞭で打たれることは珍しいことではなかった。城で働いていて最も馴染《なじ》み深《ぶか》いことといえば、飢えと鞭ではないだろうか。

だが仕事ができなくて監督から鞭で打たれるのと、夫人に叩かれるのとでは、少し種類が違った。

もちろん、痛いのは前者だ。だが、ボバリュー夫人の鞭は、心を打ちつけるような類の鞭だった。

「ああ、なんて大変なのかしら。さあ、ヌリタスさん。もう一度」

ボバリュー夫人は、いつも少し皮肉めいた口調で彼女の名前を呼んだ。

ヌリタスは誰にも泣き言を言えなかった。貴族になりきれるまで、この女から何かを学ばなければならない。

ただ単にヌリタスに冷たい態度をとったり、ヒステリーを起こすくらいだったならば、彼女も教師に対しこんなにも憎しみを感じなかっただろう。

だが、ロマニョーロ伯爵が、授業の途中で進捗状況を確認するために突然現れる時、ボバリュー夫人はヌリタスを叩いていた手を止め、叩くための棒を隠し、穏やかな微笑みを浮かべて授業を進めた。

年老いて頑固そうな夫人は、銀髪の伯爵の方を見ながら、はにかんだ表情まで浮かべてみせた。

「ヌリタスさん、初めは誰だって大変です。だけど焦らずゆっくりと続ければ、きっといい結果を出すことができますわ。おほほ」

伯爵は彼女たちの教材をちらっと確認し、しばらく様子を見ては部屋を出て行ったが、伯爵が消えると同時にボバリュー夫人の仮面は外れ、再び家畜に鞭を打つように殴り、そして酒に酔った農場主のような態度をとった。

（そんなに多くの貴族のことを知っているわけじゃないけど……）

ヌリタスは考えた。

（伯爵や夫人を見ていると、貴族たちは皆二つの顔を持っているんじゃないかって思えてくるな）

その時ボバリュー夫人が、真冬の霜が降りたような声でこう言った。

「明日までにこれができなければ……こんな程度ではなく、もっと痛い目をみせてあげましょう」

（もう十分、痛い目にあってるって）

ボバリュー夫人の言葉に対しての返事は心の中に留めた。口答えなどしたら、きっともう一度殴られるからだ。

授業が終わるたびに、ヌリタスの背中はヒリヒリと痛み、動くたびにドレスが擦れて傷を刺激した。

だが彼女はこのことを母親に打ち明けたりはしなかった。むしろ、伯爵が自分を娘として認めてくれたというとんでもない嘘で、母親を安心させようとした。

母はそれを信じなかったが、ドレスを着て城で生活しはじめたヌリタスを見て、次第に半信半疑になったようだ。

母に心配をかけるわけにはいかない。

「母さん、伯爵がヌリタスと名前をつけてくれました」

「なんてこと！」

「仕えてくれる女中までいるんです」

その日母は、その名前を何度も口にしながら、泣いていた。

何がそんなにも辛く悲しかったのだろうか。

メイリーンの代わりに残酷な男の花嫁になるという話は、最後まで母に隠し通す予定だった。

伯爵のせいでずっと苦労してきた母だ。女である自分を男として育てるという、とんでもないことをしてくれた母だ。もうこれ以上、その小さくて今にも壊れそうな心臓を、傷つけたくなかった。

レオニーは彼女の子どもがドレスを着た姿を見て胸を痛めた。伯爵が私生児に対し理由もなく優しくする人間ではないことを、よくわかっていたからだ。

だから明るく笑う子どもを見ても、一緒に喜ぶことができなかった。

私生児に産んでしまったことが申し訳なく、そしてこんなに美しい子に今までドレスすら着せてやれなかったことがあまりに心苦しくて、胸が張り裂けそうだった。

レオニーは、何も言えずに、ただ涙を流すことで心のうちを表した。

＊＊＊

ボバリュー夫人が体調が悪く一日授業を休んだ日、ヌリタスはアビオに乗馬を習うことになった。

貴族の令嬢ならば、幼い頃から乗馬や簡単な狩猟技術を学んでいなければならない。

「貴族はなぜこんなに、色々学ぶんだよ」

馬小屋に向かいながら、ヌリタスはそう呟いた。

ヌリタスは気が進まない場所へと急足で向かった。今この城で最も会いたくない人物に会いに行く途中だった。そしてその張本人が、彼女を呼び止めた。

「ここだ！　妹よ！」

（アビオは僕と同じ十七歳のはずなのに、なぜ勝手に妹扱いするんだ？）

だが、そんなことはどうでもよかった。彼にどう呼ばれようが、すべて嫌なことに違いないからだ。

彼はその日、一時間ほど乗馬を教えてくれた。

室内で学ぶ他のこととは違い、乗馬はとても面白かった。

ヌリタスには乗馬の才能があった。

アビオは乗馬を教えること以外に余計なことは何も言わ

ず、身体の接触もなかった。それが余計にヌリタスを不安にさせたが、まずは習うことに全神経を集中させた。

問題は乗馬の授業が終わったあとに起きた。馬を元の場所へ戻そうとしている時、ヌリタスはなぜ召使いたちが一人もいないのか気になった。

急いで馬を結びつけ、頭を撫でてやり、挨拶をした。そして母に会いに行こうかと考えた。

（今頃母さんはどこの掃除をしているだろうか）

だがその時、突然アビオが後ろから彼女を、両手で抱きしめてねっとりとした息を吐いた。

「今日の兄妹ごっこはもう終わりだ」

「はい。今日はありがとうございました」

「うん。じゃあお前は何をくれるんだ？」

「はい？」

アビオはこの子どもを見るたび、いつも目を奪われた。

こんなに卑しい存在に心惹《ひ》かれる自分自身に怒りを感じた。しかも、その当時は彼を男だと思っていたのだ。

自分は男色なのだと思い、何度落胆したことだろう。先日は、この子どもの体を弄り、手淫までした自分だ。

（女だったなんて）

自分が男色ではなかったという喜びと同時に、あることに気が付いてハッとした。

これからは、思いのままにこいつで遊べるぞ。

アビオの全身に興奮が走った。そしてゆっくりと彼女の腕を取り、彼の方を向かせた。ヌリタスはアビオの瞳から汚らわしいものを読み取ることができた。

彼はヌリタスの胸元を舐めるように見て、唾を呑《の》んだ。

どうして、こいつを見ると、こんなにどうしようもない気持ちになるんだ。

彼は怒りと期待が混ざった手でヌリタスの耳元に触れた。

「ゴミのくせに、なぜこんなに肌が柔らかいんだ？」

その瞬間ヌリタスは、彼の声がクローゼットの中で聞いていた下卑た伯爵の、あの声の響きと似ていることに気づきいて崩れ落ちそうになった。

第9話　どん底に落ちる（2）

アビオの興奮した声といやらしい目。

男として生活していた時の自分に発情するのも腹立たしかったが、こうして兄妹関係になってまでこんな目を向けるなど、あまりにもおぞましい。

そして強く悟った。

――こいつには、男だろうが女だろうが私生児だろうが、関係ないんだ。

アビオだけじゃない。

高貴な者たちが「煮えたつ釜の中に飛び込め」といえば飛び込み、「尖《とが》った石が並んだ砂利道に転がれ」と言われれば転がる。

ヌリタスのような者は彼らにとって、そんな卑しい存在でしかないのだろう。

（母さんがなぜ長い間、伯爵の下で息を殺していなければならなかったのか……。それは選択の余地なんか、なかったからだ）

母の母から、あるいはそれ以上前から、彼女たちは貴族たちの欲望を処理する道具として生まれ、育てられた。

ヌリタスは息が詰まるような錯覚を覚える。

（なぜ罪を犯すのは高貴なやつらなのに、その罪を背負うのは身分の低い自分たちなんだ？）

声にならない冷めた笑いがこぼれた。

「おい、どうして笑っている？　え？」

ヌリタスの小さな笑みは彼を嘲笑しているようでもあり、冷やかしているようにも見えただろう。

思いもよらぬ反応を前にして、アビオは急に伯爵からの言いつけを思い出した。

この子どもはロマニョーロの末娘として、じきにモルシアーニ公爵家に嫁ぐ。いじめるのは構わないが、決して彼女を犯してはいけないと強く念を押されたのだ。

よく見ると父に似ているその青い瞳が、アビオの神経を逆撫でる。

「なぜ笑うんだ！」

アビオは彼女の肩を掴み、強く揺らした。

「アビオ様。やめてください。私の役目を忘れたのですか。傷でもついたら伯爵様が黙っていないでしょう」

アビオの顔は青ざめる。

ヌリタスはため息をついた。興奮したアビオを抑えるため口にした自らの境遇は、改めて考えても不安しかない。

(メイリーンの代わりに行かなければならないところは、どんな場所なんだろう)

モルシアーニ公爵のことは、召使いたちの間でよく話題に出るので彼女も良く知っていた。

殺戮《さつりく》を楽しむという公爵は、身長が二メートル以上あり熊のような外見をしているらしい。血の滴る生肉を食し、女性たちに酷《ひど》い仕打ちをするという話もあった。

(彼と夜を共にして生き残った女性はいないって言ってたっけ?)

ヌリタスからすればどこの貴族も対して違いはないが、ここで問題なのは平民だけでなく同じ貴族相手であっても、というところだろうか。

大切なメイリーン嬢をそんな男に渡すことはできないので、代わりに彼女が行くことになったのだ。

公爵家に行ったら、どれくらい生きていられるのだろう。近くでアビオを探す声が聞こえた。アビオは、それでも執着を滲ませた瞳で、もう一度彼女を見つめた。

「明日もこの時間に来い。乗馬は、責任を持って僕が教えてやる」

＊＊＊

彼の手が触れた肩を払いながら、ヌリタスは馬小屋の柱につかまり空を見上げた。

(空は昨日と何一つ変わらないのに、僕の生活は……身分は、あの一日でがらりと変わってしまった)

ヌリタスにはどうしようもないことだ。だけどやるせない。

彼女は再び感情のない瞳に戻り、豚小屋へと足を動かした。ドレスの裾に泥がついて少しずつ重くなっていく。どろどろしていて終わりがない……それはまさに、彼女の人生のようだ。

「くそっ!」

垣根に身をもたれさせ、豚たちの様子を見る。

お互いの尻尾を咥《くわ》えようと重い体で追いかけあう姿が、なんだか楽しそうにみえた。汚い土に鼻を埋めて鳴く姿も、その激しい鳴き声も。

ここが彼女の日常で、すべてだった。

再び暴言を吐こうとした瞬間、ヌリタスは豚小屋の垣根の後ろに見慣れない者の姿を見つけた。

その人はとても背が高く、黒い髪の毛に黒い目をしていた。服装からして貴族ではないようだが、妙に高貴な雰囲気を漂わせている男だ。

彼女と目が合うと、彼は帽子を外し挨拶をした。

「こんにちは、お嬢さん」

ヌリタスは空色のドレスを着て、短い髪の毛を隠すためにレースのついた帽子をかぶっていた。

滑稽な貴族ごっこを始めてから、城の外部から来たものに会うのは初めてだった。

(この人の目に、自分はどんなふうに映っているのだろう)

ヌリタスは顔を上げ、涼しい目で彼に話しかけた。

「どなたです?」

「ルーと申します。仕事があると聞き城にやってきたところ、道に迷ってしまった哀れな者です」

どこか違和感がある。

ヌリタスはそう感じた。男は謙虚だが卑屈ではない口調で答えた。それは城で働く男たちと変わりないのに。

「私は……」

(なんと言ったらいいのだろう。メイリーンと名乗るべきか?)

彼女は一瞬悩んだ。

あの伯爵が偽善でつけた名前など、口にしたくもない。だが、公爵家に嫁いだのちは、誰に呼ばれることもなくなる名前でもあった。

「私は、ヌリタスといいます」

「……貴いお方のお名前を聞くことができて、光栄です」

彼はそういってお辞儀をした。

ヌリタスは一人の静かな時間を乱した見知らぬ者をじっと見つめていたが、すぐに彼の姿を含めた目の前の光景が絵画の一部のように感じられ、興味を失った。

この世界はまるで薄っぺらい造り物のよう。

そう思えば気持ちが楽になったようにも、あるいは重苦しく胸を押し潰すようにも思える。

この広い世界で、彼女の居場所など無いような気がした。

「ヌリタス……」

モルシアーニ公爵は、こっそりと城に忍び込み、メイリーンという女性の顔だけ確認して帰るつもりだった。

そのために平民たちが着る布目の荒い茶色の服を着て、古びた鞄《かばん》を背負い、穴のあいた黒い帽子をかぶったのだ。

だが、目の前に現れたこの小さくて痩せた娘に興味が湧き、つい声をかけてしまった。

なぜここに来たのか忘れてしまっていることにさえ気づかないまま、ヌリタスという名前に込められた「無価値」「無意味」という意味について思いを巡らせた。

少女の茫洋《ぼうよう》とした、どこか乾いた印象の瞳は、既に彼を映してはいない。

「そうですか。豚小屋の掃除を担当する人を新しく採用するようですね」

ひどくそっけない口調だった。

すでに彼に対する興味を失ったのか、少女は見知らぬ男に目を向けるのをやめ、鳴きながら何かを食べている豚たちを、愛情のこもった目で見つめている。

彼はこの奇妙な娘が、自分には冷たい態度をとり、うるさい豚たちには優しげな視線を送っていることに気づいて面食らった。

（私は豚に負けたのか？）

公爵は、どこへ行っても女性たちの視線と関心を集める美男子だった。だが、目の前のこの女性にとって自分の容姿など価値はないのだと思うと、新鮮で嬉しいような、でもどこかさみしいような気持ちになった。

騒がしい動物たちを見つめる彼女の瞳は、とても寂しそうに見えた。そのまま泣き出してしまいそうだった。

その時、強い風が吹き、ルーシャスの帽子が空高くふわりと舞い上がった。

と同時にヌリタスのドレスが捲《まく》れ上がり、シュミーズが見えてしまうほど風にあおられる。

すべてが、一瞬の出来事だった。

ヌリタスは素早く裾を押さえると、ルーシャスの方を見た。

「今、何か見ましたか？」

「はい？」

ルーシャス・モルシアーニは、飛んでいった帽子以外何も見ていないと、誓って断言できた。

帽子を目で追ったら、美しい女体の曲線がちらっと視界に入ってしまったのは、決してわざとではなかった。

「誤解です。俺は飛んでいく帽子だけを見ていました」

目の前の女性は顔を赤らめて、こちらを睨みつけていた。

空を差す指を下ろしながらニコニコ微笑む顔は、明らかに嘘をついているように見えたかもしれない。

彼女の頬の紅潮はすぐに消え再び無表情に戻ってしまう。浮かべた口元だけの笑みは、何かを嘲笑《あざわら》うようだ。

「そうおっしゃるなら、そうなのでしょう。仕事が見つかることをお祈りします」

それでも、その声は心からのものに聞こえる。

「お嬢様、ありがとうございます。……すぐにまたお会いしましょう」

最後の言葉はきっと、彼女には聞こえなかった。

そのやりとりを最後に、彼女は重いスカートの裾を無造作に持ち上げ、平然と屋敷へと歩いていく。

本当に、変わった女だった。

最初に彼が垣根の付近にやって来た時、確かに彼女は輝く青い瞳で、当たり前のように悪態を吐いていた。まっとうな令嬢なら、決して口にしない言葉だ。

他の誰かが周りにいるのか確認してみたが、そこには彼と彼女と豚しかいなかった。

「本当に奇妙な人だ」

メイリーンという娘のことが気になって急いで駆けつけたのに、ここで出会った寂しげな女のせいで、本来の目的を忘れてしまった。

ルーシャス・モルシアーニ。噂の多いこの男は、彼の視線を奪ったその女が小さな点になるまで、ずっと見つめていた。

第10話　殴られれば豚だって痛いんだ

慣れないドレスを着た日から、単純労働に慣れたヌリタスの一日は一変した。午前も午後もボバリュー夫人の授業を受け、残った時間はアビオの乗馬のレッスンとなる。

頭を使う勉強もそれなりに苦痛だが、それよりも問題は、食事についてもすべて授業の一環として、夫人の前で行わなければいけないということだった。

十数年間器を持ち上げズルズルすすっていた人間が、一朝にして貴族のように様々な道具を使いわけながら上品に食事をするなんて、そう簡単にできることではない。

「もう一度！」

ボバリュー夫人の鞭が、またヌリタスの背中を叩く。

「背筋を伸ばして、フォークを握りなさい」

ボバリュー夫人は決して、ヌリタスが耳慣れているような汚い言葉を使ったりはしない。だが、そういった言動を用いずとも、相手を侮蔑していることを伝えることは可能なのだ。

ヌリタスはそれを、夫人を通して学んだ。

「私の飼っている犬の方が、あなたよりも上手ですわ」

いつもこうだ。

テーブルマナーを教えるので目の前でスープを飲んでみなさいと言われ、いつものように器に口をつけスープを飲んだら、その時は背中を伸ばすことができないほど殴られた。

再び何かを間違えたのか、背中に痛みが走る。

（もし私が本物の令嬢だったなら、こんなふうな仕打ちを受けただろうか？）

もちろん、彼女のようなどうしようもない私生児を貴族のように作り上げるのは並大抵のことではない。だから今まで我慢してきた。

だが、最近の夫人は明らかにやりすぎだった。

ヌリタスは、再び鞭が風を切る音がした瞬間、すっと立ち上がった。

「ボバリュー夫人。ご存知かどうかわかりませんが、私はもうすぐ公爵夫人になります。公爵様が、私の体に傷がたくさんあるのをみたら、どう思うでしょうか？」

ボバリュー夫人はもう一度鞭を打とうとしたが、その手を空中で止めた。

ヌリタスは冷たい目で夫人を見つめ、もう一言だけ付け加えた。

「初夜の際には、服を脱ぐのですか？　それとも着たままですか？　公爵様が背中に傷のある令嬢をどう思われるか、とても気がかりです」

ボバリュー夫人は、淑女の口からは決して出ないであろう軽薄な質問に、顔をしかめた。だが、よく考えればそれも妥当だと思い直したのだろう、そっと鞭をおろす。

ヌリタスはその姿を見て、鼻で笑った。

鞭で殴られることなど、アビオに蹴飛ばされるのに比べたらなんのこともない。ボバリュー夫人の鞭など、いくらでも我慢できた。

だが今後のことを考えれば、もうこの身体に傷を作ってはいけないことなど、少し考えれば子どもでもわかるだろうに。

すでに彼女には重労働によってできた傷が身体中にある。毎晩、皮膚に効果があるという薬などを女中たちが持ってきてくれたが、太陽を避けて美しく育った令嬢になりきるには不十分すぎた。

(腕の筋肉はどうしようか)

毎日汚物を汲《く》み取《と》っていたことによってできた筋肉を残して、温室で育った淑女のふりなどできない。だから、できるだけ最小限の動作だけをすることにした。なぜそんな配慮を自分がしないといけないのか、と思いながら。

髪の毛はすでに、肩に触れるくらいまで伸びている。

だがそれでも、メイリーンのような生まれ持っての高貴なお嬢様にはなれなかった。

貴族の子ども達が読む基礎的な本すら、彼女には難しい。たどたどしく本を読む彼女の声に、彼女自身が呆《あき》れ、自然とため息がこぼれた。

毎日休まず努力したが、明らかに限界があった。食事のマナーも、何度も間違えた。ダンスを覚えるのも、とても大変だった。

(巻き込まれた当人が仕方なくここまで頑張っているのに、教師ですって人間が新しく傷を作るなんてね)

心の底から馬鹿らしい。

ヌリタスは馬上から、高くなった目線で周囲を見渡す。これが貴族の目の高さだと言われれば抵抗があるが、貴族の真似事《まねごと》の中で最も好きになったのは、入浴と乗馬だ。

髪を流す程度の心地よい風に目を細めた。

初めは、乗馬のせいでさらに筋肉が大きくなるのではないかと心配していた。

だが、馬に上手に乗れるようになると、まるで風で世界を横切るような気分になり、とても楽しかった。このまま風の中に溶け込んでしまいたいという衝動に駆られるほどだった。

（このまま遠くに消えてしまいたい）

だがすぐに母のことが浮かび、その考えを打ち消す。

ちょうど今の彼女と同じくらいの年齢で子どもを産み、父親無しで一人で子を育てるのは、どれほど大変だっただろうか。想像すらできない。

（もしも自分が母さんの立場だったら、子どもを守り抜けるだろうか）

命を与えてくれたのは、あの憎き伯爵と母親だったが、彼女を今日まで無事生かしてくれたのは、母の小さな手だった。

他の誰かの助けも借りず、母がたった一人でこなしてきたのだ。


胸がぐっと締め付けられた。

視線の先、少し離れた距離にアビオの姿が見える。

彼はこの前の出来事のあと心を入れ替えたのか、彼女と適度な距離をおくようになった。それはとても嬉しかったが、彼に対する不信感は消えていない。人間の本性がそんなに簡単に変わらないということは、教養のない彼女でもよくわかっていた。

油断してはいけない。

アビオのように腐った人間がこんなにおとなしいなど、何かを企んでいるに決まっている。アビオは伯爵に似た陰険な男なので、絶対に再び汚いことをするだろうと思った。

その予想が外れればよかったものの、ある日乗馬の授業を終えると、アビオが浮かれた顔で彼女に近づいてきた。

「ヌリタス。今までの僕の過ちを、全部許して欲しい」

アビオの声帯から発せられる彼女の名前を聞くと、ぞっとした。

許すとは、どういうことだ。

新しいいじめの一種だろうか。ヌリタスはとても動揺して、何も言えずにいた。ただ彼の足の先を見ながら、どうかこのつらい時間が早く終わって欲しいと願った。

「これはすべて、僕がお前を…」

一体何を言っているのか、彼女には全くわからない。彼は口ごもってばかりで、まともな言葉になっていない。

そろそろこちらから声をかけるべきかとヌリタスが視線を上げた瞬間、アビオは、目をぎゅっと閉じて大声をあげた。

「僕はお前を愛している」

ヌリタスは突然の愛の告白に、思わずむせた。

伯爵家では、愛する相手には苦痛を与えるのだろうか？愛とはいつからこの金持ちたちによってこんなにも腹立たしく口にされ始めたのだろうか。

拳を握るヌリタスになど気付きもせず、アビオは言葉を続ける。

「僕が君をいじめていたのは、自分の気持ちをちゃんとわかっていなかったからだ」

愚物が何かを言っている。

ヌリタスは、藁を運んでいた時代の方が、精神的に百倍は健やかだった気がした。

伯爵城では夫人の機嫌をうかがい、メイリーンのヒステリーを受け止め、ボバリュー夫人の厳しい授業を受け……。

疲れきっていたところに、アビオからの突然の告白だ。

ぷつりと、忍耐の糸が切れた。

ヌリタスは何の感情も込められていない青い瞳で、アビオの赤毛を見つめながら口を開いた。

「はい、私もアビオ様を愛しています」

「本当か？　じゃあ僕が父さんに頼んでみよう。お前をあの悪魔のもとへ送らないように。お前は、最初から僕のものなんだ。誰にも渡さない！」

ヌリタスからの突然の愛しているという言葉に興奮して浮かれるアビオの顔は、なかなかの見物だとヌリタスは感じた。

彼女はゆっくりと息を整え、こう付け加えた。

「私は伯爵様のことも、奥様のことも、メイリーン様のことも、皆愛しています」

「なんだって！」

やっと自分がからかわれたと気づいたアビオの目には狂気が宿りはじめた。

「この汚らわしいゴミのような女が！」

アビオの拳が、彼女の顔へ向かってきた。

殴られる直前、冷めた思考がこの傷は長引きそうだと呟く。久々に味わう彼の拳は、とても強くて荒々しかった。歯が砕けるような痛みを感じ、口元には真っ赤な血が流れはじめた。

本当に馬鹿らしい。

そして悍《おぞ》ましい。

これまでに足蹴にし、好き勝手暴力を振るっていた相手と情が交わせると考えるその頭が理解できない。

ヌリタスは歯を食いしばり、もう一度頭を上げて口を開いた。

「殴るのは勝手ですが、責任はあなたが負わなくてはいけません」

口元に血を流しながら淡々と話すヌリタスを見て、アビオは驚いたのか動きを止める。

「お前今、僕に言っているのか？」

「ここに私たち以外、他に誰かいますか？」

「おい。お前貴族が怖くないのか？」

「どうせ死ぬためにメイリーン様の代わりに公爵家に行くのです。そんな私に怖いものなどあると思いますか？」

ヌリタスがそう吐き捨てた言葉が、アビオにどう通じたかはわからない。彼はただ憎々しげにヌリタスを睨むと、一人音を立てながら厩《うまや》を後にした。

＊＊＊

その晩、ヌリタスのように小柄な女中が、アビオに連れて行かれた。

「この貧相な女が、僕に逆らう気か？」

「助けてください。どうか。私は何も言っていません」

アビオは小さな女中をヌリタスだと思って犯そうとしたが、彼女が口を開くと昂奮《こうふん》が冷めてしまいそうな気がして腹が立った。彼は女中の頬を強く叩いた。

「黙れ！　見てろよ！」

そうしてアビオは理性を失い、彼女に似た女中一人を押し倒した。

罪なき若い女中は、現実を忘れてしまおうとするかのように、目を閉じてため息を吐いた。

第11話　髪の毛が伸びるほど、悩みは深くなって

ロマニョーロ家の古風な城壁は、どんな風が吹いてもびくともしないほど頑丈だった。

数百年もの間続いてきた伯爵家は、その内部もとても豪華だ。廊下ごとに大きな額に入った名画が飾られており、より一層品位を強調した。

だがこの城の中に、これらとは少し異なる部屋が一つ存在した。

本棟とは離れた場所に存在し、日当たりも悪く、長年仕えた者からしてもその用途が不明だった部屋だ。

その扉の隙間から漏れる明かりは、誰かがその中にいることを物語っていた。

ヌリタスはくすんだ灰色の壁紙に囲まれた部屋で、ぼーっと窓の外を見つめていた。

肩に触れる髪に、まだ慣れない。ずっと耳のあたりで跳ねていた髪の毛が、こんなにも長くなった。

「こんな計画、どうかしている」

よい食事を与えられるようになってから、ヌリタスは以前より血色が良くなった。少し肉付きも良くなり、胸もかすかに女に見えるようになってきた気がした。

「――……豚小屋の伯爵令嬢か」

ドレスの下の小さな胸を見下ろし、ヌリタスは虚《むな》しい笑みを浮かべた。男だった数ヶ月前よりはマシだとはいえ、メイリーンや伯爵夫人の胸と比べたら、無いも同然だ。

(本当に滑稽だ)

こうして本を読み、食卓でフォークとナイフを使えば、貴族になれるのだろうか。

時々、この城の貴族たちは皆頭がおかしいのではないかと思う。髪の毛を伸ばし、ドレスを着せ、女中をつければ、ヌリタスが本当にメイリーンに見えるとでも思っているのだろうか。

窓の外に広がる夜の影を見つめながら、彼女は母親のことを考えていた。

(母さんは元気かな)

貴族のレッスンを受けるために城に来てから、母親とは一緒に暮らさなくなった。時々、通り過ぎていく母親を一瞬だけ見ることができた。その度に、母の顔が少しずつ痩

せていくのを感じた。

咳《せき》は治ったのか、食事はちゃんととっているのか…そして母には決して聞けない質問が浮かんだ。

(伯爵は、今も母さんに悪夢を見せているのですか?)

＊＊＊

扉がノックされる。

応えを返すと、入ってきた女中が夕食の時間だと教えてくれた。ヌリタス付きとなった彼女は先日のヌリタスの警告以後、言動に気をつけているようだった。

「ありがとう。ソフィア」

ソフィアは、十五歳になったばかりの、少し太って茶色の髪をした平凡な見た目の少女だった。

当初はヌリタスに仕えることに納得できず不機嫌だったソフィアだが、少しずつ心を開いてくれている気がする。

「行きましょうか」

ヌリタスは悲壮な表情を浮かべて一階へ下りていった。

彼女にとって、伯爵家の皆と食べる夕食の時間以上に辛いものはなかった。


長い食卓には、すでに伯爵と夫人、そしてメイリーンとアビオが座っていた。彼らが集まっている様子は、まるで一枚の眩しい絵のようだ。

ヌリタスが一歩踏み出し、その完璧な名画の中へと滑り込む。

彼女の冷めた視線が雫《しずく》を垂らし、彼女の重いため息が滲むことで、その絵の調和が微妙に崩れはじめた。

「遅いぞ」

伯爵が陰険な目でヌリタスを叱った。

最近ヌリタスは毛染めをしていないため、髪の毛の上半分は銀髪で、下のほうは以前染めたままの色をしていた。何も言わずに席につく無表情な子どもの青い瞳はとても鋭く、きゅっと結ばれた唇はとても頑固そうに見えた。

「申し訳ありません」

ヌリタスは、今更になって短い謝罪をし、一番端の席に座った。そして、伯爵のお祈りが始まった。

「ディアーナよ。こうして雨や風を避けることができる家や、温かい食事を与えてくださることに、感謝いたします。私はあなたの誠実で純潔なしもべです。この祈りをどうかお受け止めください」

（誠実で純潔なしもべだって）

食事のたびに聞かされる伯爵の殉教者のような祈り文句に、彼女はいつも吐きそうだった。

「さあ、食べよう」

伯爵がワイングラスを持ち一口飲むと、他の皆もフォークを手にして食事を始めた。

彼らはいつだってテーブルが壊れてしまうのではないかと思うほどたくさんの食事を用意し、ほんの少しだけ食べて席を立った。

その姿を見るたびに、言葉にできない黒い気持ちが暴れ出す。

どうしても以前の暮らしを忘れられない。

ヌリタスたちが干からびた野菜だけが浮いている粥を食べ、腰が折れそうなほど働いている間、彼らはいつもこうした食事をとっていたのだ。

彼らの食事が終わると、残った大量の食べ物はすべてそのまま捨てられた。その肉の欠片一つを強く欲したあの頃の自分が、まざまざと蘇《よみがえ》る。

（畜生）

食欲が失せそうだった。

いつもそうだった。いっそ一人で食べるか、ボバリュー夫人に叩かれながら食べるほうがマシだった。奴らと同じ席に座っているだけで、虫酸《むしず》が走った。

（今日の母さんの夕食は、また粥かな。それともカビが生えたパンかな）

「どうして食べないの？　卑しい者の口には合わないのかしら？」

メイリーンが向かいに座って嫌味《いやみ》を言い始めた。彼女は、初めて会った時からずっとヌリタスを嘲笑するかのような目で見ていた。

飽きて着なくなった自分のおさがりのドレスを身につけ、ボサボサな髪の毛で座っているヌリタスは、彼女にとってただ目障りな存在なのだ。

「そうだよ、彼女は豚小屋で食べるのが当たり前だから、こんな場所では食べ物が喉を通らないんだ」

アビオがニヤニヤしながら姉の言葉に便乗する。

「伯爵様、家族だけで集まる席に、その子を呼ばなければいけないのですか？」

伯爵夫人までもが、不満気な声で伯爵にそう言った。

「何度言わせるつもりだ。私が教育の場として必要だと判断したから同席させている。それともお前は、こんな席でまで逐一ボバリュー夫人に指導させろというのか？　皆、己の立場を弁《わきま》えろ！」

伯爵の怒号に、そのあとは誰一人口を開かなかった。

ヌリタスは小さくため息を吐き、やっとのことでパン一切れを口に運んだ。とても柔らかいパンだったが、彼女の腹の中では大きな石の塊のように感じた。

（こんな奴らのために落ち込んだりしたらダメだ。へこたれたらダメだ）

だが、その日の夕食の試練は、それで終わりではなかった。とても品良く食事を終えた伯爵が、とても優しい声で囁《ささや》いた。

「メイリーン。食事を終えたら、ヌリタスとお茶を飲みなさい」

「お父さま！」

伯爵は目先に迫った公爵との結婚に備えて、ヌリタスに貴族のマナーや文化、雰囲気などを教え込もうとしている。

ヌリタスにすらそれが理解できるのに、伯爵の家族は皆、理解力がないようだ。馬鹿らしいと彼らのやりとりを眺めるヌリタスを横に、メイリーンは何とか回避しようと父に言い募っている。

だけど結局、彼女も父親には逆らえないのだ。

ロマニョーロ伯爵は、顔を膨らましている赤毛のメイリーンと、やっと髪の毛が伸びてきたヌリタスを交互に見つめながら、ゆっくりとワインを味わった。

＊＊＊

狭い応接室は緊迫感に満ちていた。

お茶の準備をしていた女中たちでさえ、尋常でない空気にひっそりと体を震わせていた。本当の娘と偽物の娘が二人一緒にいるという、なかなか見ることができない光景だった。

メイリーンはソファに座り、まるで剥製《はくせい》にでもなったかのように何も言わず、動きもしなかった。

ヌリタスは立ち上がり、困っている女中たちにお茶の準備をするように伝えた。

「何もしないで」

メイリーンが棘《とげ》のある口調で女中の動きを制す。

「あなたたち、どうかしてるんじゃない？　私生児なんかの言いなりなの？」

そしてヌリタスとメイリーンの視線が、応接室を横切ってぶつかり合った。

メイリーンのこうした行動は、ヌリタスの目には幼稚に映って仕方がなかった。

（誰の代わりに悪魔の元へ行くと思ってるんだよ）

それなのに、感謝どころか向かい合って座ることすらしない彼女に、怒りがこみ上げてきた。

「さっさとお茶を飲めば、私生児とこれ以上顔を合わせる必要もなくなると思いますけど？」

メイリーンのような口調を真似たのはわざとだ。

すぐにその嫌味に気がついたメイリーンがかっとして反論した。

「あなた、何様のつもりなの？　生意気ね」

「私はただ伯爵様の命令に従っているだけです。貴族ごっこをしろと言われれば、します。お茶を飲めと言われれば飲みます。それの何が生意気なんです？」

それがこの場の事実だ。

反論しないだけ、メイリーンにも分別はあったようだ。

彼女は下唇をぎゅっと噛み締め、神経質そうな目を女中に向けた。

「早くお茶を準備しなさい」

ヌリタスは、慌てふためく女中たちに対し、申し訳ない気持ちになる。通常は、彼女たちもそろそろ一日の仕事を終える頃なのだ。夜の時間が台無しになったのは、彼女たちも同じだ。

お茶の準備が整うと、ヌリタスはボバリュー夫人に習ったことを無視して、いつも通りぐいっと飲み干した。

「ごちそうさまでした。では、お先に失礼します」

確かに伯爵の命令に従った。

ヌリタスは音を立ててカップを置き、荒々しく立ち上がった。感情的でとても大げさな行動だった。ドレスの裾を掴むヌリタスの荒れた手は、怒りで小さく震えていた。

第12話　二つの頬に涙が伝う

「奥様、申し訳ございません。私だけ罰してください。どうか子どもは許してください」

古びた部屋を切り裂くような、激しい鞭の音がした。赤いレースと輝く宝石で飾られたドレスを着た伯爵夫人が、全く場違いな場所で、冷ややかな怒りを爆発させていた。

ヌリタスの母親レオニーは、激しく鞭で打たれたせいで、いつ失神してもおかしくなかった。

だが、彼女は何度も体を起こしては、伯爵夫人の足元に這《は》い寄《よ》り取《と》り縋《すが》る。

「その汚い体で伯爵様を誘惑していたのね？」

「奥様、申し訳ございませんでした。私が身分をわきまえておりませんでした」

レオニーは伯爵夫人の足元で涙を流す。

幼い自分が母親の見ている前で伯爵に犯され、それで生まれた子どもがヌリタスだと言いたかった。だが、一抹の不安に口を噤《つぐ》む。

（本当に、伯爵夫人はそれを知らないというの？）

「顔をあげなさい」

頬を強く叩かれ腫れ上がった唇からは、血が流れていた。

ほんの刹那、目が合った。それだけで伯爵夫人の怒りは再燃してしまう。

伯爵夫人はドレスの裾を捲《まく》り上《あ》げ、靴の踵《かかと》でレオニーを力一杯蹴飛ばした。一度では気がすまず、何度も。

「貴族に生まれた私がこんなのと夫を共有するなんて、絶対にあってはいけないことなのに！」

レオニーの小さな体は鈍い音を立てて部屋の隅でぐたりと倒れ、そのまま起き上がらなかった。

その結果に満足して、伯爵夫人は背筋を伸ばす。

「貴重な教訓を与えたのだから、二度と出過ぎたマネはしないように」

彼女は動かなくなった対象に向かってそう告げた。

そして夫人は、ドレスの裾についた血痕に顔をしかめながら、小さな部屋を後にした。

＊＊＊

「そんな表情は、高貴な貴族のお嬢様がするものではありません」

「そんな話し方はいけません」

「その姿勢は直さなければいけないと言ったはずです」

ヌリタスは自分のすべてを指摘してくるボバリュー夫人を見上げた。彼女はグレーに近いブルーのドレスを着て、琥珀《こはく》のブローチを胸に飾っていた。一点の隙もない、整った服装だった。

「ボバリュー夫人、気になっていることがあるのですが。私のように産まれる前から卑しかった者が、果たして夫人のような方々と一緒にお茶を飲んだり食事をすることができると思いますか?」

彼女のすべてを否定するボバリュー夫人に対するヌリタスの挑発的な瞳が輝いた。

彼女の思いがけない質問に、ボバリュー夫人は固まってしまった。だが、すぐに平静を取り戻し、落ち着いた様子で答えた。

「まだまだでしょうね。ですが私と伯爵様の目標は、あなたを貴族に見えるようにすることです。いつも言動に気をつけて、注意していれば、きっと可能だと思いますわ」

その返答とは裏腹に、ボバリュー夫人はヌリタスへの軽蔑を隠さない。

ヌリタスは腹の中で冷笑した。

(どん底を這《は》い回《まわ》っていた自分が公爵夫人になるなんて、ありえないのに。可能だと思うだと? そんな風に思っているなら、なぜ虫けらを見るような目でこっちを見るんだ)

苛立ちを抑え、ヌリタスは口元を強張《こわば》らせる夫人を見つめた。

そしてそっと声を低くし、一言付け加える。

「この先、私が貴族ではないことがバレる時がきても、ボバリュー夫人の名前は忘れないようにします」

「貴族の令嬢は、脅迫などいたしません!」

自分には未来がない。

ヌリタスは、だいぶ前からそれを知っていた。それでもこの時間をじっと我慢してきたのは、ただ母のためだ。今まで自分のために息を潜めて生きていた母に、これ以上苦労させたくなかった。

きっとこれから死ぬまで、ヌリタスは必死に偽りを演じる。ただ母のためだけに。

それでも、いつか。

ヌリタスは口元に冷たい微笑みを浮かべた。

「貴族詐称罪は、犯したものはもちろん、共謀者も罰を受けるんだとか」

「ヌリタスさん！」

ボバリュー夫人は驚き、青ざめた顔で大声をあげた。

彼女の脳裏に、私生児を教育した罪で丸裸にされるように責められ、道を歩く自分の姿がはっきりと浮かんだ。人々は彼女に唾を吐き、石を投げるだろう。

王国における身分というものは、それほどまでに敏感で非常に重要な問題であった。

今さら危険に気付いたらしいボバリュー夫人にヌリタスは呆れながら毒づいた。

（馬鹿らしい）

私生児でも、家長に認められれば、貴族ほどではなくても平民よりいい待遇を受けられる場合もあるという。

だが、それは非常に稀《まれ》なこと。

（僕も〝ヌリタス〟だものな）

身分の高い貴族たちは、自分たちの人生に忙しく、多くの私生児たちの未来にまで目を向ける余裕がない。

高貴な彼らが欲望に従った結果、苦痛を受けなければいけない命が増えたのに、王国の誰もが彼らに興味を示さないのだ。

彼らの放蕩《ほうとう》によって生まれてしまった者にとって、私生児という立場は、背負わなければならない運命の呪縛のようなものだった。

（それで考えれば、自分は半分くらいは認められたのだろうか。名前と苗字《みようじ》まであるのだから）

だが、その名前もこれからは一生呼ばれることがない。

ヌリタスはそんな考えを振り払い、ボバリュー夫人が読んでみろといった本をたどたどしく読んだ。

とても短い文章を読むのにも、冷や汗が出た。文字すら知らなかった子どもが貴族のように読み書きできるほどになるのに、どれほどの年月が必要なのだろう。

（結局、この程度のことすらまだできない）

文字を習い始めて三ヶ月がたったある日、ヌリタスは分厚い辞書の中から『ヌリタス』の意味を発見した。

「完全なる無意味。無価値」

解説が短くてよかったと思うと同時に、無力感に襲われ座り込んでしまった。伯爵の胸中がこれではっきりわかった。彼にとってヌリタス、彼女はその程度の存在なのだ。

なんでもない存在だから、自分の娘の代わりに首を差し出せる、消耗品なのだ。

そうとも知らず、貴族の父がつけてくれた名前に、一瞬でも期待した自分が情けなくてたまらなかった。

生まれて初めてもらった名前。それだけでヌリタスにとっては意味があった。けれど伯爵にとって私生児である彼女など、何の価値もない存在なのだ。

＊＊＊

ヌリタスは授業を終えると、夕食の前に母親を探しに行った。朝食と昼食の時に出てきた食べ物の中で腐りにくい物をこっそり持ってきたのだ。初めてみる高価なものを、母親にも味わってほしかった。

城の中で、彼女にあたたかい視線を送るものは一人もいなかった。厳しい冷遇の中生活するのは、いくら鈍感な彼女でも大変だった。母親にあって、少しでも慰められたかった。誰にもばれないように食べ物をハンカチで包み、大切に抱きかかえて急足で向かった。

（これだけ渡しに行こう）

だがどういうわけか、彼女が暮らしていた部屋の扉がわずかに開いていた。何も盗まれるようなものはないとはいえ、ここまで不用心な母ではなかった。

「母さん」

母は仕事を終えている時間のはずなのに、呼んでも返事がないのはおかしい。押し寄せてくる不安を消そうと、努めて明るい声で独り言を言った。

「母さん今日は遅いのかな」

ヌリタスは、力なく開かれた扉を開け、部屋に入った。

狭い部屋は、一目でわかるほどめちゃくちゃだった。抱きかかえていたハンカチがコトンと力なく落ちた。

レオニーは眠っているかのように目を閉じていた。

だが、口元についた血の跡と頬の足跡が、ただ眠っている訳ではないことを物語っていた。ヌリタスは、世界が崩れ落ちるような気がした。

（母さんは無事だと言ったのに……！）

涙で視野が霞《かす》んだ。

体温すら失いはじめている母に自分の体温を分けようと必死で抱きしめる。なのにいくら呼んでも母は身じろぎすらしない。

ヌリタスは袖で母の顔を拭き、抱き上げてベッドに寝かせた。

食べ物を包んでいたハンカチを洗って母の顔に残る苦痛の痕跡を、優しく拭き取った。涙が堪えられず指が震えてしまい、とても時間がかかった。

(母さんがどんな罪を犯したっていうんだ。父親もいなくて、女中の腹から生まれたことか？　それとも、自分みたいな私生児を産んだこと？)

止めどなく浮かんでくる罪の中に望んだものなどない。彼女たちが選ぶことのできた運命など存在しなかった。

ヌリタスは、母がどんな酷い仕打ちを受けたのか、容易に想像できた。誰がやったかなど、訊《き》かなくてもわかる。伯爵夫人だ。

他にも何人もの伯爵のお手つきの女達がこんな目に遭っていた。彼女は非情な夫に対する憎しみから、腹いせに罪のない母親を攻撃したのだ。

はらわたが煮えくり返り、胃液が逆流しそうだった。母親は、なんとか息をしている状態だった。

ただ母が目覚めることを祈ること以外に、ヌリタスに今できることは何もなかった。


病院は貴族たちのためにある。治療費を払えない自分たちの命の行方など運に任せるしかないのだ。冷たいため息が、彼女の唇からこぼれ落ちた。

城の中の蟻《あり》にも及ばない扱いを受けるのは、いつもヌリタスや母のような者たちだ。人々に踏み潰され死んだところで、涙を流す者すらいない。

ぐったりとした母の手を握るヌリタスの痩せた頬に、止まることなく涙が流れ続けた。

これがモルシアーニ公爵との結婚を数日後に控えた日の夜の出来事だった。

第13話　空の星をつかもうとなんて思ったりしない

　その日は朝からロマニョーロ伯爵城に、モルシアーニ公爵家からの貴重な贈り物が届いていた。

　きっとあの木箱の中には最高級の生地や眩しく輝く宝石が詰まっているんだろう。そして荷車が壊れそうなほどに穀物が詰まった荷車。その後ろに、血統の良さそうな馬や牛が目をぱちくりさせながらついてきていた。

　王国では、結婚を前にした新郎側が、誠意を込めて新婦側へ贈り物をするのが伝統だった。

　贈り物が届くことは、彼女が伯爵家を離れる日が迫っていることを意味している。

「はあ……」

　ヌリタスは、果てしなく続く荷車の行列を見ながら、徐々に暗い顔になっていった。

「畜生」

　あのたくさんの贈り物たちは、ヌリタスのためのものではない。メイリーンに向けたものだ。

　彼女はただの代用品にすぎない。意思や感情など抱いてはいけない、操り人形だ。

　ヌリタスは窓から体を乗り出して、遥《はる》か遠くを見つめた。彼女の長く伸びた髪が、旗のようになびいていた。

（本当に行くんだ）

　ヌリタスは再び体を部屋の中に向け、窓辺にもたれかかり目をつぶる。

　初めて伯爵からこの計画を聞いたときは、ただの思いつきの冗談か何かだと思っていた。

　けれど彼らはどこまでも本気だった。

　貴族の真似事をしたことがバレてロマニョーロ伯爵家が滅びてもそんなことはどうでもいい。自分の首を落とされようが、胸を剣で刺されようが、死に方を選べないのは最初からだ。

　どうせ、静かで小さな幸せを感じながら生きることはもうできない。騎士になる夢を抱いていた痩せた少年は、もう死んだのだ。

「母さん……」

　伯爵夫人の凶行にさらされ、血を流し冷たくなっていく母親を生かすために、彼女は伯爵の前でひざまずかなければならなかった。

彼にだけは助けを請いたくなかったが、皮肉なことにこの城でこの親子を救えるものも、彼しかいなかった。

伯爵はレオニーの状態を聞くと、医者を呼んでくれた。

そして慈悲深い父親の仮面をかぶり、病床に伏せるレオニーの手を握り、ヌリタスに向かって優しく囁いた。

「心配いらないよ。お前がモルシアーニ家でしっかりと役目を果たしさえすれば、私がしっかりとお前の母の面倒を見てやる」

その言葉はまるで、お前がきちんとできなかったら母親の命はないと、遠回しに言っているようだ。

（卑しいからって、何もわかっていないと思っているのか？）

ヌリタスは閉じた窓の向こう、馬車の連なりを見下ろして何度目かのため息をつく。

吐息で窓が白くなった。

その窓に、指で何かを描こうとした。そんな彼女の考えを邪魔するかのようにドアがギィッと開き、歓迎したくない客が登場した。

アビオだ。

金色の縁取られた真っ白な上衣に青いズボンを身につけた彼の姿を確認したヌリタスは、彼の方に体を向けて向かい合った。

狭い空間で彼と一緒にいることは、いつもヌリタスを緊張させた。ヌリタスは本能的に下腹を手で覆い、目を伏せて、丁寧に口を開いた。

「どうなさいましたか？」

「妹の部屋に来るのに、理由が必要か？」

本当にどうかしている。

蹴り、殴り、愛していると言った次は、また兄妹ごっこか。彼女を罵った後に家族のふりをするその態度は、伯爵にとても似ていると思った。

ヌリタスは笑いそうになるのを堪えて、うつむいていた。

こんな顔、全く見たくなかった。

「……あれを眺めていたのか？　公爵家から贈り物が届いて、嬉しいのか？　お前、あいつのところに嫁に行きたいのか？」

ただおかしいだけではなく、知能も落ちたようだ。

この結婚の、どこにヌリタスの意思が入っているというのだ。平和に豚小屋を掃除していた彼女に、ドレスを着せて文字を習わせ、鞭を振り下ろしたのは、誰だ。

アビオは真意のこもった熱っぽい瞳で、ヌリタスに近づいた。

「愛していると言ったじゃないか」

アビオはヌリタスの腰を両手でぎゅっと抱き、首元に顔を埋めた。

「僕は……お前が……」

ヌリタスはじっと、息も漏らさずに立っていた。このつらい時間を耐えるように。

彼はその湿った唇で彼女の首筋を乱暴になぞり、鎖骨の方まで下りてそこで止まった。そしてヌリタスの腰を抱く両手により一層力を込めてせわしなく身震いしていた。

「愛してる。愛してるよ。ん?」

「私は家門のために、もうすぐ公爵家に嫁ぐ身です。アビオ様、伯爵様の言葉をお忘れですか?」

ヌリタスはアビオの息が速くなるにつれて恐怖を感じ、伯爵について軽く言及した。

するとアビオの赤毛が彼女から少し離れ、体をぶるっと震わせた。

「そうだ。お前はメイリーンの代わりに、家のために嫁ぐんだ。でもお前がいなくなったら、僕はどうしたらいい?え?」

ヌリタスは返事をするつもりはなかった。

ただ、時間が過ぎていくのを願った。

だが、何も答えない彼女を見たアビオは、一瞬にして萎えた目をし、彼女の肩を強く揺さぶった。

「やっぱり公爵家に行きたいんだな。そうなんだろ?」

そして彼女を窓の方まで強く追い詰めた。赤くなった顔で、アビオは彼女の頬を叩こうと手を高く振りかざした。

だが依然として彼女が微動だにしないため、アビオは大声をあげた。

「僕を見ろよ!」

絶叫に近い悲鳴が消える前に、アビオは突然立ち去った。

一人残されたヌリタスは、扉が閉まる音を聞いて、顔をあげた。

「イカれた奴め」

彼女はアビオの唾のついたドレスの前側を、両手で拭った。彼の息遣いを忘れようと、頭を強く振った。

なんともないふりをして立っていたが、本当は大丈夫なんかじゃなかった。彼女は、ベッドについている紐《ひも》を引き、ソフィアを呼んで入浴の準備をさせた。

　ヌリタスは、ゆっくりとドレスの紐をほどき、浴室へ向かう。鏡に映る、完全な裸体を見た。棒のようだった体に腰のラインが現れ、胸も更に膨らんできたようだ。

　首筋は、アビオのせいで赤く染まっていた。

（本当に汚らわしい）

　目で確認した自分の姿はあまりに滑稽で、失笑するしかない。

（何を期待したんだろう。優雅な貴族の令嬢でも現れると思ったのか？）

　そして木の浴槽に入り、アビオの視線が触れた場所を、力強くこすった。どうかすべてが消えますようにという祈りが込められた手が、震えた。

＊＊＊

　その日の午後遅い時間に、ヌリタスのウエディングドレスを合わせるための裁縫師たちが、彼女のもとへやってきた。今までメイリーンの服を着ていたヌリタスにとって、サイズを合わせて服を仮縫いすることは、とても不慣れなことだった。

　ヌリタスは緊張でこわばる体を、言われた通りに動かした。腕を持ち上げ、首を伸ばして立った。

「お嬢様、振り返ってみてください。赤い髪の毛と白い生地がとてもお似合いですよ」

　服を作りに着た女性たちは、皆姉妹のように似た外見をし、とてもおしゃべりだった。彼女たちはヌリタスの痩せた体を、うっとりするような目で眺めた。

「どうしてこんなに痩せているのに肌には弾力があるのでしょう」

　ヌリタスは過剰な褒め言葉に戸惑い、どうしたらいいのかわからなかった。

（荷車を何年も引いていたら、こんな体になりますよ）

　口には出せない言葉を、心の中で唱えた。

　彼女はメイリーンの完璧な代役になるために、髪を真っ赤に染められた。

　髪の毛は染めたものの、痩せこけた身体に少しだけ肉が付き始めたヌリタスは、伯爵夫人ではなく、さらに伯爵に似た印象を感じさせるようになった。

　裁縫師たちは、巻き尺を取り出し、ヌリタスの腰回りの長さを測り、互いに議論を始めている。

ヌリタスは、いよいよ母を残して一人ここを離れなければならない日が近づいていることを実感した。

(伯爵は約束を守るだろうか)

メイリーンの代わりに公爵家に嫁ぐ彼女のために、母の安全は保証するといった。彼らを信じていいのか。いつだってこの疑問が頭の中で蠢《うごめ》いていた。

目を赤くし、熱い鉄の棒で親子の胸をえぐったのは伯爵だ。

そして手を伸ばして助けを請えば、偽善ぶって手を差し伸べてくれるのも、伯爵だ。

(彼から生まれた命だから、彼が責任を取るのだろうか)

結婚を前にした娘にしては、ひどく強張っているヌリタスの顔を見て、裁縫師たちは緊張のせいだと思い、柔らかい声で話しかけた。その声は、とても温かかった。

「結婚前の新婦様は、みなさま心配が多いものです。ですが、お嬢様のように美しいお方をお迎えして、愛さない方がいると思いますか?」

美しく微笑み、ヌリタスに優しい言葉をかけてくれる裁縫師は、素早く手を動かし仮縫いしたドレスのしわに沿って待ち針を打っていた。

彼女は美しいと言ってくれる裁縫師に感謝したかったが、今作っているこのドレスを着て背中を押されていく自分の境遇があまりに悲しく、何も言えなかった。

きらびやかな装飾のついた鏡の中の憂鬱な赤毛の娘は、誰にもわからないように涙をこらえているようだった。

(愛なんて、今の自分には空の星と変わらない)

手に触れることも、手に入れることもできない、遠くに輝くもの。

それを夢見るほど、彼女の人生は甘くなかった。

第14話　真っ白なウエディングドレスの裾が揺れる

ヌリタスの気分とは関係なく、ドレスを仕立てる作業は続けられた。

揺れる瞳を窓の外に向けると、雲が悠々自適に空を浮遊していた。もし涙が溢れてドレスの裾に一粒でも垂れてしまったら大変だと思い、顔を上げてなんとか楽しいことを思い浮かべようとした。

(ないのか?)

額にしわがよるくらい顔をしかめてみても、清々《すがすが》しく笑っている自分の姿が浮かばない。むしろ少しでも笑ったことがあっただろうか。

心が一番落ち着いていた時といえば、楽しそうに遊びまわる動物を眺めていた時や、夜寝床で休んでいる母親の吐息を聞いていた時だった。

(別のことを考えよう)

なんとかして悲しい考えから離れようと、目を大きく開けた。そしてヌリタスは、自分の体に巻きつけられたミルク色のドレスを見下ろした。ドレスがあまりに白いので、身につけているだけでも申し訳ない気持ちになった。

一歩でも踏み出したら、ドレスの裾からあらゆる汚いものが這《は》い上《あ》がってきそうな錯覚に襲われる。

真っ白なドレスは、少しずつ暗闇に染まっていくのだろう。深い闇のせいで、彼女が一歩踏みだすことすら難しいかもしれない。

(行き先が見えないよ)

ドレスを仕立てる部屋の中には明るい光が差し込み、裁縫師たちの楽しそうな声が音楽のように響いていた。

裁縫師たちは待ち針の作業を終えると、ベールに使うレースの種類について、喉が痛くなるのではないかと思うほど熱心に説明し、様々な模様のレースの一部を丁寧に見せてくれた。

薔薇のレースに、蔓《つる》の模様のレース、星型のレースなど、生まれて初めて見るレースたちは、本当に様々な形をしていた。そしてこれらすべてが、職人の手によって作られたものだと、親切に教えてくれた。

(美しいのか?)

だが、ヌリタスにとってこれらは大きな意味を持たなかった。愛する男と結婚するわけでも、彼女の名前で嫁ぐわけでもない。ヌリタスは控え目に、小さな声で裁縫師たちに告げた。

「模様はどのようなものでもいいので、ベールはとても長く、足元までくるようにしてくれたら嬉しいです」

（この醜い姿と罪のすべてが覆い隠せるように、とても長くて広いものがいいのです）

ヌリタスは口に出せるはずもない言葉を、心の中で唱えた。

「そんなに長いベールなんて想像もできないですが、とても個性的ですね。やはり高貴な方のお考えになることは格別ですわ。最高に美しいベールを準備いたしますね」

ヌリタスの意図とは異なり、裁縫師はそれを一つの試みだと思ったようだ。情熱的な手が、ドレスの裾を手入れしていた。

彼女はヌリタスに、どんなものが好きか、どんなものが似合うのかについて、とどまることなく話し続けた。

ヌリタスは、明るい裁縫師のことを羨ましく感じた。同じ空間で生きていても、ヌリタスを取り巻く世界は暗黒で、彼女たちの世界は、明るく輝いているように感じた。

ヌリタスがどれだけ手を伸ばしても、彼女の上にかかった影は、彼女に光がさすのを許してくれなかった。

＊＊＊

その時、淡い黄色のドレスを着たメイリーンが、まるで監視でもするようにあちこちを見ながらヌリタスの前に登場した。

（今日は、午前に弟、午後には姉さんの順番か）

これで夜に伯爵夫人に頬でも叩かれたら、完璧な一日になりそうだった。ヌリタスはうつむき、静かに呟いた。メイリーンの登場が、いい兆しであるはずがなかった。

「皆、しばらく外に出なさい！」

メイリーンは、まるで虫でも追い払うかのように女中と裁縫師を追い出し、丸い木の台の上で、自分が着るはずだったウエディングドレスを着ているヌリタスを、じっくりと観察し始めた。

ガリガリに痩せて性別もわからないほどだった姿から、だいぶ垢抜《あかぬ》けた。何も知らないものが見たら、間違いなくロマニョーロ伯爵の血筋だと思うだろう。

自分以上に父親に似ている白い肌と青い目を持ったヌリタスを見ていると、苛立ちがこみ上げてきた。

「豚に真珠ね」

ヌリタスはやっと子ども向けの本が読めるようになった程度だったので、メイリーンの言葉の意味をすべて理解することはできなかった。だが、彼女の嫌味ったらしい口調と、虫を見るかのように自分をみる鳥肌の立ちそうな視線から、きっといい意味ではないだろうと想像できた。

そしてメイリーンは豪華なドレスをふわりと翻しながら、わざとらしい笑みを浮かべた。扇子を握る手には力が込められ、唇の端はかすかに震えていた。

「どんな意味かなんて、あなたなんかにわかるはずないわ。まさかそのドレスが自分に似合ってるなんて思っていないわよね？」

ヌリタスは何も言わず、目でメイリーンに返事をした。鏡を前にしているため、その姿がどうであるか、わざわざメイリーンの口から聞かなければならない理由がなかった。

輝く新婦の姿でないことなど、ヌリタス自身が一番よくわかっていた。

「本当は、私が着るはずだったのに」

メイリーンは、その言葉をいうためにここに来たのだ。こんなみすぼらしい子どもに、公爵家から送られてきた美しい布でドレスを作ることなど、到底納得できなかった。その言葉を聞くと、ずっと無表情だったヌリタスの顔に、何かがよぎったようだった。

（今からでも、あなたが着れば？　あなたが行くべき場所なんだから、あなたが行けばいい）

誰のために行くと思っているのだろうか。ヌリタスは険しい目で、彼女を睨みつけているメイリーンをじっと見つめた。母の命を握っている伯爵の命令に従い、裸足《はだし》で茨《いばら》の道を歩こうとしているのだ。

「私のこと睨んでるの？　あなた、何様？」

赤毛のメイリーンの二つの目を、黙って見つめた。言いたいことは山ほどあったが、何を言おうがメイリーンに理解してもらえることなどないとわかっていた。

（貴族の令嬢が過ちを犯したら、許しを請うべきだろう）

ヌリタスは午前中のアビオの時と同じように、我慢した。

メイリーンは、自分の一言にペコペコしたり震え上がったりする他の女中たちと違い、顔を上げて視線をそらそうとしないヌリタスが、気に入らなかった。彼女が声を上げると目を伏せるヌリタスは、メイリーンを苛立たせた。

（この私生児、ふざけてるの？）

メイリーンはヌリタスに大股で近づき、仮縫いされたばかりのドレスの裾を力一杯握りしめた。

ヌリタスの不機嫌そうな視線と、興奮したメイリーンの視線が絡まり合う。そしてその瞬間、メアリーンがドレスを強く引っ張ると、ドレスの裾が外れ、宝石がゴロゴロと散らばった。

「あなたにこんな綺麗《きれい》なものが似合うと思ってるの？」

メイリーンは、怒りに任せてやった行動が思ったより大事になってしまい、不安になった。だがヌリタスの前でそんなそぶりを見せるわけにもいかず、さらに大声を張り上げた。

下の方がボロボロになったドレスを見ながら、ヌリタスは冷たい目でメイリーンに向かって口を開いた。

「私に似合うドレスにしてくださってありがとうございます。伯爵様もきっと気に入ってくださるでしょう」

「何ですって！」

巧みに自分を非難してくるヌリタスの虚《うつ》ろな顔をみて恐怖と羞恥心を感じたメイリーンは、彼女の髪の毛と同じくらいに顔を赤くして去って行った。

「本当に、自分にぴったりのドレスだ」

美しすぎて着るのがためらわれたドレスの裾がめちゃくちゃになったことで、やっと心が軽くなった。

誰もいなくなった部屋で、ボロボロになったウエディングドレスを着たヌリタスの両目は、大きな鏡を見つめながら、大きく揺れていた。

第15話　運命の相手へと続く道（1）

モルシアーニ公爵城の執務室には、どこか陰鬱な様子の公爵と、様々な絵を描いて比べてみせる侍従がいた。

セザールは最終的に何枚かの絵を選び、公爵の前に差し出した。

「公爵様、礼服はやはり青色がいいでしょうか？」

「そうだな」

「では、赤色はどうですか？」

「そうだな」

「公爵家のシンボルを刺繍《ししゅう》するのはどうでしょうか？」

「なんでもいいよ」

モルシアーニ公爵の侍従セザールは、誠意のない公爵の態度に腹が立ったが、ぐっと我慢していた。奥歯を噛み締め、いつも通りの声で伯爵に言った。

「公爵様のご結婚の際に着る服を決めなければならないのですから、もう少し真剣に考えられてはいかがでしょう？」

ルーシャスは黒い髪をはらい、野生のヒョウのような目でセザールを見つめた。

「私が裸で登場したら、この結婚は無効になるだろうか」

「公爵様！」

気の弱い侍従は、公爵が衝撃的な発言をするたびに、心臓が壊れてしまいそうになった。セザールは、彼がこの結婚自体を望んでいないということを、よくわかっていた。もちろん、相手がロマニョーロ伯爵家なら、それも無理ないと思った。

「ですが公爵様、殿下が命じられた結婚ですから、最善をつくしてみてはいかがでしょうか。避けられないのならば、受け入れろ。そんな言葉を見たことがあります」

うまく丸めこもうとするセザールの言葉を聞き、ルーシャスは長くてがっしりとした足をのばし、立ち上がった。

「戦争では、避けられなければ次の日に昇る陽を見ることはできない」

「ですが公爵様、もう戦争は終わりました」

「そうか？」

ルーシャス は遠くの空をキッと睨みつけた。

「セザール。真の戦争は、戦争だけではなく、いつだってこの場で起こっているのだ。敵は今、姿を隠しているだけさ」

ルーシャスはふいに、先日の暴言を吐いていた少女の顔を思い出した。いくら気分が憂鬱でも、彼女のことを思い出すと小さな笑みがこぼれた。ドレスを泥で汚し、少年のように話す面白い女だった。

「ヌリタスと言ったな」

「え？」

公爵はセザールに対して何も答えないまま、ずっと遠くを見つめていた。セザールは公爵の前に、もう一度書類の山を差し出した。

「公爵様、鴨は三十羽ほど準備いたしましょうか？　ワインはどれくらい用意すればいいですか？」

「執事と話し合って勝手に決めてくれ」

依然として公爵はセザールの書類には見向きもせずに、別のことを考えているようだった。すると突然招待状の束を侍従に渡した。

「これで全部ですか？」

その招待状の束のあまりの薄さに、セザールは驚き、手にとって確認した。

（王国で名の知れたモルシアーニ家の公爵の結婚なのに？）

「ああ。どうでもいい人たちの前で道化になる必要などないからな」

公爵の冷たい言葉にセザールはめまいがした。いくら望まぬ結婚とはいえ、ここまで否定的だとは思わなかった。顔も知らないメイリーン・ロマニョーロ嬢が、なんだか気の毒になってきた。

（こんなに冷たい人を夫に迎えるなんて）

同じ男として、尊敬できる部分も多く、とても格好いい人だとは思うが、もしも自分の妹が公爵と結婚すると言い出したら、セザールは命をかけて反対しただろう。

（公爵様との結婚生活なんて、甘く幸せなはずがない）

そしてまた一方で、日常を戦争だと考える主をみて、心苦しくなった。どうか新しく迎える奥様が優しい人で、この氷のような人の心を少しでも溶かしてくれますように。そして二人の未来が、春の日のように暖かでありますようにと願った。

それは、主を思うセザールの本心だった。

（礼服や式の準備、お客様の応対などは、勝手に進めよう。できるだけ、公爵様を楽にさせてあげよう）

熱血侍従セザールは、静かにそう決心した。

＊＊＊

「お互いに向かい合って公爵様がベールを上げてくださるまでは、動いてはいけません」

今日もボバリュー夫人が、貴族の結婚式の手順とマナーについて熱弁している最中だった。だがヌリタスは、それを聞いているふりをしながら、窓の外の広い世界に視線を向けていた。

とても天気が良く、室内にいるのが勿体なかった。これから公爵家に嫁いだら、きっと今以上にすべてにおいて制約があるはずだ。

（公爵夫人だなんて）

いくら考えても、まともな計画ではなかった。ヌリタスの胸は、不安で満たされていた。

「わかっていますか？　公爵様としっかり視線を合わせてはいけませんよ。恥ずかしそうにうつむくのです」

ボバリュー夫人の声がどんどん大きくなっていった。以前ヌリタスが、暴力を振るう彼女を脅迫した後から、夫人は鞭の代わりに大きな声を出すようになった。

貴族ごっこをするようになってから、この生活のすべてが地獄のようではないということにも気づいた。まず、ここで飢えを感じることはなかった。

だが、たくさんの食べ物を食べる度に、城の外の使用人たちの欠けた器に盛られた粥が思い出され、胸が痛んだ。

（残った食事を分けてあげるだけでも…）

だが、伯爵家には誰一人そんなことを考える者はいなかった。彼らにとって台所の食べ物をこっそり食べるネズミも、城のために働く女中たちも、同じだった。

そんな中に、ヌリタスや彼女の母も含まれていた。

短いため息がヌリタスの唇からこぼれ落ちた。

「足取りは、花びらの上を歩くように軽やかでなくてはいけません」

ボバリュー夫人は、バージンロードの歩き方についてヌリタスに説明していた。

（花びらは分からなければ、汚物の上を歩くことなら自信あるのに）

経験のないものは、そのドロドロした汚物の上に足を乗せた瞬間、足がはまってまともに歩けない。

だが彼女は、長年の経験のおかげで、足がはまることもなく、自由自在に歩きながら仕事をすることができた。

そして、城での入浴もとても不思議な経験だった。以前は、水で濡らした布でざっと体を拭くなり、手や顔だけ水で洗って済ませていた。清潔である必要もなかった。雨の日は、体全体を洗い流す日になった。

働くものたちは皆体から悪臭が漂っていたため、それが当たり前だと思って生きてきた。

(豚小屋で汚れているのが普通だったのに)

だが、今では城の外で働くものたちの近くを通るたびに、その匂いが少し気になるようになった。

(なんてことだ)

ヌリタスは自分ではどうすることもできない体の感覚を、滑稽に感じた。

そっと風が吹き、彼女の髪を揺らした。馬に乗って駆け回りたかった。乗馬を教えてくれるのがアビオだというのが少し残念だったが、彼は非常に誠実に馬に乗る方法を教えてくれた。

(あんな奴でも、ひとつくらいはまともにできることがあるんだな)

貴族の生き方は、いくつかを除いては、とことん彼女に合わなかった。特にボバリュー夫人の授業は、本当に退屈でつまらなかった。不眠症で苦労していた馬引きのおじさんを、代わりに差し出したいような時間だった。

(治療が受けられずにいつも赤い目をしていたおじさんも、この授業を受ければきっと十分もしないうちに深く眠れるはずだ)

他の先生の授業は受けたことがないので比べることはできないが、ヌリタスは今更ながらの学習にあまり興味を抱けなかった。

「そして互いに向かい合って黙礼を交わした後は、それぞれの家族に挨拶をし、式が終わりです。聞いているのですか？　ヌリタスさん？」

ボバリュー夫人は、ヌリタスに脅されてから直接的な体罰は控えるようになったが、その性格は変わらなかった。

ヌリタスが集中しないせいで腹を立てた彼女は、細い鞭で机を何度も叩きながら感情をあらわにしていた。

ヌリタスはちらりと彼女の姿を見た。

今日はどういう風の吹きまわしか、夫人は胸ががばっと開いた青いドレスをきて、髪の毛も下ろしていた。

(正直、今の方がよっぽど柔らかい印象だけど、貴族の未亡人にしてはちょっと派手すぎるんじゃないか？)

ヌリタスは前に読んだ本の内容を思い出してしまった。その本には、未亡人の品位を保つ服装について、長々と書かれていた。そこでは、なんと手袋の色まで定められていた。

（そんなのどうでもいいか）

きっと自分を殴りたくてたまらないだろう。壊れそうなほどに机を棒で叩くボバリュー夫人が哀れに思えてきた。

「ボバリュー夫人、私の聴力は正常なのでご心配なさらないでください。順序はすべて覚えました。絶対に私がベールをめくってはいけないということも」

ヌリタスは、他の場所を見ていた視線を戻し、きちんと聞いていたということを夫人に告げた。

ボバリュー夫人は、授業中ずっと窓の外を見ながら別のことを考えているようだった私生児が、自分の強調したことをすべて言ってみせたので、驚きを感じた。

その時、ロマニョーロ伯爵が部屋にやってきた。

彼はとても自然にヌリタスに近づき、彼女の肩に手を置いた。それはまるで、娘を愛する優しい父親のようだった。

「ボバリュー夫人、ご苦労様。我が娘はしっかりやっていますか？」

ヌリタスは肩に乗った伯爵の手を、とてつもなく重く感じた。

彼女を押さえつける現実の重圧は、すべて彼のこの手が始まりだ。自分を誕生させ、破滅へと導くすべての道が、彼によって作られたのだ。

（我が子だって？）

本当に、笑わせてくれる。

自分の存在を知ったのだって数ヶ月前にすぎず、実の娘の代わりに、まるでオークションに牛でも出すかのように彼女を公爵家へ送ろうとするものの口からそんな言葉が出るとは。

そして、同時に自分の母親のことを思い出した。今も、この人は母のもとへ行っているのだろうかと考えると、胃液が逆流しそうだった。

何も考えず、何も見ずに生きていた時代の彼女は、ただ働いて食べて寝るだけの動物と同じだった。

なぜ名前がないのか、なぜ自分はクローゼットに押し込まれるのか、あんな年齢になるまで自分が男なのかそうではないのかということに興味すら抱かない人生を送っていたのか。

（なぜ今まで、何も知らずに生きてきたのだろう）

こうして周りに目を向けるようになり、世界を知るようになったのは、伯爵のおかげだ。

そのおかげで拙いけれど本も読めるようになり、このクソみたいな名前の意味もわかるようになった。

（伯爵様に感謝いたしましょうかね）

ヌリタスはボバリュー夫人と伯爵が会話を交わすのを聞きながら、口の中でそっとそう呟いた。

「伯爵様。お嬢様はとても聡明《そうめい》で、教えるのがとても楽ですわ。おほほほ」

さっきまで部屋の物をすべて破壊しそうな勢いで怒っていた夫人が、伯爵に媚《こ》びる姿を見て、ヌリタスはなぜか拒否感を覚えた。

「夫人、時間があるなら、お茶でもどうです？　子どもの教育のことで、聞きたいことがたくさんあるのですよ」

伯爵が彼女にこっそりと視線を送りながらお茶の誘いをすると、ボバリュー夫人は頬を赤く染めた。

ヌリタスは、伯爵が夫人の豊満な胸をさっと見て、舌舐めずりするのを目撃した。

ボバリュー夫人も、ロマニョーロ伯爵の広い肩を、うっとりとした目で見ているようだった。

第16話　運命の相手へと続く道（2）

二人がお互いを意識しながら部屋を出て行くと、ヌリタスはやっと生き返ったような気がした。

あのねっとりとした視線のせいで、天気がいいから外に出て飛び回りたいと思っていた気持ちは消えてしまった。

涙が一滴、ポツリとこぼれた。

ヌリタスは伯爵に長い間苦しめられてきた母のことを考えていた。

伯爵にとって母は、ただその瞬間の欲望を慰めるための道具にすぎなかった。

伯爵には他にも、ヌリタスの知らない多数の女がいるのだろう。

それを思うと、耐えられないほどの吐き気に襲われた。

真っ暗な夜を熱くした男の吐息と暴言が、今も耳に残っている。

その中には、死んだように横たわる彼女の母親がいたのだ。母親は子どもに申し訳なくて、吐息すら漏らさずにただその時間を耐えるしかなかったのだろう。

（ああ、母さん…）

彼女は、自分が慣れない公爵城に行き、怖い噂がたくさんある公爵と結婚することよりも、ここに残していく母親のことが心配だった。

結婚するということすらまだ伝えていないので、今日こそ言わなければならない。

（母さんにも別れるための心の準備をする時間が必要なはずだ……）

そこにいるのが当たり前すぎて、彼女にとって母親がどれほど大きな存在なのか今まで気づかずにいた。ずっと一緒だった母の元を離れることになる。

遠い昔に一度、母は自分の本当の母ではないのではないのかと思ったことがあった。

他の女中たちは、いくら仕事が忙しくても、自分の子どもに微笑みくらいは見せていたから。だが、自分と母親はとても乾いた関係だった。

（母さんが笑うのを見たことがあったっけ？）

思い返せば、自分だって笑ったことがない気がした。だが今は、母がどんな気持ちだったのか、少しわかるような気がする。

母は伯爵夫人にヌリタスが私生児だということがばれて危害を加えられることを恐れてひっそりと暮らしていたのだ。絶対に見つかってはいけないと気をつけながら、子どもを守ってきたのだ。

もちろん、すべて理解できるわけではなかった。だがひとつ確実にわかるのは、母が自分を愛しているということだ。

相手が表現しないからといって、愛していないわけではないということを知った。母は、男たちの手から自分を守ろうとしてくれ、伯爵夫人の鞭から、子どもを守ろうとしてくれた。

これからは、彼女が母親を守る番だった。ヌリタスの顔には、強い覚悟が刻まれていた。

＊＊＊

「メイリーン。あなたがその日に一緒に行くのは、ダメよ。危険だわ」

「だけどお母さん、夫になるはずだった公爵様の顔くらいは見てみたいの」

メイリーンは、ヌリタスが彼女の代わりに公爵家に嫁いだらすぐに隣国へ向かう準備が整っていた。だが向かう前に、その恐ろしいと噂の公爵の姿を見てみたかった。

身長が二メートルを超えるという噂や、ひどい不細工だという話も聞いた。

公爵は王室の舞踏会にも一切顔を出さないため、そんな噂が流れるのだ。

あの卑しい私生児が、悪魔のような怪物の前で真っ白なドレスを着て涙を流す姿を見たかった。

伯爵夫人はかぶりを振った。

「伯爵様が知ったら、きっと許さないわ」

「お母さん、女中のふりをして行くから。ね？」

「本当に言い出したら聞かないんだから」

伯爵夫人は、目に入れても痛くないほど可愛がっているメイリーンに駄々《だだ》をこねられ、お手上げだった。

（本当にかわいそうな子）

こんなにも綺麗で高貴な子が、自分の家を離れて遠くに旅立たなければならないなんて。なぜよりによってあんなに残忍な男との縁談が持ち上がったのだろうか。

（神様も、ひどいことをなさるわ）

神を憎んでみたが、その怒りの矛先は、伯爵にそっくりなあの子どもへと向かった。

あの私生児と母親の存在を知ってから、夫人の夜は悪夢の連続だった。

アビオを生んだ日の夜、出血で生死をさまよった彼女の赤毛が力なく揺れていた時、伯爵は綺麗な目をしたあの女を抱いていたのだ。

彼女の脈が弱まっていた時、伯爵の心臓の鼓動は興奮で早まっていたのだ。アビオと私生児の年齢が同じだという事実は、彼女にとってとても大きな痛みであり、衝撃だった。

「ああ。可愛いメイリーン」

伯爵夫人の目に暗い影が過ぎった。彼女は大切な娘に優しくこう告げた。

悲しみ、涙を流すべきなのは、自分たちではない。決して、そうではあってはいけないのだ。

「一緒に、あの卑しい子どもを躾《しつ》けにいきましょう」

＊＊＊

ヌリタスは、ここを離れる時間が差し迫っており、疲れきっている状態だった。

残していかなければならない母親がこの上なく心配だ。そしてこれからは見知らぬ場所で嘘をつき続け、彼女のものではない名を名乗り、生きていかなければならない。そんな時の突然の伯爵夫人とメイリーンの訪問など、嬉しいわけがない。

ヌリタスは力を振り絞って立ち上がり、なんとかお辞儀をした。だが、夫人はヌリタスを見ているのか見ていないのか、隅の方で頭を下げていたソフィアに尖った声で小さく命令した。

「ソフィア、お茶の準備をしてちょうだい」

「はい」

「結婚が迫っているから、その前にこうして女だけのお茶会を準備したの。どうかしら？」

「ええ、私たち、家族同然だもの」

伯爵夫人はとても温和な笑顔で、まるでヌリタスが自分の本当の娘であるかのように、優しく声をかけた。メイリーンも母親に続いて、心にもないだろう「家族」という単語を使ってみせた。


ヌリタスは、自分を嫌っている伯爵夫人が何の意図があってこんな風に怪しい笑みを浮かべているのか推測しようと目を光らせた。

（どんな意図であろうと、いいことであるはずはない）

向かい合っているのがとても気まずく、空気も張り詰めてきた。いっそ、夫人に怒られたり怒鳴られたりするほうが、よっぽど気が楽だった。

「そういえば、ドレスは気に入った？　私がきちんと仕立てるように命じたのよ。彼女たち、とても腕がいいの」

ドレスの話が出ると、メイリーンは一瞬顔を背けたようだった。

ヌリタスは、メイリーンがドレスをめちゃくちゃにしたことは言わなかった。ただでさえ精神的に疲れているのに、これ以上事を荒立てたくなかった。

ヌリタスは、伯爵夫人の言葉に同意するようにうなずき、目を伏せていた。

この時間が早く過ぎてくれることを願っていた。

その時、ソフィアが銀製の盆を持って部屋に入ってきた。彼女は部屋の空気が良くないことを感じとったのか、慎重な足取りでやってきた。

「ソフィア、それをここに置いたら、外に出ていなさい」

ソフィアは熱いお茶の入った陶器のポットと三つのカップをテーブルに丁寧におくと、少しためらったあと、夫人の言葉に従い部屋から出て行った。

伯爵夫人はカップにお茶を注ぎ、それをヌリタスに勧めた。ヌリタスは気が進まなかったが、カップを受け取った。

「ありがとうございます」

入れたばかりのお茶はとても熱く、それを冷まそうとカップを一瞬テーブルに置いた時だった。

伯爵夫人の赤毛がまるで生きている花火のようにうねると、とても陰険な声でこう言った。

「今飲みなさい」

「え？」

「お茶は熱い時が美味しいのよ。まさか私からのお茶を、拒んでいるわけじゃないわよね？」

ヌリタスは、やっと夫人の意図するティータイムがどんなものなのかを悟った。

何をするつもりなのかと思ったが、熱いお茶で彼女の喉を火傷させて憂さ晴らしをしようとしているようだ。

まるで子どもの悪ふざけだ。

彼女たちにとって虫ケラ以下の私生児にお茶を注いでくれた瞬間、きっと良くないことが起こるだろうなとは思っていた。苦笑いするしかなかった。

だが伯爵夫人は、一つ見落としてしていた。

彼女が今まで何年もの間、豚小屋の掃除をする男として生きてきたということだ。

彼女にとって、食べ物が熱かったり冷たかったりすることに対して不快感を感じるような余裕すらなかった。

窯の中でグツグツ煮える薄い粥を食べなければいけない日もあった。舌を火傷したり手に水ぶくれができたことだって何度もある。寒い日に氷の張った粥を、尖ったもので割って食べたこともあった。

ヌリタスは、ゆっくりと夫人に目を向けた。

そして尊い方が入れてくださったお茶を喜んで飲むかのように、一気に飲み干した。

そしてすべて飲み干したあと、ボバリュー夫人に習った優雅にカップを置く方法などには従わず、音を立ててカップをテーブルに置き、口元に溢れた熱いお茶を袖でさっと拭った。

「ごちそうさまでした」

ヌリタスが熱いお茶を冷ましもせずに飲み干し、礼を告げる様子を見た夫人とメイリーンは、驚愕した。

「なんてこと！」

「こんな恐ろしいことが、あるのかしら」

(飲めといったのはこの人たちなのに、何が恐ろしいんだ)

温まった体でごくんと唾を飲み、ヌリタスはしっかりと目を開けて彼女たちの顔を見た。

こんなくだらないことでは、少しもヌリタスは傷つかなかった。

もし自分が相手を苦しませたかったら、この煮えたぎるポットをその柔らかい顔に向かって投げつけていただろう。

「奥様の入れてくれたお茶だけあって、香りが格別でした」

ヌリタスはわざとらしく謙虚ぶって、言葉を続けた。

「そういえば、もうすぐ結婚なので、練習してみなければならないことがあって。お母様と一度呼んでみてもいいでしょうか？」

ヌリタスが熱いお茶を美味しいと言ったり、お母様と呼んでもいいかと訪ねたりする間、伯爵夫人とメイリーンは魂が抜けてしまったような顔をしていた。

その時ヌリタスは、動揺が隠しきれず扇子を仰ぐ夫人の、とても小さくて白い手を見た。

きっとその手は、扇子を仰ぐ以外に、一生何かを運んだり、磨いたりすることはしないのだろう。

そしてその手がまさに、母を倒れるほどに痛めつけたのだ。母がどれだけ願っても、決して止まらなかった手だ。

ヌリタスは腹のなかでもう一度お茶が沸騰するような感覚に陥った。

だがヌリタスは、指で太ももをつねって、どうにか泣くのを我慢した。

(こいつらの前では、泣かないんだ)

そもそもこの勝負は、ヌリタスや母親に勝ち目はない。メイリーンを名乗って噂の公爵のもとへ嫁ぐだけでも、彼女の負けだ。

だがこれ以上彼女たちに惨めな姿を見せたくなかった。

ヌリタスの青い目が怒りに満ちていく一方で、伯爵夫人とメイリーンは何かに追われているかのように立ち上がろうとしていた。

彼女たちの目には、ヌリタスが怪物のように映ったようだ。

「そういえば、お客様が来るのを思い出したわ。お茶はまた今度にしましょう」

伯爵夫人は、本に出てきそうな完璧な動作で挨拶をし、メイリーンを連れて急いで部屋から出て行った。

第17話　父のその手に、始まりと終わりが宿る

ヌリタスは誰もいなくなった部屋でやっと一人になった。

「豚たちが恋しいや。本当に」

あの臭くてうるさいピンク色の存在を恋しく思う日がくるとは。

貴族たちの中で必死に過ごしていたら、何も言わない動物たちが彼女にとってどれだけ慰めになっていたのか、今になって感じることができた。

少なくとも動物たちは彼女を騙したり苦しめたりはしなかった。

「次のお茶会などあるのだろうか。もうすぐ公爵家に嫁ぐのに」

彼女にどれだけの時間が残されているのだろうか。

武器一つ持たずに戦場に乗り込む気分だった。あるいは、伝説の中のドラゴンの口の中に、裸で飛び込むような気分だった。その鋭い歯で傷つけられ血を流す自分の姿が、まぶたの裏に浮かんだ。

そしてヌリタスはふと思い立ったことがあり、急いで部屋を出た。

＊＊＊

「何事だ？」

ヌリタスは伯爵の執務室を尋ねた。伯爵は突然部屋にやってきた彼の私生児を、奇妙な目つきで眺めた。

「お話ししたいことがあります」

「そうだろうな」

ヌリタスは、重い口をなんとか開いた。彼女の半分を作ったこの男と同じ部屋でこんな話をしなければならないこと自体が、とても苦痛だった。だが、病床に伏せている母のやつれた顔を思い浮かべ、もう一度勇気を出してみた。

「私が今回のことをやり遂げたら、母を守ってくださるという言葉を信じてもよろしいのですか？」

ヌリタスは、伯爵の口からはっきりと確かな答えを聞きたかった。そうでなければ、この破滅への道へ足を踏み入れるのは、難しかった。

伯爵は持っていた書類を置き、彼を見つめるヌリタスの挑発的な青い瞳に宿る意志を読み取った。

（昔の私に似た気概のようなものを、よりによって女の私生児から感じることになるとは…）

伯爵は両手で顎を抑え、ヌリタスをじっくりと見つめた。自分の嫡子として生まれていたならば、間違いなくロマニョーロ家を発展させてくれたことだろう。そんな確信を抱いた。だがそんな例え話など、全く意味がないことも、よくわかっていた。

目の前に立つこの子どもは、ただ公爵の人生を泥沼に落とすための手段にすぎなかった。だが、もったいないと思う気持ちは、どうしようもなかった。

「ふん。実にもったいない」

ヌリタスは、訳のわからぬ伯爵の言葉を聞き、彼の目をじっと凝視した。そして伯爵は手の甲を叩きながら、慈愛に満ちた声で彼女にこう答えた。

「ああ。お前がメイリーンとして生きている間は、母親は無事だろう」

伯爵はゆっくりと椅子から立ち上がり、窓辺に向かって歩き出した。私生児の母親は、今のところまだ必要だった。彼は指でコツンと窓を叩き、今後のことについて思い描いてみた。

「剣術しか知らないあの傲慢なガキは、この私生児をメイリーンだと思いながら一生生きていくのだろう。そして運がよければ、この娘に彼の種が宿り、公爵家の血統が汚れた血で染められる」

これこそが、公爵に対する最大の復讐だった。一時期自分を太陽のように崇《あが》めていながら掌を返した者たちへ捧げる復讐でもあった。

これは、家柄に誇りを持っている伯爵のプライドに関わる問題だった。彼にとって名誉とは、命にかえても惜しくないものだった。

そしてそれを成し遂げるために犠牲になるものや被害を受けるもののことは全く考えていない、実に利己的な計画でもあった。

「他の者の種を持ち込むのも、面白いかもしれない」

ロマニョーロ伯爵は、頭に浮かんだ考えを口に出した。

私生児と結婚するだけではなく、その女が他の男と通じて後継者を産むなんてことが起きれば、それこそまさに極上の面白さではないか。

伯爵の顔には、この上なく満足げな光が宿っていた。ついに彼の人生において、最高の戦争での勝利を収める時間が近づいていた。

＊＊＊

ヌリタスは、伯爵の言葉すべてを信じたわけではないが、いまはそうする以外に別の方法が浮かばなかった。自分には別の方法を探す力すら残っていないことを感じて肩をすくめ、外に出た。

月が明るい夜だった。

彼女の貧相な肩を照らす月明かりが、庭園に広がっていた。まだ風が冷たく、何も羽織っていない彼女の腕に少し鳥肌が立った。

だがヌリタスは向かい風に逆らい、もう少し前へと進んだ。

夜が深く、花も草も皆静かに眠っているようだった。

彼女は腕を撫でながら、月を見上げて見た。

柔らかい光を放つ神聖な真円を見つめる彼女の目は、決して澄んでいなかった。空の下の命たちを見守っているという女神に対する恨みに満ちていた。

（ディアーナよ。私たちはいつまでこの泥沼の中で苦しまなければならないのですか）

ずっと我慢していた涙が一筋、彼女の頬に流れた。涙はすぐに冷えて、そのまま大地に落ちた。

「畜生！　最悪な気分だ」

貴族の真似をして、高尚ぶって神に助けを求めてみたが、彼女の気持ちは全く軽くならなかった。

むしろ何も変わらない自分たちの人生が浮き彫りになっただけだった。

（空に浮かぶ月さえも、高貴なものと価値のないものの命を差別するんだな）

突然降り出した雨は、ヌリタスの気分などお構いなしに、彼女の痩せた体を容赦なく揺さぶった。

第18話　いつか恋しくなるだろう今日が過ぎ去っていく

「こんなに雨に濡れて、風邪でも引いたらどうするの？」

ヌリタスは庭でしばらく雨に打たれた後、母のもとを尋ねた。そして彼女が伯爵の娘として認められ公爵家に嫁ぐことになったと話した。びしょ濡れの子どもの唇が青くなっていた。

「どういうことなの？　全く理解できないわ」

レオニーは、すぐに布団を取り出し、子どもの体をくるんだ。今日は子どもの青い瞳がいつも以上に悲しげに見えて、胸が締め付けられた。

ヌリタスは布団の中から手を取り出し、しわのよった母親の手を握った。体と同じように小さな手は、傷だらけだった。昼間にみた伯爵夫人のシミひとつない白い手を思い出し、涙が出そうになった。

母親は、ヌリタスが結婚することになったという話を、大したことのない話のように受け流し、握った手を見つめながら静かに口を開いた。

「生きるのに必死で、お前に構ってやれなかったね。ごめんね」

ヌリタスは、感情を押し殺しているのを感じながら、もう一度結婚の話をした。

「でも、お前は私が産んだ子じゃないか。一体どうして」

レオニーは自分の子どもに私生児という単語を使いたくなくて、遠回しな表現をした。

「私が伯爵様に認められたという話をしたのは覚えているでしょう？　名前もいただいたのです。それでこうなったのですよ」

ヌリタスは雨に打たれて固まった唇の間から、努めて明るい声を出そうとした。

「じゃあ、ここを離れるのかい？　もう会えないの？」

レオニーは激しく咳《せ》き込《こ》みながら、濡れた瞳でヌリタスを見つめた。

望んで産んだ子どもではなかったが、生まれた瞬間から、愛さずにはいられない、とてもいい子だった。どんな子どもだろうと、神に誓って愛するつもりだった。

子どもは、未来も希望もない女中の人生に訪れた、たった一つの祝福だった。自分の母を病気で早くに亡くしたレオニーにとって、この辛い世界に存在するのは彼女と子どもの二人だけだった。

小さな体でひとつ屋根の下に暮らすのは、大きな慰めだった。馴《な》れ合《あ》うのが怖く、ただ子どもの寝顔を遠くから見守った。それだけでも、とても幸せだった。

子どもが伯爵の私生児だということを知ってしまうのではないか、あるいは他の誰かがその事実に気づくのではないかと思い、いつだって細心の注意を払った。いつだって、静かに、息をひそめるように過ごしていた。

こんな風に綺麗なドレスを着せたり、リボンを結んであげることなど、一度だって夢見ることすらできなかった。髪の毛をいつも短く切り、染料を買って染めてやることが、彼女なりの子どもに対する愛情表現だった。そんな子どもが大きくなり、彼女のもとを旅立とうとしている。

「私は一緒に行けないいんだね」

レオニーは諦めるように呟いた。こんな風に別れることをわかっていたならば、子どもの綺麗な顔をもう少し見つめていたかったのに。頭を撫でてあげたかったのに。

悲しみが彼女を包んだ。

二人の小さな部屋には、硬くて古びたベッドが二台に、扉が一つついたタンスが一つ。

それがすべてだった。そして今は、悲しみとやるせなさが、空いた空間を埋めつくしていた。

ヌリタスは、一度だって母に言えなかった言葉を、口に出したかった。

ずっと我慢していたが、背中の曲がった母親が咳をする姿をみて、涙が溢《あふ》れ出《だ》してしまった。

「私が必ず母さんを迎えにきますから、もう少し待っていてください」

ヌリタスは真っ赤な目を乱暴にこすって、自分自身に誓った。

信頼のおけない伯爵家の奴らに、母を任せることなどできない。伯爵のいやらしい視線と、伯爵夫人の陰険な視線が、同時に母の胸を貫いてしまいそうだった。

方法は、すぐに考えてみせる。

そう信じたかった。

絶対に方法をみつけなければならない。

「だから、あまり無理しないで。サボったりもして。伯爵が…」

話をうまく終わらせることもできないまま、ヌリタスは母親の手をさらに強く握った。

(なぜ今までお互い、愛しているという一言すら言えなかったのだろう…)

「絶対にやり遂げてみせます母さん。だから心配しないでください」

レオニーは自分の子どもが突然公爵夫人になるという話を信じることが難しく、そしてやり遂げるという言葉が何を意味するのかもわからなかった。別れは悲しかったが、彼女が産んだ子どもがこんなにも成長したことを実感し、歳月は無駄ではなかったのだなと思った。

ヌリタスは、自分の手を撫でてくれる母の手が温かくて、ほかの話は到底口にすることもできずに、心の中だけで呟いた。

(伯爵は今も母さんを苦しめていますか？　伯爵夫人が尋ねてきたりはしませんか？　母さん)

だが、次いつ会えるかもわからない母との時間を、もう少し味わっていたかった。目覚めたら今日も仕事を頑張るように励まし合い、夜になったらおやすみと告げるだけ。そんな過ぎ去った過去のことを思うと、とても残念で仕方なかった。

母を敵だらけのロマニョーロ伯爵城に残していかねばならず、彼女は知らない顔ばかりのモルシアーニ公爵城に行かなければならない。

　ヌリタスは、もうここを離れなければいけない時間がきたことに気がついた。

　これ以上ここにいたら、心が雨で濡れて、決心したことをやり遂げる自信がなくなってしまうかもしれない。

　彼女がいた場所は、雨水が沁《し》みてまるで大きな涙がこぼれたように、円を描いていた。ヌリタスは、体にかけられていた布団を床に置き、母親に別れの挨拶をした。

　後ろから小さなすすり泣きが聞こえてきたが、ヌリタスは振り返らなかった。ぎゅっと拳を握り、ただ前に進んだ。

　今母の顔を見たら、崩れてしまいそうだった。自分自身と母親のためのとても短い別離を終えた彼女の足取りには決意がこもっていた。

（母さん、どうかお元気で）

第19話　モルシアーニ家の赤い剣（1）

　ルーシャスは、いつものように誰にも任せることなく、自分自身で剣の手入れをしていた。

　長く荒っぽい手で乾いた布を掴み、慎重に上下に動かし剣を拭いていく。どれほど集中していたのか、額から汗が一滴こぼれ落ち、剣の柄の部分をスーッと伝っていた。

　今この鋭い刃先は、彼の炯々たる眼光だけが反射して光り輝いていた。だが彼は、この剣には見えない悲鳴が染み込んでいることを十分にわかっていた。

　ルーシャスは、彼の手で多くの生けるものの命を奪った瞬間を、しっかりと覚えていた。

　命とは、時にあまりにあっけなく消えていくものだ。

　戦争という名目のもと、彼が倒した者たちの死体は、小さな山を成した。

　剣を持ってそこに立った以上それは不可抗力だった。

　戦場での油断は、すなわち自身の首を差し出すことを意味する。

（慈悲など何の意味がある）

まだ幼い頃、初めて剣を手にしたときのことを思い出した。戦争で出くわした敵は、彼と同年代の少年だった。十四、五歳くらいだっただろうか。その時ルーシャスは、同じ年代の子どもを切ることに、少し戸惑った。

だが彼のためらいを感じ取った相手は、容赦なくルーシャスの心臓を狙った。

その攻撃を辛うじてかわし、命は助かったが、手首に大きな傷を負った。

「生きるために相手を切るんだ」

血が深く染み込んだ剣に反射する光が、少しの間、過去を映し出したような気がした。

モルシアーニ公爵家の三人兄弟のうち、末っ子として生まれた彼は、最初公爵の後継者とは遠い位置にいた。

年の離れた二人の兄と母親から十分に可愛がられ、幸せな幼少時代を過ごした。

先代の公爵は無愛想な男だったため、末っ子の彼に対し直接的な愛情表現はしなかった。

だが、時折彼を見つめる優しい視線や、頭を撫でてくれる厚い手から、ルーシャスは父親が自分を愛していることを感じていた。

だが、父の視線、母の子守唄、そして二人の兄との思い出たちは、一瞬にして夢のように消え失せ《きう》てしまった。

二十年前に起きた戦争で、公爵であり王国最高の剣の実力者であった父が戦死した。

敵は、部下をすべて失い一人になった父を包囲し、剣で腹を切り裂き、刺し殺したのだ。

戦争に行くにはまだ若かったが、モルシアーニ家のために参戦していた二人の兄は、その瞬間父親のために剣を抜いた。

そうして、まだ咲いてもいなかった青年たちは、父の屍《しかばね》の上に横たわり、血に染まった空を見上げることになった。

戦争は結局、モルシアーニ家の三人の男を奪い、さらに多くの血で深い川を作り出し、やっと終わった。

王国は勝利を収めたが、大きくて立派な公爵城には、幼い彼と母親だけが残された。

母親は、夫と子どもを失ったが、悲しみをこらえてルーシャスを立派に育てようと努力した。先に旅立った息子たちに会いたくなる日にも、夫の広い肩が恋しくなる日にも、いつだって母はルーシャスに明るく笑いかけた。

その時彼はあまりに幼く、母の微笑みの中に涙が滲んでいたことなど、気づきもしなかった。

「ルーシャス・モルシアーニ。これからはあなたが家系を守るのよ」

母は真剣な顔で、ルーシャスに何度もこの言葉を伝えた。由緒ある公爵家を守らなければならないと必死だったのだろうか。

だが、神は依然としてルーシャスの味方をしなかった。

王国で流行した伝染病が公爵家に襲いかかり、母が犠牲になった。

幼い息子を一人残すまいと母は必死で闘ったが、結局目を開けることはなかった。その時彼はまだ、八歳だった。

幼い子どもがモルシアーニ家の重みに耐えようとするとたくさんの事柄が付随した。

様々なことを経験するにつれ、花をつんで母親にプレゼントしようと、にっこりと笑ったり、兄弟たちとふざけあってけらけら笑いながら逃げ回っていた少年は、どこかに消えてしまった。

ルーシャスは、公爵家の後継として、過酷な教育を受けなければならなかった。子どものわがままを聞き入れてくれる優しい声は、存在しなかった。運命は、彼がこれ以上子どもでいることを許さなかった。

彼は母の亡骸《なきがら》の前で涙を流すことすらできず、小さな体を辛うじて起こし、誓った。

（モルシアーニ家のために！）

あまりその頃のことを思い出さないルーシャスが、目を開けて苦笑いを浮かべた。

「母さんが聞いたら、墓から起き上がるだろうな」

彼につきまとう「悪魔、鬼、怪物、巨人」といった言葉が母の耳に入らなくてよかったと思った。

（あんなに可愛がっていた息子が、こんな噂の主人公になっていると知ったら、どれだけ悲しむだろうか）

刀を磨く手を止め、自分の新婦について考えてみた。彼女は、この恐ろしい噂を知っているのだろうか。

（いや。あんな風に暴言を吐く彼女ならば、恐ろしい噂など何ともないだろう）

本当に、印象的な女だった。そしてその人は今、彼のもとに向かって来ている。

彼は眩しく光る剣を高くあげ、誓うように剣を額に当てて、目を閉じた。

冷たくて肉をえぐるような鳴き声が剣から響いて、彼の心臓の音と響き合っているようだった。

「母さん……」

小さな少年は、家門を守るために、一人で長い歳月を耐えなければならなかった。彼にとって、それが今まで生きてきた理由のすべてだった。

(父の血が無駄にならないように。兄たちの最期が虚しいままにならないように)

しっかりとした体格の男の重い影が、彼の後ろに長く垂れさがっていた。

第20話　モルシアーニ家の赤い剣（2）

セザールは、部下がこっそりと調べ上げてきた資料を公爵に渡し、あたふたしていた。

公爵の顔をみても、その資料の内容を推測することができなかった。ある部分では怒ったように眉を釣り上げ、ある部分ではとても深刻な表情を浮かべていた。

（一体、ヌリタスという女は誰なんだ？）

セザールは、少し前に公爵から、ロマニョーロ家のヌリタスという女性について調査してこいという命令を受けた。伯爵家の尊い末娘との結婚を前にしているのに、余計な事件を起こしたら大変なことになると思い、セザールは気が気でなかった。

公爵の命令を受け、ボルゾイという公爵の部下が、密かにロマニョーロ家に侵入し、この資料を集めるのに成功した。

そうして手に入れた資料だが、セザールが見ることは許可されていなかったため、今こうして彼は公爵の周りをうろうろしながら、気になってしかたがないという顔を浮かべている。

公爵はすべての資料に目を通すと、ワシの彫刻が刻まれた大きな暖炉の中に、紙の束を放り投げてしまった。ひらひらと舞い上がる紙を見ながら、彼は笑っていた。

「面白い」

「え?」

セザールは、公爵の顔に浮かんだ夜叉《やしゃ》のような笑みをみた瞬間、わずかの間享受した平和な人生に別れを告げる時がきたと実感した。

(なぜこんな大きなことを目の前にして、あの顔をするのだろうか)

セザールは、狂ったように心臓が鼓動を打つのを感じた。公爵のあの笑みは、戦争を控えている時か、大きな獲物を前にした時に、自然と溢れるものだった。セザールはそれを、「狂気の笑み」と勝手に名付けていた。もちろん、そんな風に名付けていることは、絶対に公爵に知られてはいけないのだが。

「セザール、結婚の日はいつだ?」

「その……三日後です」

「しっかりと準備するように」

「はい?」

礼服にも結婚の準備にも全く興味をみせなかった公爵が、なぜ急に積極的な態度を示すのだ? セザールは先ほどの公爵の笑みと、突然の態度の変化に、まるで冬の風に裸で吹かれたような寒気を感じた。

忠実な臣下として、セザールは恐怖を我慢し、勇気を出して公爵の前に立った。由緒あるモルシアーニ家の永遠の繁栄を夢見るものとして、これだけは言っておかなければならなかった。

「公爵様、言いたいことがございます」

公爵にこれを言うだけでも、下半身がガクガク震えだすのを感じた。公爵がどんな人なのか十分知ってはいたが、やはり普通の人間には耐えられないような威圧感があった。

「公爵様、結婚は決して戦争や狩りのようなものではありません。美しい奥様を迎えるのです。もしも、もしも伯爵のお嬢様に危害を加えようなどと思っていらっしゃるならば、どうか公爵様、もう一度だけ…どうか…」

結局セザールは、震えてしまい言葉を最後まで続けることができなかった。

ウエディングドレスを着て森を駆け抜ける伯爵令嬢と、剣を振り回してそれを追いかける公爵の姿を想像していたことがバレないように、頭を強く振った。

公爵は白いシャツをはだけさせたままセザールに近づいた。その黒い瞳には何の感情も籠っていなかった。ただ冷たい冬の夜のような気配が彼から感じられ、セザールは胸がひやっとした。

(でしゃばり過ぎた)

いつだって後悔は一歩遅れてやってきては人間を苦境に追い込むのだ。

「セザール。私が訳もなく人を殺したことがあるか?」

公爵はセザールの隣に立って、笑いだしそうな顔をしながら彼にそう尋ねた。この青ざめた侍従の頭の中など、公爵にはすべてお見通しなのだと思うと、気が遠くなった。

「…ありません」

「私は、あの噂通りの男か?」

「違います」

セザールは、噂が変な方向へ広がってしまい、目の前のこの公爵のことをきちんと表現できていないと感じていた。

公爵は、火の通っていない食べ物は食べなかった。そして、醜い外見をしているという部分にも、激しく首を左右に振りたかった。

思春期が過ぎたばかりの頃、公爵の侍従になり、初めて彼を見た時、その魅力的な黒い瞳に力強い肩、そして波打つ黒髪を見ながら、まるで女になったかのように頬を赤く染めてしまった。

実際、公爵についての噂は、他の貴族たちが悪意を込めて作り上げたものに近かった。

セザールは息を整えて、ゆっくりと口を開いた。

「公爵様は……噂よりももっと恐ろしい方です。噂たちはどれもとても滑稽なものばかりです」

セザールの言葉に公爵は大きく笑い、彼の肩を掴んでブンブン揺すった。彼の侍従は、こんな風にたまに彼を驚かせる。彼の気の利いた答えが、公爵はとても気に入った。

「セザール・ベイル。お前は本当に優秀な侍従だ」

「え?」

セザールは、どんな部分が優秀だったのか全くわからず、戸惑った。気まずくなったセザールは、慌ただしく公爵に挨拶をすると、執務室から出ていった。

そしてすぐに思い出した一つの名前が、彼の好奇心を刺激した。

「ヌリタスという女性は、一体誰なんだ？」

（まさか公爵様の秘密の恋人？　それとも公爵様の隠し子か？）

公爵は十代の中盤から戦場で生きてきた。その戦争は終わったばかりで、恋人を作る時間などなかっただろう。

（公爵様に似た娘がいたとしたら？）

人を貫いてしまいそうな黒曜石のような目に、足元まで黒髪を伸ばした五歳ほどの少女が、身長と同じくらいの剣を持ってセザールを叱責する姿を思い浮かべた。

「うわあ、だめだ」

モルシアーニ家の侍従セザールの、恐怖に満ちた声が夜に響いた。

＊＊＊

ヌリタスは、この数ヶ月間教育を受けたおかげで、何とか貴族の真似事ができるようになった。もちろんそれはボバリュー夫人と伯爵の意見にすぎず、彼女は全く違うことを考えていた。


「わかりましたか？　できる限り、お嬢様は何もお話しにならないほうがいいですわ」

「そうやってすぐ男の子のような話し方をする癖を注意しなければなりません。令嬢は春に咲く花の蕾《つぼみ》のように、柔らかく恥じらいながら話さなければならないのです」

「紳士の方々を決して直接見てはいけませんよ。扇子やハンカチで口元を隠すのです。それから、絶対に一人きりで男性と同じ部屋に入ってはいけません」

ヌリタスは頑固な顔をしたボバリュー夫人の言葉を聞いていると吹き出してしまいそうで、必死でこらえていた。ボバリュー夫人の禁止事項は、いつまで続くのだろうか。

「はい。十分わかりました。それから、大きく笑ってもいけないし、走ってもいけない。体の接触もダメ。すべて覚えました」

息もせずに黙って横になっていろということか。貴族の令嬢たちには、なぜこんなにも制約が多いのだろうか。死体を一体見つけてきてそれにドレスを着せて連れていけばちょうどいいと思いながら、こっそりと笑った。

「それより夫人、今の私は貴族に見えますか？」

ヌリタスの突然の質問に、ボバリュー夫人は戸惑いを隠せなかった。

「私はお嬢様の事情を知っていますから、客観的に判断するのは難しいですわ。幸い、公爵様はメイリーン様と会ったこともなく、メイリーン様も健康上の理由で舞踏会に出席しておりませんから。きっとお嬢様のことを疑う人はいないはずです」

ヌリタスは赤い髪の毛を顔の両側に垂らし、薄い青色のドレスを着ていた。彼女のドレスより深い色をしたブルーの瞳と白い顔からは、豚小屋の掃除をしていたとは決して想像できないだろう。

ボバリュー夫人は、思った以上にしっかりと授業についてきたこの私生児を、じっと見た。外見だけでなく、たまに無意識にする動作や目線に、威厳があった。

（半分は貴族なのよね）

彼女は、自分が育てた卑しい存在が、こうしてなかなか使い物になりそうな存在に育ったことに誇りを感じていた。

＊＊＊

ヌリタスは、厳しいボバリュー夫人の最後の授業を終え、ドレスの裾をまくりあげ、庭園を通り抜け、以前働いていた豚小屋の方へと向かった。小屋の地面は、きちんと手入れされていないようで、めちゃくちゃだった。

「新しい人は、きちんと働かないのか？」

すぐにでも駆け寄って腕まくりをして小屋の掃除をしたい衝動に駆られた。だが、今の彼女の姿は、ここには似合わない。

顔を上げて後ろを振り返ってみた。伯爵城の外壁をつたう蔓状の薔薇がみえた。気高く咲いた赤い花はとても華麗だった。

「それなら、あそこが私の居場所？」

ヌリタスは、以前は自分の居場所がどこなのか、明確にわかっていた。人生の目標もとても単調ではあったが、進むべき方向は確かに決まっていた。

だが今、彼女はすべてに混乱していた。

慣れ親しんだ豚小屋も、伯爵家の立派な城も、彼女の心を落ち着かせてはくれなかった。彼女の明日というものが、とても不確かなものになってしまった。

「昔厨房で働いていたおじさんが、こんなことを言っていたっけ。人は死ぬときになると、しなかったことをたくさんするようになるって」

ヌリタスは、彼女の首を手で撫でてみた。まだこの首が繋がっているという事実は、慰めにもならなかった。

「貴族ごっこばかりしていたから、頭がおかしくなったのかな。すぐに涙が出てしまう」

ヌリタスは強がって、空を見上げて涙をこらえた。公爵城へ向かう日が、二日後に迫ってきた。

生まれ育った場所に彼女なりに静かな別れの挨拶を告げていたのに、それを壊すような嫌な声が聞こえていた。

「ああ、やっぱりお前にはここがお似合いだ。そうだろ？」

アビオは、臭くて死にそうだといった様子で鼻をつまみながら彼女に手招きした。昼間から酒でも飲んだのか、彼の蒼白な顔は、妙に火照っていた。彼はまるで脅迫でもするかのように低い声でこう言った。

「おとなしくついてくるのが、お前たち親子のためだろう」

ヌリタスは、旅立つ前にきっと一度はこいつがやってくるだろうと予想はしていた。

(だからって、よりによってなぜ今ここで)

母の安全を脅かそうとするその言葉に逆らうこともできず、彼の後に続いた。彼の足取りから、間違いなく酔っ払っているようだった。ただでさえ普段から普通ではない彼が、酒まで飲んでいるという事実が、しきりにヌリタスを不安にさせ、何度も後ろを振り返った。

だが、ここは普段から人があまりいない場所であることを、彼女もよくわかっていた。

アビオが足を止めたのは、様々な道具が保管してある倉庫のような場所だった。

「扉を閉めろ」

倉庫の中は湿った匂いが漂い、得体の知れない虫や小さな動物たちが動き回る音が聞こえた。

古びた扉を閉めると、倉庫の中は、とても小さな窓から入ってくる糸のような光を除いて、闇に包まれた。

アビオはその光に背を向け、ヌリタスの正面に立った。

「僕たちは、少しの間別れるだけだ。そう思うことにした」

ヌリタスは、この奇妙な発言を聞きながら、黙って立っていた。酒に酔った彼が何をするか予想がつかず、緊張が走った。

アビオは徐々に彼女に近づき、突然彼女の腰をぐっと抱き寄せた。そして再び顔をヌリタスの胸元に埋めると、彼女の体臭を感じながら体を震わせた。

どれくらいの時間がすぎたのだろうか。

ヌリタスは「アビオは石である。人じゃない。ただの石だ」と自分に言い聞かせ、息もせずに我慢した。彼の吐息が彼女の顔や体に伝わってくるのがとても気持ち悪かったが、今彼女にできることは何もなかった。

しばらくして顔を上げたアビオの目からは、恍惚《こうこつ》が消え、朦朧《もうろう》としていた。

彼がゆっくりと口を開けると、強烈な酒の匂いが充満した。そして自信に満ちた顔で、彼が言った。

「さあ、今からお前の愛を証明してみろ」

第21話　嘘つきな唇

ロマニョーロ家の倉庫付近は人の気配がない。

もう夏になる季節だというのに、ヌリタスは全身から寒気が治まらなかった。

（愛を証明してみせろとは、どういう意味だ？）

ヌリタスは、見当もつかず、ただアビオの言葉に茫然《ぼうぜん》と立ちつくすしかなかった。アビオはそんなヌリタスを期待に満ちた目でみながら告げる。

「お前の立場は理解しているさ。お前が処女でないと初夜にばれれば家門にだって傷がつく。お前だって現状はどうしようもないんだろう？　だったら、ここはキスで我慢してやるよ」

アビオは両腕を開き唇を前に突き出し、そっと目を閉じた。ヌリタスからの口づけを待っているらしい。ヌリタスはその顔を蹴り飛ばして頭の上から汚水でもかけてやりたい気持ちだった。

アビオは一向に期待していたことが起こらないので、目を開ける。怒りで震えているヌリタスを恥ずかしがっているのだと勘違いしたようだ。

「そうだよな。初めては恥ずかしいよな。……いいよ、僕からしてやるよ」

アビオはそのまま倒れてしまうのではないかという勢いでヌリタスに近づく。腰に手をまわし、逃げられないようにしてから、ヌリタスの固く結んだ唇を舐《な》め回《まわ》しはじめた。

ヌリタスはキスに込められる意味について考えたことなどなかった。今はただ彼の汚い唾液が顔につくのがとても気持ち悪かった。

「おい、口を開けろ」

アビオは夢中でヌリタスの唇を貪っていたが、盛り上がっているのは自分だけだということに気がついたようだ。

アビオの気持ちは真剣だった。父の命令に従わなければならないため、今の時点でヌリタスを自分のものにすることはできないが、彼女の気持ちを確かめたかった。

自分と同じように、彼女も自分に惚《ほ》れているという確かな答えが聞きたかった。

そうしなければ、彼女が公爵家に嫁いでしまったあと、自分は一睡もできそうにないと考えたからだ。

そんなアビオを前にヌリタスは彼の言う通り、口を開けた。アビオは喜び舌をいれようとしたが、次の瞬間、ヌリタスは口内に入ってきたその舌を噛《か》んだ。

官能の時間が訪れると思っていたアビオは驚いて後ずさりした。

手で覆った口元には鮮やかな血が流れていた。指の間から血をこぼしながらアビオは声をあげた。

「この卑しい女が！　この僕が可愛がってやったのに、僕を噛んだだと!?」

アビオは、愛情を拒まれたことに激怒した。

強い力で足蹴りにされヌリタスは後方へ吹き飛ばされ、木の壁にぶつかった。腹をおさえたヌリタスが力なく倒れこんだ所を更に踏みつけ、アビオは血の混ざった唾を吐き出した。

「ふざけた奴め」

怒りはあったが、それよりも、アビオは舌の血が止まらないかもしれないという不安に襲われ両手で口元を覆ったまま足早に倉庫をあとにした。

去っていくアビオに向かって大声で文句を言ってやりたかったが、体を起こすことすら難しい。腹部の激しい痛みでまともに呼吸すらできなかった。

「これのどこが……愛だって……いうんだ」

一言発するたびに、体が悲鳴をあげる。

(仕事は何度もやれば上達していくのに、暴力だけは何度うけても慣れない)

痛みで顔をしかめ、壁にもたれかかったまま足に力を入れてみた。うめき声だけが、空っぽの倉庫に鳴り響いた。

(公爵家にいけば、これよりもつらい日々が訪れるのだろうか？　これでもまだ「最悪」は訪れていないのか)

だが、アビオにキスをしなかった自分自身は、誇らしくもあった。あいつとするぐらいならまだ豚とした方がマシだと思ったし、痛みを感じるほうがよほど耐えられる。

激痛から今すぐに動くのは無理だと感じ、そのまま埃だらけの倉庫の床に寝転がった。横になると、地面の所々にアビオの血が垂れているのが見えた。

(あんなやつでも血は赤いのか)

ヌリタスは痛みで苦しみながら、彼らにも自分にも同じ赤い血が流れているということを今更ながらに実感し、虚ろな笑みを浮かべた。

小さな窓から差し込む夕陽が、ボロボロになった彼女の影を真っ赤に染めていた。

＊＊＊

「なかなかやるな、あの老いぼれ」

ルーシャスは、剣術の練習をしたあと体を洗い、その熱気を帯びたまま暖炉の前に座っていた。彼は、舞い上がる火の粉の中で、すでに灰になってしまった報告書について考えていた。

最初に書類を見た時は自分の目を疑った。この結婚の相手がロマニョーロ家というだけで気が進まないのに、さらに相手はこちらを騙そうとしていたのだ。

ロマニョーロ伯爵はルーシャスの登場により、この国での自分の栄光が過去のものになった事を恨んでいるという噂は確かに聞いたことがあった。

バカバカしい、栄光がなんだというのか。

ルーシャスはまだ幼い八歳の頃に父と兄を戦場で亡くした。悲痛で悲しむ母になにもできなかった事を悔やんだ。

そしてその母も流行《はや》り病で失ってしまった。

『これからはあなたがモルシアーニ家を守るのよ』

母の言葉を思い出し、すべてを失った幼子は自分よりも大きい剣を握り、誓ったのだ。

（家門を守ろう。そして、血には血で返してやる）

そこからルーシャスは必死で今まで生きてきた。それこそ、他人の下らぬ噂など気にもならないほどに。

目前に立ちはだかる敵を斬ることだけに集中し、家族を奪った敵の血をその最後の一滴まで残さないという覚悟をして歯を食いしばった。

そしてついに王国に勝利を収めたが、全く気持ちは晴れなかった。父を殺したものを斬れば幸せになれると思っていた。幼い自分を可愛がってくれた兄たちの復讐をすれば、再び笑える日が来ると思っていた。

だが、それは違った。戦場から帰ってきたルーシャスはまともに眠れなくなった。夜になると、自分が戦場で殺した者達の呻《うめ》き声《ごえ》が聞こえるような気がした。

戦争は終わったが、まだ壊れた魂は、行き場を失い、血を流したままだった。

（そうまでして、必死で守ってきたモルシアーニの家門だ）

伯爵が私生児を貴族と偽り、自分と結婚させようと企んでいることには苛立ちを通り越して怒りがこみあがっている。

もしルーシャスがロマニョーロ家で彼女を目撃していなかったら、今すぐに王に訴えて結婚を無効にし、あの年寄りの家門を糾弾していたことだろう。

だが、問題はあのときの彼女だ。

あの寂しそうな青い目が、彼をとどまらせている。

（彼女の目は、幼い頃の私に似ているんだ）

悲しみに満ちた目。

彼は、異性にこんな感情を抱くのは初めてだった。その感情の先に何が存在するのか、この好奇心が満たされたあとには何が起きるのか、知りたかった。

飲んでいたワインをすべて暖炉の中に捨て、すっと立ち上がった。

「罰を与えるのは、すべてを知った後でもいいだろう」

ルーシャスは伯爵の罪を証明する資料をすでに揃《そろ》えている。もしこの作戦の対象が自分でなかったら、素晴らしい計画だと賞賛したいものではあった。

伯爵は今頃、自分の勝利を確信しているだろう。

ルーシャスはすべてを知っている自分の目の前で繰り広げられる、滑稽な年寄りの遊戯を、もう少し見てやることにした。

「結末が見え透いていて、退屈だがな」

低い声で吐きだした暴言が今も耳に鮮明に残っているというのに、あの彼女がどのようにこちらの愛情を得るため媚びてくるのか。一体どのようにして、しとやかな女性の演技をするつもりなのだろうか。

「楽しみだ」

全身を走る興奮が、夜空のように暗い瞳に微かな光を灯《とも》らせた。ガウンを整えながら窓辺に向かい、雲がかかった空を見上げた。

そして雲が消えると、月がその真っ白な姿を現わした。

「満月の日が、私の結婚の日か」

彼の頭の中を占める青い目をした新婦が、もうすぐここへやって来る。

第22話　雨よ、どうか止まないでおくれ

前日の夜から雨は降《ふ》り止《や》まずに大地を濡らし、日が昇る頃になってやっと少しずつ弱まりはじめた。

朝になってようやく、地面にうずくまっていたヌリタスは、体を動かした。蹴られた腹の痛みのせいでろくに眠ることができなかった。

今まで死んでしまいたくなる瞬間も確かにあったが、こうして実際死にかけてみると、やはりなんとしてでも生きたいと願ってしまう。

「……くそ」

以前は過酷な労働の日々ではあったが、平凡な日常を送っていた。

だがこれからは一生、多くの人間を騙しながら生きていくのだ。今まで誰かに小さな嘘すらついたこともなく、任された仕事を責任持ってやり遂げてきたのに。

（もう、逃げられる事ではないんだ）

地面からの冷気が彼女の背中に伝わり、心臓が凍りついてしまいそうだった。そして一瞬でそれらの思い出は消え去り、再びカビ臭い倉庫へと意識が戻った。

「私みたいな私生児にはお似合いの天気だ。霧よ、モルシアーニの領地まで覆ってしまえ。こんな私の醜い姿をどうか隠してくれ」

＊＊＊

一晩眠るとなんとか体が動くようになり、やっと倉庫から自分の部屋に戻ることができた。

「お嬢様、今日は随分と早起きですね」

ソフィアが扉を開け部屋へ入ってきた。ソフィアは初めの頃とは違い、今は自然とヌリタスに仕えてくれている。

（早起きしたんじゃなくて、今帰ってきたんだけどね）

ヌリタスは青ざめた顔を見られないように、顔を背けて布団を口元までかぶった。

「お嬢様。結婚前は、皆よく眠れないそうですよ。温かいレモンティーでもお飲みになってください」

「ありがとう」

そしてすぐにヌリタスは短い間とても深い眠りについた。昨晩倉庫の床で傷ついた体のまま横になったのは、やはり体に負担があったようだ。

目覚めると、ソフィアが心配そうな顔でヌリタスのそばに座っていた。

「大丈夫ですか？」

「だいぶよくなったみたい」

天が助けてくれたのだろうか。

アビオが前よりも手加減して殴ったのか、なんとか耐えられる痛みだった。それを不幸中の幸いだと思ってしまう自分が滑稽で、痩せた手で顔をこすりながら体を起こした。

ヌリタスは自分のことで頭がいっぱいだったので、ソフィアが暗い顔をしていることに今まで気がつかなかった。

「ソフィア、どうかしたの？」

ヌリタスは心配そうにソフィアを見つめた。ソフィアは、とても小さな声でこう言った。

「お嬢様の嫁ぎ先に一緒についていくよう命じられました……ですがここには両親と弟が……」

ソフィアはその続きを口にはしなかったが、ヌリタスにはよくわかった。

両親のそばを離れなければならないソフィアが、辛くないはずない。ここを離れることは、彼女の意思とは全く関係ないことだ。

ただ、主の命令に従うだけ。

だから余計に悲しかった。ヌリタスは、窓辺についた水滴が下に垂れるのを見ながら、努めて明るい声を出した。

「そんなに遠くない場所だそうよ。運がよければ、家族にも時々会えるんじゃないかしら」

それはソフィアに対する慰めでもあり、ヌリタス自身への慰めでもあった。


ヌリタスは、ここを離れる前にもう母親には会いに行かないと心に決めていた。

雨に濡れたあの夜。あれで十分だった。もう一度母の顔を見てしまったら、決心が砂の城のように崩れ落ち、ここを離れることができなくなりそうだった。

ソフィアもすぐに憂鬱な顔をやめて、思い出したようにヌリタスに伝えた。

「お嬢様、起きたら伯爵様のもとに寄られるようにと伝言を預かっていました」

「分かったわ。ソフィア、先に行って準備してくれる？　私もすぐに行くから」

ヌリタスは歯を食いしばり腹部を押さえながら立ち上がり、身なりを整えた。

蒼白な顔の中でとりわけ目立つ青い瞳に宿る闇が、鏡に映る。

ほぼ飾りのないベージュのドレスを着て、黒いマントを羽織った。

だいぶ伸びた髪は全く似合わない色に染められ、まるで黄泉への道を照らす灯りのように真っ赤に輝いていた。

ヌリタスは手を伸ばし、冷たい鏡の表面を撫でてみた。鏡の中の女は、まるで貴族のようだった。だが一体これは誰なんだろう？　そんな疑問が押し寄せてきた。

鏡の中の姿も、今ため息をつく唇も、すべてが自分ではないようだった。

（それでも、必ずやり遂げるんだ）

目に力を込め、すべてを忘れて集中することにした。ヌリタスの心を蝕《むしば》む恐怖も、腹部をえぐる痛みも、彼女の決心を変える事は出来ないだろう。

あとは、伯爵と最後の約束をとりつけるだけだ。

＊＊＊

ロマニョーロ伯爵は公爵城へ向かう準備を終え、ステッキを手に部屋の真ん中に立っていた。

この計画のすべては順調だった。

王が突如あの生意気な若造と自分の娘との結婚を命じたことも、レオニーが私生児の存在を明かしたことも。すべてがこのために結びついたかのようだった。

「この私を老いぼれ扱いした者たちにこれらを明かすことができないのが非常に残念だがな。ははは」

あの私生児を公爵夫人にすることは知られてはいけない。城内の召使いたちの口封じは済んだし、あの私生児も母親を人質に取っておけば間違いなく何もできない。

執務室のドアが、嫌な音を立てて開いた

「おお、昨日はよく眠れたか？　お前のような境遇の娘が公爵夫人になれるとはな。忘れるなよ、これは、お前とお前の母を愛する私の気遣いだということを」

ヌリタスは乾いた唇を噛み締めながら、今後この戯言《たわごと》を聞かなくていいことを嬉しく思った。それが、この結婚でヌリタスが得る唯一の得だろう。

「伯爵様、その事でお話が」

まっすぐとこちらを見てくるヌリタスの決意の籠もった目に、伯爵は顔を歪める。

「……私の正体が誰にも明かされないまま、もし事故などで死んでしまった場合でも、母の身の安全は保証してくれると約束してくれますか」

ヌリタスにとって、これは必ず確認しておきたいことだった。きちんとやり遂げれば母親は無事だといっていたが、その前に彼女が死んでしまったらどうなってしまうのかが心配だった。

伯爵は不意をつかれたような顔で、もう一度自身の私生児を見つめた。

やけに賢い一面がある。だからこそ、嫡子だったらよかったのにという想いがまたこみ上げる。とても短いため息が彼の口からこぼれた。彼は、ヌリタスと同じ青い瞳を光らせてこういった。

「お前が最後まで任務を遂行したのであれば、約束を守るのが妥当だろう。名誉ある人生を生きることこそ、貴族の道理だからな」

伯爵は貴族の名誉を口にした。彼らはそれをとても誇りに思っている。だからこの言葉にはわずかだが本心が混ざっているような気がしたのだ。ヌリタスはそれを聞いて、少しだけ安心した。

このようなとても小さな信頼のカケラでもヌリタスには必要だった。

狂っていると有名な公爵の妻になり、彼女が非業の死を遂げてしまったとしても、母が無事であるという淡い期待を抱くことができれば、ロマニョーロ家に母を残して旅立つことができる。

ヌリタスは挨拶をして、伯爵に背を向けた。部屋を出ようとした時、伯爵がとても明るく太い声で声をかけてきた。

「もしバレるようなことがあったら、自殺を念頭におけ。いくら公爵でも死体に問い詰めることはできないからな」

ヌリタスは血が逆流しそうになるのをぐっと抑えた。

もしかしたらここでこうして顔を合わせるのは最後になるかもしれないというのに、伯爵は最後まで自分の名誉のことしか考えていなかった。

後ろを振り返る気すら起こらずそのまま伯爵の執務室を飛び出した。

外では、しばらく止んでいた雨が再び降り始めていた。冷たい雨が彼女の顔を打つと、やっと正気に戻ってマントを頭からかぶった。

もしも今誰かが彼女の顔を見たら、間違いなく彼女の魂がボロボロになっていることに気がつくだろう。足に力が入らなかったが、それでも前に踏み出し、ドロドロの地面の上を足早に歩いた。

(母さん、少しだけお別れです)

ヌリタスは一度も振り返らずに、馬車に乗った。ヌリタスは椅子にぐっともたれかかり、目を閉じた。あまりにも心が疲れて腹部の痛みすら感じなかった。

馬車の扉が閉じると、馬たちがたてがみについた雨を振り払おうとジタバタしながら動き始めた。

第23話　父の慈悲が降り注ぐ日

ヌリタスが気絶するように眠りこんでから、しばらく経った。

「わあ！　お嬢様、お城が見えます！」

ヌリタスは、ソフィアの妙に浮かれた声につられて、窓の外を確認した。胸の鼓動が速まるのを抑えながら、坂の上にある公爵城を見た。

伯爵城の何倍もの大きさがあり、長い年月の荒波を乗り越えてきた痕跡が城壁には刻まれていた。ここがヌリタスが暫《しばら》く暮らす場所であり、演劇の舞台になる場所なのかと、ヌリタスは思った。

馬車がゆっくりと公爵城の前へ到着すると、城の周りを取り囲む堀を渡ることができる可動橋が降りてきた。

「お嬢様！　こんなの初めて見ます！」

小川の上にかかる橋を馬車に乗って渡る間もソフィアはずっとはしゃいでいた。

ヌリタスもソフィアと同じように、伯爵城の外に出るのは初めてだった。

（こんなふうに純粋にはしゃぐことができたらいいのに）

生まれて初めての馬車、初めてみる風景。どれを見てもヌリタスは感動しなかった。劇の始まりを知らせる幕が開く前のようにずっと緊張していた。

「お嬢様。もうすぐです」

ソフィアは、ヌリタスの落ち着いた様子を見て自分一人だけ浮かれてしまったことが恥ずかしくなったのか、再び自分の席に座った。

ソフィアはヌリタスをうかがった。

以前は痩せこけて貧相な少年のように見えていたが、そんなことはまるで嘘だったかのように、今の彼女は本物の貴族のように見える。

貴族の中で、ヌリタスは、身分の低いものたちをぞんざいに扱ったりしない、唯一の人だった。

ソフィアは時が経つにつれて、こんな人に仕えることができて本当に幸せだと感じるようになっていた。

ヌリタスは、窓の外で再び橋がゆっくりと元の位置に戻っていく光景を見ていた。

公爵城は誰もが簡単に侵入することができる場所ではなさそうだ。城壁は気が遠くなるほど高く、槍《やり》を持って城を守っている者達の数も凄《すさ》まじかった。

（簡単に出て行ける場所ではないって事か）

そして馬車が完全に止まり、公爵城の召使いたちが馬車の扉を開けた。


緊張ですでに高鳴っていた心臓は、今でもドレスの外に飛び出てしまうのではないかと思うほど激しく鼓動を打ちはじめた。

彼女はソフィアに抱えられ、台に足を置き馬車から降りた。アビオに蹴られた腹部はまだ強烈に痛み、立ち上がった事によりめまいがして、かすかに体がふらついた。

こんな彼女の姿を、公爵城の召使いたちは、温室の中で育った花のようだと思うのだろうか。自分で体も支えられないことに恥ずかしさを感じ苛立つ表情を、慌てて笑みで隠した。

（くそ……）

ヌリタスは自然とこぼれてしまいそうになる暴言をぐっと我慢する。

ついにメイリーン・ロマニョーロにならなければならない時間がやってきた。

ぐっと顎を引き、前を見据える。

生まれてから一度もうつむいたことがないかのように、伯爵家の令嬢になりきって歩きだす。公爵城の執事がやってきて、丁寧に挨拶をした。

年配の執事は、公爵が夕食の席を準備していること、そしてその時まで伯爵家の皆には休んでいて欲しいということを伝えた。


ヌリタスは部屋へ入り、濡れてぐちゃぐちゃになったドレスを脱ぎ、グレーに近い色のドレスを着た。

ソフィアは、赤や黄色のドレスを着てネックレスや髪飾りをつけることを進めたが、ヌリタスはすべて断った。

公爵の前で着飾りたいと思う気持ちなど、これっぽっちもなかった。

「ですが、お嬢様の青い瞳には、この白いお飾りがお似合いなのに」

ソフィアはなかなか引き下がらなかったが、ヌリタスは静かに微笑みながら、そのつもりはないという意思をしっかり表した。どうせ何を着たって、結婚の話が消えるわけではない。

この扉を開けたら、ヌリタスは伯爵夫妻の愛らしい末娘であり、弟アビオを可愛がる姉にならなければならない。

自分にも言い聞かせるように、ヌリタスはその場に足を踏み入れた。

＊＊＊

公爵城の食堂の規模や施設は、伯爵城とは比べものにならないほどだった。

ピカピカに輝く木のテーブルの上には、美しい花と食べ物が盛大に並べられていた。

天井には、女神ディアーナが大地に祝福を施す美しい絵が描かれており、シャンデリアが眩しいほどに輝いている。四方の壁には、モルシアーニ家の印章であるワシが彫られていた。

ヌリタスが現れるとアビオが姉を迎えるために立ち上がった。彼は他の人たちに背を向け、ゆっくりとヌリタスの方へ歩み寄り、奇妙な笑みを浮かべてみせた。そしてヌリタスの手をとった。

彼女はその湿った手の感触を、ただ我慢するしかなかった。

「お前の考えはわかっているよ。僕のそばを離れて結婚しなければならない絶望を、その暗い色のドレスで表しているんだろう？」

アビオが彼女にだけ聞こえるような小さい声で囁いた。

ヌリタスは余計な誤解をされたくなかったので、微笑みを浮かべるだけで、何も言わなかった。

この男がここで何かしでかすのではないかと思うと、気が気でなかった。予測不能なアビオこそが、この計画において最も危険な存在だった。

彼女は何も答えないままうつむいて静かに歩いた。

そして少しためらったが、公爵に挨拶をするためにゆっくりと顔をあげた。結婚の話が出た時から、頭の中で何度も想像してきたその人物が、今目の前にいる。

（……？）

噂の熊のような巨人とは全く違った。

彼女の向かい側の席には、野性的でツヤのある黒髪をなびかせ、肩の向こうに天性の威厳を感じさせる男がいた。

驚いたヌリタスの視線が彼の黒曜石のような目と重なり合った時、彼は持っていたグラスを軽く持ち上げて、目で挨拶をした。

（ありえない……）

彼女は心の中でもう一度呟いた。その顔は以前、公爵家の豚小屋で会った、あの「ルー」と名乗る青年のものだったのだ。

ヌリタスは動揺して視野が霞むのを感じた。

彼女はあの時、「ヌリタス」という名前を彼に名乗った。もしあの時の男であるならば、ロマニョーロ伯爵の作戦は絶対に成功しない。

そして同時に、ヌリタスの母親の安全も脅かされることになるだろう。

ヌリタスの視線は食べ物が盛られた器に向けられていたが、実際は何も見えていなかった。焦りで足は震え、地獄への扉の開く音が耳元で聞こえる気がした。

公爵はとても自然に伯爵と会話を交わし、ヌリタス以外の皆がとても穏やかにみえた。

「あらメイリーン。結婚を前に、緊張しているのかしら？」

突然伯爵夫人が優しい声でそう言った。

ヌリタスは少しだけ顔を上げて、「違う」という意思を伝えたかったが、それもできず、深くうつむいた。

＊＊＊

ルーシャスは鋭い目つきで、彼女の姿をじっと見ていた。彼女は、自分の予想とは全く異なる行動をしていた。ルーシャスを籠絡する為に送り込まれる女だ。胸の開いたドレスを着て、誘惑するような視線を送ってくるだろうと思っていた。

だが予想とは裏腹に、彼女はまるで神の使徒が着るようなくすんだ色のドレスを身につけ、顔には死を前にしているかのような恐怖と冷静さを交互に浮かべていた。

自分の剣の下で命乞いをしながらも半分は諦めていた者たちと同じ表情を、自分の新婦がしている。

公爵は困惑しつつも平常心を取り戻し伯爵に話しかけた。

「伯爵様の大切なお嬢様を迎えることができて、とても光栄です」

「私の方こそ、王国最高の家門モルシアーニ公爵様のもとへ娘を嫁がせることができて、光栄ですよ」

ロマニョーロ伯爵とモルシアーニ公爵は、まるで本当にこの結婚を喜んでいるかのような笑みを交わしていた。

「コックたちのガチョウ料理は絶品ですね」

「厨房に伝えましょう。たくさん召し上がってください」

公爵は、まるで結婚に胸を躍らせる新郎のように、伯爵と伯爵夫人、そしてアビオにまで気を遣いながら食事を進めた。

「公爵様、メイリーンの体の具合のために結婚を延期して欲しいという願いを受け入れてくださったこと、感謝しています」

「私の妻になる人の事です、当然ですよ」

「子どもを自慢するようで恥ずかしいのですが、メイリーンは珍しいほど、淑《しと》やかな娘です」

「伯爵家のお嬢様ですから、きっとそうでしょう」

ヌリタスは到底顔を上げることができず、彼らの会話を耳で聞きながら、胃液がこみ上げてくるのを我慢していた。

（何が淑やかな娘だ……）

結婚を延期している数ヶ月の間、公爵を陥れる道具になるため、卑しい身分の自分が鞭をくらいながらメイリーンの身代わりになる特訓を受けていたと公爵が知れば、彼は今のように笑っていられるだろうか。

公爵にすべてがバレた時、彼はどんな顔をするだろうか。すべてがバレたら、果たして自分と母親はどうなるのだろうか。

ヌリタスは朦朧とする意識を、何とか繋《つな》ぎ止《と》めてそればかりを考えていた。

第24話　劇の幕があがる

一見、モルシアーニ家の広い食卓では皆が平穏な食事を楽しんでいるようだった。

焼きたての肉料理と新鮮な野菜はとても美味しそうで、会話が途切れることもなかった。何がそんなに面白いのか、伯爵夫人は度々小さく笑い声をあげた。

すべてが完璧にみえた。

だが実際、伯爵夫人はグラスを落とさないように全神経を集中させていた。目をしっかり開けて、失礼を顧みずに公爵を正面から見つめていた。

（目の前のこの男が、本当にモルシアーニ公爵なの？）

野獣のような見た目で生肉を食する男など、この食卓にはいなかった。当惑を表に出すこともできず、体が震えるのを抑えながら、無理して笑みを浮かべていた。

公爵は、彼女がいままで見てきた男の中でも、一番の男だった。

指の先まで品があり、黒い目には権威が滲んでいた。彫刻家が残した傑作のような繊細な鼻筋と顎のラインが、公爵の外見をさらに際立たせており、マナーや言葉遣いも、欠点ひとつなかった。

ロマニョーロ伯爵の若い頃の何倍も輝いており、たくましい男だった。メイリーンと並んだら、とても似合いそうだった。

（でも、もうすべてが遅い）

今更、テーブルの向かい側に座っているのが伯爵の私生児であることなど、明かせるわけがない。あまりの悔しさに、体から熱が吹き出しそうだった。

しかもメイリーンは、女中に変装して伯爵に見つからないように婦人の部屋に隠れている。今はきっと、夫人が新しい情報を持ってくるのを心待ちにしているはずだ。

（あの子にこの事実をどうやって伝えたらいいのかしら）

婦人が焦る中でアビオも、謎の不安に包まれていた。彼は少し前から不眠症に悩まされていた。だが、公爵に関する噂があまりにも醜悪だったおかげで最後の理性を保てていた。

だが、今、目の間にいる公爵は、同じ男からしても認めざるを得ない美丈夫だったのだ。辛うじて挨拶は交わしたものの、アビオのような柔弱な者には、目を合わせることすら一苦労だった。

肩が萎縮するのを隠すために腰を伸ばしながら、アビオはヌリタスの方をちらっと見た。

(こいつがこの男に惚れてしまったらどうしよう)

あの黒髪の男の下で恍惚として声をあげるヌリタスの姿を想像するだけで、吐き気と怒りがこみ上げてきた。

(これは初めから間違った結婚なんだ。あの女は最初から最後まで僕の物だというのに)

フォークで肉をぐちゃぐちゃに切り刻みながら、これが公爵の体だったらどれだけ爽快だろうかと思った。そして惨めな気持ちになって、フォークを置いた。

だが、彼には一つの期待があった。あの女は普通ではないから、いくら公爵とはいえ、彼女の心を得ることは容易ではないはずだ。どうにかして、自分にもチャンスが巡ってくるようにしなければならない。

それが、たとえ父の命令に背くことだとしても。

(そうさ。僕のものは誰にも渡さない)

永遠に続くのではないかと思われた気まずい食事も、ロマニョーロ伯爵による結婚の成功を願う祝杯で無事締めくくられた。ヌリタスはその盃《さかずき》に口をつけずにそっと下ろして、誰にもばれないように安堵のため息を漏らした。

(今夜はこれで終わりか)

部屋に戻って休もうと思っていたヌリタスのそばに、突然大きな影が現れた。

「……?」

彼女の椅子を、公爵が引いてくれている。ヌリタスは、この場所でもっとも厄介な相手がこんなに近くにいることに驚き、座っているとも立っているともいえないような微妙な姿勢のまま固まってしまった。

「あなたをお部屋までご案内させていただけますか?」

公爵が礼儀正しく彼女に手を差し出すので、ヌリタスはぎこちなく立ち上がり、その手を軽く握るしかなかった。

「初めまして。ルーシャス・モルシアーニと申します」

ヌリタスの青い瞳をじっと見つめる公爵の黒目は、返事を求めているようだった。ヌリタスはやっとのことで声を振り絞って言った。

「初めまして、公爵様。メイリーン・ロマニョーロと申します」

これで幕は上がった。

二人はとても優雅な足取りで食卓を後にした。残されたものたちはその後ろ姿を見ながら、それぞれが様々なことに思いを馳《は》せていた。

ロマニョーロ伯爵はとても満足そうに顎髭《あごひげ》を触りながら、グラスに残った酒を飲み干した。

＊＊＊

（あの時会った男とは同一人物じゃないはずだ。もしそうだったとしても、私だとわからないはず）

十分あり得る話だった。数ヶ月前の彼女とは、外見がすっかり変わっていつ。しかももし、彼女がメイリーンでないことに気づいていたなら、この場で打ち明けるはずだ。

女神ディアーナは、泥沼の中で生きていた彼女に僅かな慈悲を与えてくれたのだろう。彼の大きな手を握るヌリタスの手は、緊張でびっしょりと濡れていた。

ルーシャスは小さくため息をつく彼女を、鋭い目で見つめていた。部屋まで連れていくのは、初めから計画していたことではなかった。食事中一度も自分のほうを見ようともせず、着飾ることもせずに地味な服装で現れた意図も知りたかった。

伯爵も伯爵夫人も、口では愛する娘だと言っていたが、彼らは食事中一度たりとも彼女を優しい眼差《まなざ》しで見ることはなかった。

そして今、この手を取った彼女の手には、小さな傷跡がたくさんあった。

公爵は、隣にいるこの赤毛の女の頭の中を覗いてみたかった。どこがこんなに彼の好奇心を刺激するのかわからなかったが、公爵は握ったこの手をもう離せないような予感がした。

黙って階段を上がり廊下を通り抜ける間、ヌリタスは沈黙に耐えられなかった。だからといって、何と話しかけていいのかすらわからなかった。

この場所から逃げ出したい気持ちでいっぱいで、ボバリュー夫人がこんな時どうすればいいのか教えてくれたかどうかすら、思い出せず部屋はとても遠く感じた。

やっと彼女の部屋の扉が見えて安堵した。今はこの状況から逃げることが最優先だ。

「公爵様、お気遣いありがとうございました。ゆっくりとお休みくださいませ」

ヌリタスは最後の力を振り絞り完璧な淑女らしく礼を伝えた。そしてまるで怪物に追われているかのようにそそくさと扉を閉めた。

公爵は閉じられた扉の前に立ち、行き場を失った手で髪をかきあげた
「結局、一度もまともにこちらを見てくれなかったな」

＊＊＊

結婚式にふさわしい、快晴だった。

朝から気持ちのいい風が吹き、空はこの上なく高く、式のために庭に飾った花たちが輝いて見えた。前日まで降っていた雨のおかげで、庭はよりいっそうみずみずしかった。

この結婚式に問題があるのであれば、式をあげる彼らの心が、こんなふうに明るく爽やかではないということだ。

ヌリタスは首元が丸く優雅に縁取られた真っ白なウエディングドレスを着て、鏡の前でまるで銅像のように立っていた。

「こんなに美しい赤毛を私たち今までみたことがありませんわ！」

彼女たちは、これから公爵家の女主人になるヌリタスに、少し媚の混ざった誉《ほ》め言葉を並べた。だがヌリタスは、目も見えなくて耳も聞こえないような気分だった。ただ早く式と初夜を終えてしまいたいという気持ちだけがあった。

（違う名前。違う身分。違う人の人生）

母を人質に取られてどうしようもなかったとはいえ、嘘で固められた顔でだれかの人生の重要な瞬間を迎えているのだという思いが頭から離れなかった。

いっそのこと、公爵が噂通りの狂人で、昨夜みた貴公子の仮面の下に、本来の醜悪な顔が隠れているならよかった。そうすればヌリタスの罪も軽くなるのにと身勝手な事を考えた。

ヌリタスはドレスの裾に目をやった。

この前メイリーンが破ったせいで少し手直しする必要があった。新しく作り直す時間がなかったため破れた部分に

レースを重ねたのだが、かえって豪華になってしまった。

ヌリタスはそのレースに埋め込まれた細かい宝石のカケラを見ながら、すべてが儚いと感じた。嘘の名前で似合いもしないドレスを身につけながらも、ここを逃げ出したいという衝動はどんどん大きくなっていった。

(王国初、私生児公爵夫人の誕生か)

ここに来る前は、母を人質にとった伯爵に対する恨みでいっぱいだった。だが結婚を目前にした今最も彼女を苦しめているのは、心を掻き回す罪悪感の塊だった。

ヌリタスの顔色が優れないことに気がついた女中たちが、彼女を励まそうとした。

「緊張していらっしゃるのですね。準備は終わったので、少しお休みください」

ヌリタスは女中たちが部屋を出ていくと、ベールを足の先までひっぱり、ソファに背筋をのばして腰を掛けて、審判の時を待った。

第25話　ベールの裾に絡みつく花、そしてため息

モルシアーニ公爵とロマニョーロ伯爵は、それぞれ別の理由で慎ましく式をとりおこなうことに決めていた。そのせいで公爵家と伯爵家の結婚にしては、招待客の数が少なかった。

式場であるモルシアーニ家の庭園には、中央に白いシルクが敷かれ高価で手に入れることが難しい色とりどりの花があちこちに散りばめられていた。

客たちに直射日光が当たらぬよう、大きな木に半透明の布がかけられている。

皆が見守る中、進行役の前にルーシャス・モルシアーニ公爵がすっと現れた。

両家の客たちの大部分は、長い間戦場に出向いていた公爵を今まで見たことがなかったので、彼の凛々《りり》しく整った姿をみて感嘆した。

公爵は、体にぴったり合った黒のスーツを着ていた。黒く伸びた髪の毛は綺麗に整えられ、彼の額をさらに美

しくみせていた。目つきは相変わらず鋭かったが、彼の容姿はここにいるすべての女性の心を奪ってしまった。

そんな彼は周りの人々の囁き声や彼を見つめる露骨な視線を気にする余裕すらなく、新婦を待つあいだ、口の中が乾いていくのを感じていた。

(私は今何をしているのだろうか)

伯爵家の私生児の女との結婚を前に緊張しているとは。緊張しなければならないのは彼ではなく伯爵家の者たちだというのに。

ルーシャスは目に力を入れ、もう一度身なりを整えた。

そしてついに彼の頭の中をかき乱す人物が目の前に登場した。

(これからが始まりだ)

ヌリタスは気持ちを落ち着かせる暇もなく、気づいたときには花が散りばめられた白い道を歩いていた。

彼女の背後でドレスの裾が地面と擦れ合う音が聞こえ、会場の入り口で、この上なく優しい父親の顔をしたロマニョーロ伯爵が彼女を迎えた。

「おお。お前の母親に似て、美しい」

その瞬間ヌリタスの腕に微かに鳥肌がたった。娘が母親に似るのは当然だが、この男の口からそんな言葉が出ると、不快でしかたなかった。

(どうかこれ以上母さんを辱めないでくれ)

耳を両手で塞ぎ叫びたかったが彼女に注がれる好奇心に満ちた客たちの視線の前でそんなことなどできなかった。

ここまできて台無しにする訳にはいかない。逃げ出すにはもう遅いということは、十分わかっていた。

「行こう。メイリーン」

そしてその一方で、ロマニョーロ家の本当の娘であるメイリーンは、女中に変装して母の反対を押しきり、公爵とヌリタスの式を遠くから眺めていた。

公爵を目撃した瞬間、メイリーンは足の力が抜け座り込んでしまいそうになった。

これは、噂の怪物との結婚を避けるための計画だったはずだ。

(あの素敵な方がモルシアーニ公爵なの……?)

漆黒の髪、長い脚、服の上からでも分かる、たくましい身体。なによりも美しい顔。

メイリーンは、それらを見ていることしかできなかった。彼女が着るはずだったドレスも、歩くはずだったバージンロード、そして彼女の男になるはずだった美しき公爵。

（私はなんのために王国を離れなければならないの？）

メイリーンは、つけていたエプロンをむしり取った。

（こんなこと、許せるものですか‼）

＊＊＊

バージンロードを歩きながら、伯爵がヌリタスにとても低い声で言った。

「これから我がロマニョーロ家の名誉はお前が守り抜くのだ。期待しているよ」

（いっそのこと、お前の命をかけて必ずやり遂げろとでも言えばいいのに）

彼女は重いドレスの裾を引きずりながら、さらに一歩前に進んだ。眩しいほどに美しく柔らかな花びらたちが、彼女の足の下で、そして肩の上で舞っていた。

真っ白なシルクの上に散りばめられた赤い花びらたちは、間もなく彼女が流さなければならない血を暗喩しているような気がした。

伯爵が、ヌリタスを公爵の手に渡す瞬間が近づいてきた。

ロマニョーロ伯爵は、最後まで抜かりなく優しい父親を演じていた。最後にはまるで涙ぐむようなそぶりまでみせたため、ヌリタスは思わず小さく声を出してしまった。

そして今、彼女の命の綱を握っていた伯爵の手を離れ、新たに彼女の命の主人になる公爵の手を取らなければならない。

一瞬のためらいはあったが、ヌリタスは白いレースの手袋をはめた手を、公爵の手に重ねた。

司祭の祝いをもって、簡単に式は終わった。

彼女は長いベールに隠された今の顔を、どうか公爵に見られないようにと願った。この罪悪感に染まった表情を隠す自信がなかった
自分に注がれている痛いほどの視線に気づく。

アビオが怒りに満ちた顔で拳を握りヌリタスを睨みつけていた。

伯爵夫人は今にも気絶してしまいそうなほど蒼白な顔をしていた。

そして、伯爵はとても満足そうな顔で、彼女に微笑みかけていた。

すべては母を守る為。顎をひいて、ボバリュー夫人の言

いつけ通り、姿勢を正した。

「モルシアーニ公爵家のルーシャスと、ロマニョーロ伯爵家のメイリーンの結婚に、ディアーナのご加護がありますように！」

適当に名付けられ誰からも呼ばれることがなかったヌリタスの名前が、粉々になって舞い、ベールの後ろへと散っていくのを感じた。

（名前に未練なんてない）

だが、メイリーンの名前で結婚誓約書が書かれているのをみると、少しだけ寂しかった。

司祭が女神ディアーナの名前で婚姻を宣言すると、人々の歓声があがり、あちこちで花びらが舞った。

ついにルーシャスは、新婦の長いベールをめくり、彼女の顔を確認することができた。

彼の黒い瞳と彼女の青い瞳が重なり合った瞬間、一瞬周りの音が消えたような錯覚に陥った。

彼の新婦は、罪人のような暗い瞳をしていたのだ。

ルーシャスは、彼女の表情を読み取ろうとするだけでも意識が遠のくのを感じた。だが周りの視線を感じ、彼は新婦に向かって目で軽く微笑んだ。

新婦は彼の視線を避けるように、少し顔を横にすることで答えてみせた。人々の目には、まるで彼女が恥ずかしがっているかのように見えたことだろう。


式の後、披露宴がとても盛大に行われた。

豚の丸焼きが振る舞われ、珍しい果実や酒が途切れることなくテーブルの上に出された。人々は新郎新婦の美しい外見についてひたすら語り合っていた。

式を終えると新婦は部屋で夫が来るのを待ち、夫は客を十二時までもてなすのが習わしだ。だが公爵は、好奇心に満ちた目で自分を見つめる者たちの見せ物になりたくなかった。

彼は整えられた髪の毛をなびかせ、ワインがたっぷりとつがれたグラスを高く掲げ、客に向かって大きな声で言った。

「モルシアーニ家とロマニョーロ家に祝福を！」

「祝福を‼」

数百人の客たちがグラスを掲げ、彼に向かって声をあげた。公爵は一気にワインを飲み干すと、テーブルにグラスを置き、こう言った。

「私は新婦に会いにいくために、これで退場いたします。心行くまでお楽しみください」

彼は優雅に観客に挨拶をし、足早にその場を離れた。あまりにも一瞬の出来事で、誰も彼を引き止められなかった。

＊＊＊

「公爵様！」

宴会場を抜け出した彼を何者かが息を切らしながら呼び止めた。ルーシャスはその声を聞き歩みを止めた。

「どうした？」

「どうしたじゃないですよ！　一二時まではまだまだなのに」

「セザール・ベイル。命令だ。今夜、お前の真価を発揮するときがきたぞ。皆が酔ってきたところで馬車にのせ、全員、帰らせるのだ。明日には城に静寂が戻るようにな」

「ですがもともと結婚式の後、一週間は宴が続くもので……」

「できるな？」

セザールは今宴会場を埋めつくしている人々のことを考えただけでため息がこぼれ眩暈《めまい》を感じた。

久しぶりに公爵城で開かれた宴だ。皆そう簡単には帰らないだろう。皆に素晴らしい贈り物でもすれば可能かもしれない。

執事と相談してみなくてはいけない。公爵はとてつもなく深い瞳で、ぐずぐずしている侍従を睨みつけ、答えを待っている。セザールは諦めて口を開いた。

「最善をつくします」

「さすがだ」

そう言って公爵は侍従に背を向け、颯爽《さっそう》と歩き出した。

侍従は主の後ろ姿をみながら自分の役目を果たすために慌ただしく退出した。

第26話　あなたを近づけることも遠ざけることもできない

ヌリタスは初夜を過ごす公爵の寝室で一人で座っていた。式のあと仕えてくれると言った女中たちをすべて帰らせたあとだった。

嘘で固められているとはいえ、今日結婚したことがまだ信じられなかった。震える手を伸ばして、果てしなく長いドレスの裾を撫でてみる。

その瞬間、母親のやつれた頬を思い出した。白いドレスどころか、夫すらいないまま長い月日を耐えなければならなかった母。そんな母を想うと涙がぐっとこみ上げてきた。

（あのクソ野郎。母さんに似て美しいだって？）

式場で綺麗なドレスを着たヌリタスに対して当たり前のように話しかけてきた伯爵の脂ぎった顔を思い出すだけで、はらわたが煮えくりかえった。

「お前みたいなやつが母さんを語るな!!」

ヌリタスは乱暴にベールを外した。重い首飾りを投げ捨て、腕につけられた宝石も外して投げた。輝く小物たちが床に落ちる音が軽快だった。

ドレスの背中のボタンを半分も外せないまま、顔に塗られた化粧を手でこすり落とそうとした。きっとめちゃくちゃになっているだろう顔面に手をあてたまま、床に座り込んだ。

悲しみと恐怖が肩の上にのしかかってきた。

手にこびり付いた真っ赤な唇の痕跡を、ドレスの横でさっと拭いて立ち上がった。そして部屋の隅に置かれた装飾のない黒い鏡の前に立った。

（あ……）

今になって、さっきまでの美しかった姿を母に見せてあげられなかったことに気がついた。

（きっと喜んだだろうな。綺麗だって、言ってくれただろうな）

たった一人の娘の結婚なのに、産んでくれた母親は遠くの城の何処かで床を磨いているのだ。そう考えたら、虚ろな笑いがこぼれた。

もう一度ドレスから体を抜くことに挑戦してみることにした。背中についていたボタンたちが、腕力に耐えきれずに外れて転がり落ちた。破るようにペチコートを脱ぎ捨てると、やっと楽に呼吸ができた。

「貴族って、本当にめんどくさいな」

ただウエディングドレスを脱いだだけなのに、額は汗でびしょ濡れだった。

ヌリタスは真っ白なシュミーズ姿のまま、小さな銀製のたらいに溜《た》められた水に顔をバシャンとつけた。

崩れた化粧を手で洗い落として顔をあげると、気分がさっぱりした。髪の毛から水がボトボト垂れ、シュミーズの前が濡れてしまった。

「大したことをしてないのに、お腹が空いたな」

以前の仕事と比べたら何てことない行為なのに、空腹を感じることが可笑しかった。

タオルで適当に髪の毛を拭き、部屋を見渡した。窓から流れ込んでくる脂ののった肉が焼ける香ばしい匂いが彼女の空っぽの胃を刺激する。

公爵の部屋に肉料理があるはずもない。だが、ワインが並んだテーブルが目に入った。

彼女は以前、辛い仕事を終えたあと酒を飲むことがあった。もちろんこんな彫刻のように美しいガラス瓶に入ったものではなく、何でできているのかもわからない、ひどい悪臭を放つ酒だったが。

「貴族ごっこのついでに、この酒も飲んでみようか」

瓶を手にし、グラスにワインを注ぎ、一杯飲み干した。今まで飲んだものとは違い、気が遠くなるほど良い香りがした。

次々に飲み、三杯飲んだところで、やっと緊張が解けた。酒を飲むことが空腹を満たすためなのか、恐怖を鎮めるためなのかわからなかった。

いくら低い身分に生まれたからといって、恐怖や羞恥を感じないわけではない。

初夜のことを思うと、突然体が冷えるのを感じた。

徐々に酔いが回りはじめたヌリタスは、ふらつく足で部屋においてあったガウンを羽織り、グラスを片手に窓際に立った。

霞んだ青い瞳で、夜空を明るく照らす月を見上げる。

(母さん、見ていますか？　母さんの娘は、公爵夫人になりました。心配しないでください。どうか健康で。絶対に負けないで。必ず迎えに行きます)

自分にも言い聞かせるように心の中で唱え、残りの酒を飲み干した。貴族ごっこの中にも良いものもあるなと思いながら、口元についた液体を素手で拭う動作は、少し寂しげだった。

＊＊＊

ルーシャスは昨日まで一人で使っていた寝室を見渡した。小さな体の彼女が一人いるだけで、春の風が吹きこんでいるような気がした。

「俺のガウンが似合っているな」

声をかけると彼女は驚いた拍子に窓枠に置いたグラスを落として割ってしまった。

ルーシャスは、足首までの薄いシュミーズの上に自分のガウンを羽織った彼の妻を、じっくりと見た。

「すまない、驚かせてしまったか？」

そして次に脱ぎ捨てられたドレスとペチコートの塊が目に入った。部屋の隅には、宝石が散らばっている。誰かが見たら、新婦と彼が格闘でもしたのではないかと誤解されてしまいそうだった。

ルーシャスは寝る前に一杯ずつ飲んでいたワインが一瓶空けられている事に気づいた。

「まさかそのグラスに入っていたのは、酒か？」

頬を上気させた彼女が、割れたガラスの破片を踏みそうになっていることに気がついたので「そこから動くな」とルーシャスは制止の声を掛けた。

彼はつかつかと彼女のそばへ歩み寄り、ぐっと彼女の腰に手を回して抱き上げた。ヌリタスは息の仕方を忘れてしまったかのように、呼吸を止めたまま彼の腕の中にいた。

（勝手に酒を飲んでいたんだ、これから殴られるのかな）

ヌリタスはぎゅっと目を閉じ、次に起こるだろう恐ろしい出来事に耐える覚悟をしていた。だが、彼女の体はひょいっと床におろされ、公爵は彼女のそばから少し離れたところに立っていた。

その時になってやっとヌリタスは床にガラスの破片が輝いていることに気づいた。彼女を傷つけようとしたのではなかったのだ。

「モルシアーニ家のワインは絶品だが、令嬢にも人気があるとは知らなかったな」

公爵は少し悪戯っぽい声でそう言った。ヌリタスは全身

に酒と羞恥が回り、意識が少し朦朧とするのを感じた。

「君も気に入ったのかい？」

公爵はワインを新しいグラスに注ぎ掲げた。

「改めて、俺たちに乾杯しよう」

ヌリタスは「俺たち」という言葉を聞き、その場で固まってしまった。公爵は何杯かワインを飲み、彼女はその姿を見つめていた。

（「俺たち」なんて言葉は、似合わない）

彼は名誉ある家門の公爵であり、戦争で手柄をあげた英雄だ。一方こちらはついこの間まで豚小屋掃除をしていた私生児にしかすぎない。高貴な血が流れる彼の前に立つとその天と地ほどある差を実感してしまった。

ルーシャスはワインを程よく呑むと、まるで石像のように固まったまま動けなくなってしまっていたヌリタスに近づき、手首をひきベッドの近くまで連れていった。

（ついに初夜だ）

ヌリタスは、喉を鳴らす。

これからされる事に、できるだけ感情を殺そうと努力しながら、ベッドに上がった。メイリーンの代わりに公爵家に嫁ぐと決めたときから覚悟していた。どうせあのまま公爵家にいればアビオに奪われていた純潔だ。

（怖くない、大丈夫だ。豚にだって初めてはあるんだから）

彼女がベッドに上がると、公爵も羽織っていた服をスルッと脱ぎ、楽な服装でベッドへ入ってきた。

ほぼ裸の男が近くにいることで、せっかくの固めた決意が揺らぎそうになる。彼は、ワインの甘い香りのする唇を開き、こう言った。

「長い一日だったから、もう休もう」

ヌリタスはこれが何かの合図なのかと思い、自分の役目を果たすべく、ガウンの紐に手をかけた。だが、そこで、果たしてこのまま自分からガウンを脱ぐことが正しいのかどうかわからずに、ためらってしまった。


一方ルーシャスは柔らかい枕に体を預けて、隣に座っている彼女の姿を見守っていた。ガウンの紐一つで、一生懸命悩んでいる姿が面白く、必死で笑いをこらえようとした。

（食事の時から思ったが、彼女は俺を誘惑する気は全くないのか？）

想像とは全く違う新婦に、むしろ公爵の方が面食らっていた。

　戦場で過ごした長い月日の間、彼の容姿や地位に惹かれて近づいてくる女性は後を絶たなかった。彼女たちは唇は紅《あか》く上気させ、寒さを知らぬあられもない姿で野営テントに入り込むこともしばしばあった。

　その度にすぐに追い返したが。

　ガウンの紐を掴んだまま固まってしまっている彼女に、囁く。

「獣たちの交尾のようにあなたを抱くつもりはない」

　彼女はその言葉に驚いて、公爵の顔を見ていた。

「どうして……」

「さあ。俺にもわからない」

　ルーシャスは彼女を抱くことも、突き放すこともしなかった。

第27話　唇よりも真っ赤な血が流れて

　モルシアーニ家で最も広く大きな公爵の寝室は静まりかえっていた。

　ヌリタスは口の中が渇いて、喉が痛むのを感じた。彼女はガウンの紐から手を離せないまま、隣に横たわる公爵の横顔を見た。

　何度見ても、決して噂のような男ではなかった。想像していたことがすべて崩れていく。夜が深まるにつれて、公爵の黒い瞳の中で月明かりが揺れた。

　窓から入り込む月の光さえも、ヌリタスをあざ笑っているような気がした。

（公爵様はこのまま本当に何もしないし言ってくれないのか。いや、むしろ彼が自分の存在を無視してそのまま眠ってくれたほうがいい）

　この人が悪人であれば。

　そしてまるで彼女の心の中の言葉を聞いたかのように公爵が目をあけて体を起こすと、ベッドの横においてあった短剣を手にした。

（やはり、公爵の相手をして朝まで生きられた女はいないという噂は本当だったんだ）

ヌリタスはこれから起こる事をおぼろげに想像し、気持ちを引き締めた。

死にたくはない、だが、これも産んでくれた母のためだ。

（絶対に、避けたりしない）

ヌリタスは公爵が短剣を彼女のほうへ振りかざしても、避けなかった。どうせこの世界のどこにも逃げ場なんて存在しないのだ。

公爵は月明かりを背にそっと笑うと、ためらうことなく剣で自らの手を切った。傷は深くなかったが、公爵の手首からは真っ赤な血が流れ、ベッドを濡らした。

驚いたヌリタスの青い瞳が、公爵の真っ黒な瞳と重なり合った。

（どうして……）

彼女は声を出すことすらできなかった。

だが公爵はそんな衝撃的な場面を見せたことをなんとも思っていないかのように剣をしまい、血が流れる手首を白いシャツの袖で覆った。


ヌリタスは彼の手に流れる赤い血を見て、めまいを感じ意識が遠のくを感じた。なんとか、踏みとどまろうとしたが、緊張で濡れた背中は、自然とベッドへ傾いていった。


公爵はシャツに血が滲むのを感じ、腕まくりをしてタオルを傷の部分に巻きつけた。

そして真っ白なシーツに滲んだ血を、満足そうに眺めた。

その時、隣で息すらまともに吸えずにいた新婦が、倒れているのに気がついた。

「血をみて気絶したのか？」

高貴な令嬢たちは、血を一滴みただけでも悲鳴をあげて気絶するという話を聞いたことがあった。

彼は、おかしな姿勢のまま眠ってしまっているヌリタスをそっと抱き上げて寝かし、布団をかけてあげた。

部屋には血の匂いが充満した。セザールにあらかじめ相談していたら、これよりマシな方法があっただろうか。だが、今更、後悔しても意味がない。

その時、隣で眠っている彼女の眉間に、深いしわが寄った。何かに追われているのに声も出せずにいるような、苦しそうな寝息を立てていた。

(怖い夢でもみているのか?)

彼は大きな手を彼女の額のほうへ伸ばそうとしたが、思い直してその手をしまった。結婚して夫婦になったとは言え、お互いについて何も知らない。

彼女は公爵家から送り込まれた敵だ。しかし、こんな、どうすればいいか分からない敵と対峙《たいじ》するのは生まれて初めてだった。

ルーシャスは髪をかきあげながら、眠っている新婦から目をそらそうとした。

その時、ヌリタスが、暑かったのか布団を蹴飛ばし、ガウンの中に隠れていた彼女の足が微かに露わになった。

ルーシャスは今まで裸の女性にせまられても何とも思わなかった自分の体が、今反応していることに動揺した。

誰かに見られたわけでもないのに咳払《せきばら》いをし、布団をひっぱり彼女をぐるぐると包んだ。

いつも一人で使っていたベッドで自分以外の寝息が聞こえることに少し戸惑ったが、悪い気分ではなかった。

＊＊＊

次の日ヌリタスが目を覚ますと、ベッドの上には自分一人しかいなかった。ゆっくりと体を起こして座ると、昨日のワインのせいだろう、少しだけ胃がムカムカしていた。

(いつ眠ってしまったんだ?)

思い出そうとすると、頭が割れそうなほどの頭痛がした。

(あ、公爵様が昨晩剣で……)

彼がためらうことなく短剣を手にする姿と、彼女に向かって軽く微笑む顔を思い出した。ヌリタスは両手で顔を覆った。馬車から降りる時にふらついたことや、ベッドで血をみて気絶したこと。自分が情けなくて、耐えられなかった。

(しっかりするんだ! 本物の貴族のお嬢様にでもなったつもりか⁉)

空っぽになった自分の隣には、確かに誰かが眠っていた形跡が残っていた。気絶するように眠ってしまった自分の姿を公爵が見たと思うだけで、耳が熱くなるのを感じた。

その時、元気な声が聞こえてきた。

「奥様。お目覚めですか?」

「奥様?」

ソフィアが慌ただしくヌリタスに水を持ってきたのだ。

ヌリタスは、奥様という呼び方に違和感を抱き、しばらく呆然としてしまった。

「昨日公爵様とご結婚されたのですから、もう公爵夫人ではないですか。このお城の女主人であり、奥様でしょう」

ソフィアはまるで自分のことのようにうっとりした顔でそう言った。

これは、おとなしい性格の彼女をここまで興奮させるほどの出来事のようだ。

ソフィアはその後も、期待に満ちた目でヌリタスを見ていた。仕方なく、こちらから、どうしたのかと聞いた。

「奥様、初夜はお辛くなかったですか?」

ソフィアは言葉を濁しながらも頬を赤く染めて聞いてきた。貴族の家では、初夜を終えた次の日、その純潔を象徴するシーツを城に掲げることになっている。

ヌリタスはそのときになってやっと、昨晩の公爵の奇怪な行動の意味に気がついた。

(そんな……)

公爵は二人の名誉のために、ああしてためらいなく血を流したのだ。


少しだけ感謝の気持ちが芽生えた。自らを傷つけない方法だってあったはずだ。ヌリタスの腕を切りつけることだってできたし、ヌリタスをそのまま自分のものにしたところで、二人は夫婦だ。何も問題がなかったというのに。ヌリタスの不安をくみ取り。公爵は自分が犠牲になる方法を選んだのだ。

「初夜を終えた新婦様は節々が痛くなると聞いて。お湯を準備いたしました。準備が終わったら、一緒に食事をしましょうと、公爵様からの伝言です」

ヌリタスはお湯が溜められた木の桶に入りながら、頭の中を整理してみた。まず、公爵は噂とは全く違う男だ。彼を騙し続けることができるだろうか。公爵が予想と全く違ったせいで、早速自信を失いかけている。

彼をできるだけ避けて生活しようと決心した。しきりに顔を合わせていたら、ぼろが出て嘘がばれてしまうかもしれない。

＊＊＊

「それだけは、避けなければ」

ヌリタスは淡いピンク色のドレスを着て、髪の毛を一つに結い上げてから、朝食をとりに向かった。そこには白いシャツにぴったりした青いズボンを身につけた公爵が湯気の立つ紅茶を飲んで彼女を待っていた。

ヌリタスがくると立ち上がり、席までエスコートしてくれる。

「おはようございます」

公爵は昨晩の二人の時とは違う雰囲気で彼女に挨拶をする。ヌリタスは自分にできる最大限の優雅な微笑みを浮かべ、丁寧に返事をした。

「公爵様のお気遣いに、深く感謝いたします」

昨夜のことに対する礼だと伝わっただろうか。ヌリタスはそう思いながら席についた。二人の食事の時間はとても静かに、そして何事もなく流れていった。

ヌリタスは、公爵だけでなく城中のすべての人間が自分に注目しているのに気づいた。

自分だって、以前はその周りの人間のうちの一人だったのだ。何か少しでも過ちを犯せば、すぐに彼らの噂の的になるだろう。親しくなりすぎるのも、高圧的な態度を取るのもよくない。

その時、ヌリタスに紅茶をいれようとした女中の一人が、うっかり陶器のティーポットを割ってしまった。

一瞬ヌリタスは、伯爵城にいた時に似たような出来事があったことを思い出した。自分のドレスの裾にお茶をこぼしたという理由で、ロマニョーロ伯爵夫人は馬に使う鞭を持ってきて、女中を殴っていた。

肉がえぐれる破裂音と鞭が床に打ち付ける音が、今でも耳元に残っている。

(あの子は結局足が不自由になったんだ)

ヌリタスは、自分のミスで怯える女中に向かって、口を開いた。これが、彼女が公爵夫人としてこの城で口にする最初の言葉だと認識する余裕はなかった。

一四歳くらいに見える女中の華奢な肩が小さく震えていた。ヌリタスの声は静かだった。

「怪我《けが》はない?」

ヌリタスは怯える彼女に自分自身を重ね、母親の影を感じた。ヌリタスの言葉を聞いた瞬間、食堂にいた皆が凍り付いたように動かなくなった。

女中と召使いたちは、自分たちを気遣ってくれる貴族など今まで見たことがなかったのだ。

そして反対側で肉を切っていたルーシャスが、とても興味深そうに自分の妻を見つめていた。

女中たちは急いで新しい紅茶を準備し、割れた陶器の破片を片付けた。

若い女中は涙ぐんで、公爵夫人にだけ聞こえる小さな声で言った。

「奥様、ありがとうございます」

ヌリタスは何事もなかったかのように、紅茶に口を付けた。

第28話　爽やかな風が吹く季節に

「何もいらないって言ったでしょう！」

王国を代表する二つの家門の結婚は、何の問題もなく終わったが、その後のロマニョーロ伯爵城の雰囲気は、酷いものだった。

伯爵夫人は女中が恐る恐る用意したティーカップを冷たく突き返し、熱いお茶が女中の手の甲にかかる。

「申し訳ございません、奥様」

城で働くものたちは皆息を殺していた。

伯爵夫人はベッドにもたれ、モルシアーニ公爵を初めて見た瞬間のことを思い返していた。

彼は驚くほどの美男子だった。

せめて内面の噂は事実でありますようにと願ったが、彼女の期待は外れた。

公爵はただ無愛想なだけで、悪魔のような男では決してなかった。非の打ち所がない礼儀作法を身につけ、全身から権威が溢れる素晴らしい男だったのだ。

メイリーンと並んだら一枚の絵画のように見えるだろう公爵の花嫁。事もあろうに私生児なんかにその座を明け渡してしまった。

「なんて滑稽なの」

王国の中で最も良い男を選ぼうと少しだけ婚期を逃していたメイリーンは、結局すべてのチャンスを失い、更には偽物の伯爵令嬢の結婚のために、本物が王国を離れなければならなくなった。

その上、メイリーンは女中に変装して結婚式を見に来てしまったのだ。

『あの素敵なドレスを着てお父様の手をとってバージンロードを歩くべきなのは私だったはずでしょう。ねぇお母様、公爵様にすべての事実をお話しすれば、きっと私を称《たた》えてくれるはずだわ。そしてあの詐欺師のような私生児を片付けて、私を私のいるべき場所に戻してくれるんじゃないかしら?』

目をきらきら輝かせながらメイリーンが訴えてくる姿を思い出す。

「挙げ句に恋の病だなんて……」

メイリーンは公爵を見て一目惚れをしてしまったのだ。

私生児の配偶者になってしまった公爵を想っている。この事実を伯爵様が知ったら、夫人にも娘にも伯爵は怒り狂うこと間違いない。

「ああ……女神ディアーナよ、私はどこから間違ってしまったのでしょうか……」

＊＊＊

その一方で、伯爵家の後継者であるアビオは、以前よりもさらに深刻な不眠に悩まされていた。

目を閉じると、ヌリタスが公爵の体の下で悦楽に溺れながらアビオを嘲笑う姿が浮かぶのだ。

夢の中で彼女は、アビオには一度だって聞かせたことのなかった熱っぽい喘《あえ》ぎ声を出し、公爵にしなだれかかっていた。

明け方まで眠れず、やっと眠りに落ちてからも悪夢にうなされた。

アビオは気を紛らわす為に、毎晩女中たちを無慈悲に犯したり、狩に出て手当たり次第獲物を捕まえたりした。今も幼い女中の一人を足で踏みつけて、暴言を浴びせて部屋に戻る途中だった。

だが思い通りに気分転換はできない。女中たちはアビオに目をつけられると泣いて許しを乞う。彼が求めるのは、殴っても声ひとつあげないあの女だけだった。

あの真っ白な首を、両手でぐっと掴んで締めたくて仕方がない。

（ああ、それができたら……）

アビオは応接室のソファに横になって目を閉じ、彼女の姿を思い描きながら、口元に笑みを浮かべていた。

久しぶりに、黒髪の男と一緒ではなく、一人で夢の中に登場した彼女に手を伸ばした。

「この出来損ないが」

だが、彼の幸せは、一瞬にして壊された。顔を上げるとそこには伯爵が冷たい目でアビオを見ていた。

「昼間から怠けおって、それが伯爵家の跡継ぎがする事か……私生児の方がよほど役にたっているとはな」

伯爵は呆れて我慢ならないといった様子で、舌打ちをしてその場を去った。

アビオはそんな伯爵の姿を震える目で睨みつけた。

（全部父さんのせいだ。あんな計画を立てなければ、あいつは僕のものだったのに）

アビオは強く拳を握りしめ、そしてヌリタスがまるで前に立っているかのように、手を伸ばした。

離れてからまだそんなに経っていなかったが、あの虚ろな顔が愛《いと》しかった。何の反応もしないあの体を力強く抱きしめたかった。

＊＊＊

モルシアーニの領地は、公爵の久しぶりの帰還と結婚で、この上なく良い雰囲気に包まれていた。

結婚したばかりの二人はごく普通の貴族のようで、それを見守っていた侍従はとても安心した。

新婦を迎えるまでは、公爵が彼女に恐ろしい態度をとったり、彼女の存在を無視したりするのではないだろうかと心配が尽きなかったが。公爵と公爵夫人は、度々一緒に食事をとり、公爵は婦人をとても丁寧に扱った。

先代の公爵と二人の息子が戦死し、婦人も病気でなくなった後、長い間、憂鬱な気分に包まれていた公爵家だったが、今は爽やかな風が吹いて、凍りついていた過去の痕跡を溶かしてくれるようだった。

公爵は最初の日を除いて彼女とは別の場所で眠った。ヌリタスは、公爵の大きな部屋を一人で使っていた。

一緒に食事をする時以外、彼女は公爵に会う機会はほとんどなかった。公爵を避ける努力をしようとしていたのでこれに関しては胸をなで下ろしたがなぜか胸に寒々しさを感じた。

その物足りなさを埋めるかのようにヌリタスは自分なりに公爵城に慣れようと努力していた。

公爵城はとても広く、すべてを見ることもできていなかったので、時々散歩をしたりもした。今日は、一度も見たことなかった城の家畜たちを探してみることにした。

「三つ子の魂百までっていうけど。くそ、私にはぴったりの言葉だな」

真っ白なレースのついたツバの広い帽子を被り、淡い空色のドレスをきたヌリタスの口から、淑女らしからぬ言葉が発せられた。

彼女はその度に口元を覆い周囲を見た。無意識に飛び出てしまう口癖を直そうと思うのだが、なかなか思い通りにかなかった。

その時だった。どこからか小さな少年の悲鳴が聞こえた気がした。

彼女はその声が聞こえた場所に向かって、ドレスを両手で捲り上げて足を速めた。

数歩離れたところに、ラバが荷車を引いて走っているのがみえた。そしてその荷車に小さな子どもが落ちそうになりながらしがみついていた。

（あのままじゃ大怪我する）

子どもを助けようと決心した彼女が足を動かす前に、荷車の後ろに黒くて長い影が現れ声を上げた。

「ティミー！　飛び降りろ！　大丈夫だ、私がうけとめる！」

外出先から戻った公爵がどこからともなく現れ、ステッキと帽子を地面に投げ捨て、子どもに向かって腕を伸ばしながら走りだした。

子どもは、震える腕で荷車の端を掴んだまましばらくためらい、そして小さな体を宙に投げ出した。

子どもの頭を抱えた公爵が地面にゴロゴロ転がった。すべてが一瞬の出来事だった。

公爵はすぐに何事もなかったようにすぐに身を起こした。

ヌリタスはそれをすべて見たあと、木の陰に姿を隠した。

彼女は貴族が召使いの子どもの為に走る光景も、子どもを助ける光景も今まで一度も聞いた事も見たこともなかった。

まるで自分が荷車から落ちた子どもだったかのような安堵感に包まれた
「ティミー、大丈夫だったか?」

「こうしゃくさま。怖かったです」

泣き出す子どもに、公爵は大きく笑いながらこう言った。

「騎士になりたいならこのくらいで怖がってはだめだ。いいな?」

「は、はい」

子どもは怪我をしなかったようで、パタパタと走り出した。続いて公爵が遠ざかっていく足音も聞こえた。

ヌリタスは木の陰からそっと体を出し、遠ざかっていく彼の後ろ姿を見つめた。彼の真っ白な服は泥だらけになり破れていた。

公爵は大したことがなさそうに、大きな手で埃を払っていた。彼女はそのなんて事ない行動から目を離すことができなかった。

「悔しいけど……かっこいいや」

泥だらけになった公爵の後ろ姿に、彼女がだいぶ前に忘れてしまった光り輝く騎士の姿が重なった。ヌリタスの渇いた感情に、わずかな何かが生まれた気がした。

第29話　悪意はあちこちに潜む

「お母様、こんなことはあり得ないのよ‼」

女は声を荒げながら泣き、母親のドレスをつかんで揺さぶった。今年一八歳になるアイオラ・カリックスは光り輝く金色の豊かな髪の毛を持つ少女で、モルシアーニ公爵の従姉妹であった。

アイオラの母親は、死んだ公爵夫人のたった一人の妹で、親戚の中では一番近しい間柄だった。特にアイオラは自分の母親よりも公爵夫人に似ていたことから、幼い頃から公爵家に大切にされてきた。

最初にルーシャス・モルシアーニ公爵とロマニョーロ家の末娘の結婚が決まったという話を聞いた時は、大したことないと思っていた。

なぜなら、彼女のいとこであるルーシャスは女性が苦手であることを知っていたからだ。

当然こんな結婚は断るだろうと予想していた。いくら王とはいえ、強制的に結婚させることはできないだろう。

（どうしてこんなことになってしまったの）

アイオラは、生まれつき聡明で、人一倍所有欲のある男爵令嬢だ。彼女は七歳をすぎた頃から、王子様のように輝く従兄弟のことを慕っていた。

多くの女性達を突き返す公爵だったが、アイオラの事は亡くなった母親に似ていたため、とても可愛がってくれた。

だからこそ、十年間、純粋で何もわからない顔をして、彼の傍に居続けた。相変わらず誰にも靡《なび》かない彼を見て、心の中で勝利を確信していたというのに。

もう少し年齢を重ねたら、公爵の隣に立つのはきっと自分だろうと思っていたというのに。

「お母様、何かおっしゃってくださいな。ルーシャス様はなぜ私ではなく別の女と結婚するのですか？　あんなに私を可愛がってくださったのに。お母様もよくわかっているでしょう？」

カリックス男爵夫人は、なんと答えたらいいのか分からず、ただ娘の背中を撫でていた。アイオラが公爵を好いている事は知っていたがここまで想いが強かったことは知らなかった。

「私の可愛いアイオラ。あなただけを愛してくれる素敵な人がきっと現れるわ」

「いやよ。公爵様じゃなきゃ、なんの意味もないの……」

アイオラは到底今の自分の状況を受け入れることができなかった。十年間狙い続けていた公爵の隣を、あの貧相な伯爵令嬢なんかに取られるのは、許せなかったのだ。

＊＊＊

「セザール様」

「奥様、私は公爵様の侍従なのですから、呼び捨てにしてください」

ヌリタスは、とても体が弱そうに見える侍従の澄んだ瞳を見つめた。

こんな事態に巻き込まれなければ、自分もいつかこんな風な男になっていたのではないかなと思った。

その目が、しっとりとした牛の目に似ているからだろうか。すべてが新しい公爵城で出会った人々の中で、最も親近感を感じるのが、このセザールだった。

「本を読みたいのですが、書斎に案内していただけますか？」

「はい、喜んでご案内いたします」

書斎に向かう間も口数が少ない公爵夫人に対し、セザールはそっと話しかけた。

「読書がお好きなのですね」

「なかなか読めなかったので、これからは少し読んでみようかと思いまして」

ヌリタスはこれ以上嘘を増やしたくなかったので、ある程度正直に答えた。


その時ルーシャスは、執務室である程度、書類の整理を終わらせ、残りはセザールに引き渡し、外に出て気分転換でもしたかった。

しかしその肝心のセザールがどこにも見当たらない。ようやく見つけたと思ったら、彼は自分の妻と和やかに会話をしながら歩いていた。思わず、体を隠して、凝視してしまう。

「妙に親しげじゃないか」

足音が遠ざかっていくと、柱の陰から出て、廊下の先に消えていく二人の影を眺めた。いつも静かな彼女が微笑んでいるような気がした。

ルーシャスは力の抜けた片手で柱を触り、ため息をついた。

「何をやってるんだ」

なぜこっそりと彼らが消えていく姿を盗み見ているのか。なぜ二人が一緒に歩いているだけでこんなにも気になるのだろうか。柱から手を離し、背筋をピンと伸ばした。

髪の毛をさっと掻き上げて、もう一度二人が消えていった廊下を見つめた。

まだ嫌な気持ちが消えなかった。今すぐに剣を持って外に出て、ひとしきり振り回さなければならない衝動に駆られた。

＊＊＊

ヌリタスはセザールの親切な案内のおかげで書斎に到着し、しばらくぼんやりと本棚を眺めていた。伯爵家の何倍もの数の本が並んでおり、何を選んだらいいのかわからなかった。

しばらく眺めた後、少し大きめの字でタイトルが書かれた本を抱えて、机に向かった。

（文字を全部忘れてしまっていたらどうしようと思ったがこれぐらいなら分かるな）

文字は大きく文字数が少なかった為、ヌリタスでも読む事ができた。

それは子どもが読んでいた本のようで、絵と文字の上に落書きがあった。丸を描こうとして失敗したような模様が描かれていたり、一度書いた文字を線で消して、その横に「ルー」という文字が書かれていたりした。

「ルー？　何処かで聞いた気が」

その名前から感じる妙な感傷に浸るのも束の間、とても簡単な本にもかかわらず、すぐに飽きてしまった。

こうして座って何かをするのは、初めてだった。昔は、眠る時以外、一瞬たりとも手足を動かさないことなどなかった。

（貴族たちはなぜこんなものを読むのだろうか）

ボバリュー夫人が、本の中には人生があり知識があると熱弁していたことを思い出した。その中に人間の喜怒哀楽があるとも言っていた。だがヌリタスは依然として夫人の言葉が理解できなかった。

人生とは、一日一日を生きながら作り上げていくものではないだろうか。本が自分の代わりに人生を全うしてくれるとでもいうのか？

他人の考えや言葉が自分の人生の何の役に立つのかという強い疑問までこみ上げてきた。

飽きて本を閉じて窓の外の青い空をみると、雲の一つがまるで子豚のように見えた。

（あ、でももしかしたら）

彼女が初めて豚を飼いならす仕事を始めた時、妊娠中の雌豚は神経が過敏になるという事を教えてくれるものは誰もいなかった。豚たちが一年に二回ほど子どもを産むということも。

すべては経験から学んだことだ。誰かがこれらをあらかじめ教えてくれていたならば、もっと仕事がスムーズに進んでいただろう。

「そういう本もあるのかな？」

そんなことを教えてくれる本が存在するならば、これから仕事を始める少年たちにきっととても役に立つだろうと思った。探してみようと、視線を空から下に動かした。

その時、彼女の目に映ったのは、ルーシャスの姿だった。

彼は窓から見える庭で、剣術の稽古をしていた。

その動きは、まるで剣と一体化したかのように軽々と持ち上げられ、上から下へと舞いながら、まるで踊りを踊るように剣を捌《さば》いていた。

彼の姿に、幼い頃からずっと憧れていた銀の騎士の姿が再び重なるような気がした。

彼の剣術が終わるまで、ヌリタスは大きな窓に張り付いたまま我を忘れて見入ってしまった。

あんなに格好のいい男が自分の夫だという意識すらなく、ただ純粋な感嘆のため息がこぼれるばかりだった。そして頭の中で、彼の姿を自分と置き換えてみた。

彼が振りかざす眩しい剣を持った手がいつの間にか彼女の手に変わる。

そして彼が軽やかに飛び跳ねたとき、彼女の足はドレスの中でひとりでに小さく動き出していた。

第30話　雨に濡れた裾のように

空が暗かった。風で木が揺れるのを見つめていたヌリタスは、もうすぐ雨が降るだろうと思った。

外での生活に慣れていたヌリタスにとって城の中で暮らすことは、退屈を通り越して息苦しかった。雨が降りだしたら城にこもっていなければいけなくなるだろうと思い、急いでマントを取り出して羽織って外に出た。

モルシアーニ公爵城の庭園は、曇っているにもかかわらずとても美しかった。特に城楼に上がって見渡す領地は、壮観だ。

城に沿って流れる水を通り越すと肥沃な土地が広がり、北の方には葉の尖った木がぎっしりと並んだ森があった。そして東の方には広い平原が広がっていた。すべてが美しく壮大で、ヌリタスは胸が苦しくなった。

今彼女には、一人の時間が必要だった。結婚してから、一見静かな日々が続いていたが、彼女の心は一日だって穏やかではなかった。

公爵城の使用人たちは、ヌリタスを手厚くもてなしてくれる。彼女の本当の素性を知らないからだ。

彼らの信頼に満ちた視線を見るたびに良心が痛み、どん底に落ちるような気がした。その上ここでは、彼女がしなければいけないことなど何もなかった。

自分が価値のない存在のように思えてとても辛かったが、それを誰かに打ち明けることすらできないことがさらに苦しかった。

(母さんがいるあの場所でも、同じ空が見えるのかな)

母親は関節が悪く、雨が降る夜は痛みに悩まされていた。だが自分のことで精一杯で、そんな母の足を揉《も》んであげることすらできなかった。

後悔は果てしなく押し寄せてくる。必ず母を迎えに行くと約束したがまだなんの算段すらついていなかった。

(風に当たれば、気持ちが軽くなると思ったんだけど)

風が次第に強くなってきて彼女の頭を覆っていたマントの上の方がガサガサと震えて小さく音を立てていた。

「雨が降り出すな」

風に混ざる雨の匂いが少しずつ強くなってきた。雨でずぶ濡れになるのは好きだったが、今の彼女には相応《ふさわ》しくない行動であるということもよくわかっていた。

「そろそろ戻ろう」

彼女は城楼から降りて、人目につかない道を選んで城に戻ろうとしていた。

貴婦人が付き添いの女中もなしに歩き回るのを誰かが見たらよくない印象を抱くだろうと思っての選択だった。

その時どこからか動物が小さく呻《うめ》く声が聞こえてきた。その声の主を探そうと、足をはやめた。

「ああ、お前だったのか。大丈夫？」

うめき声の正体は、出産が差し迫った黒い犬だった。犬は庭の木の下で大きなお腹をした体をよじらせ、苦しそうにしていた。

ヌリタスは妊娠している動物たちの神経が過敏であることをよく知っていたため、まずはそっとしゃがみこんだ。

そして、危害を与えるつもりはないという意思を目で表しながら、ゆっくりと手を上げてみせた。

「シー。いい子だ。助けてあげるよ。前にもやったことがあるんだ」

冷たい雨が頬に触れたが、ヌリタスはそんなことは全く気にしなかった。

伯爵城で働いている時、豚や犬の子どもを取り上げたことのある彼女は、一刻も早く状況を把握しようとした。すでに羊水が地面に溢《あふ》れ出《で》ていて、陣痛がくるたびに苦しそうに鳴き声をあげていた。

「早く産まれないと、お前も子どもも危ない。手でちょっとお腹を触るよ？」

彼女はマントの帽子を脱ぎ、犬の状態を確認するために、慎重にお腹を撫でてみた。

子どもの胎動を微かに感じた。これは出産が迫っていることを意味している。彼女は顔を上げ、手伝ってくれそうな人がいないかあたりを見回して見た。

だが雨が降り始めたこの場所にだれかが通りすがる確率はとても低いこともわかっていた。

「仕方ない。お前と僕でなんとか頑張ろう。いいね？」

初産や高齢出産の場合、こうして難産になる場合がある。

ヌリタスは犬を落ち着かせようとずっと話しかけながら、お腹をさすった。

これは陣痛を促進させるのに役立つ。羊水がすでに溢れているので、早く子どもを産まなければならない。

ドレスの裾が泥で汚れ始めた。雨避《あまよ》けになっていたマントを脱いでしまったため、髪の毛を伝って雨水がボトボトこぼれてきたが、ヌリタスは苦しんでいる犬が気を失ってしまったりしないだろうかと心配で、目を離すことができなかった。

このような場合、母犬が無事でいられないこともある。

「目を開けるんだ。お前ならできるよ。子どものこと、ちゃんと考えないと。ね？」

目を閉じようとしていた犬が彼女の声に勇気をもらったように体勢を正して、突然りきみはじめた。

ヌリタスはすぐに子犬を包める布を探したが、周りには何もなさそうだった。マントに目をやったが、濡れたもので産まれたばかりの子犬をくるむわけにはいかない。

通常の分娩《ぶんべん》ならば出産後母犬が子犬の面倒を見ることができるが、今目の前にいる母親は、とても苦しそうだった。

「そうだ。いいよ。勇気を出すんだ。そう」

彼女は子犬を自分が取り上げようと決め、犬を励ました。このまま諦めてはいけないという気持ちでいっぱいで、涙が流れていることにすら気づかなかった。

その時、雨の降る道を歩いてくる誰かの足音が聞こえたのでヌリタスはその人に手伝ってもらおうと思い振り返った。意外にも、そこにやってきたのは黒いマントをはおったモルシアーニ公爵だった。

彼の登場に一瞬動揺したが、今にも子犬が生まれそうなので、慌てて口を開いた。

「公爵様、この犬が大変なんです。乾いた布を持ってきていただけますか？　今にも子どもが生まれそうなんです」

そう言ってヌリタスは再び犬のほうに顔を向けた。

彼はマントの中にしまってきた毛布を取り出し、彼女に差し出した。

「これでいいか？」

「……はい！」

公爵邸にいた犬だ。公爵もこの犬が心配になり来たのだと気づいた。

いよいよ母犬は出産に入った。

羊膜に包まれた子ども達が産まれてくるなり、ヌリタスは慣れた手つきで小さな子犬から取り上げていった。そしてすべての子犬たちを布で綺麗に拭いて乾かすと、再び母犬のもとへと返した。

「よく頑張ったね……」

母犬は全部で五匹の子犬を産んだ。

子犬たちは目も開けられないままうずくまっていたが、本能で母犬の胸のほうにすり寄っていった。

母犬の首が力尽きるようにガクンとうなだれたので、ヌリタスは再び焦りはじめた。今までこんなふうにして天国へ見送った沢山の動物たちのことを思い出した。

倒れている母犬は、まるで彼女の母親のようだった。

母と自分が泥沼のような人生を生きながらいつだって諦めなかったように、この犬にも頑張って欲しい。

焦りと緊張で泣きそうになりながらも、彼女は言った。

「お願い、負けないで！」

子犬を残して母親が死んでしまうのが、彼女を残して母親が先に天国へ行ってしまうのではないかという不安と重なった。

母犬の様子をみるために伸ばした手をルーシャスが止めた。ずっと様子を見守ってくれていた彼は、自分が羽織っていたマントを脱ぎ、それでヌリタスを包んだ。

「もう充分だ。キミはよくしてくれた。あとは城の者に任せよう。……顔が真っ青だ。このままだとキミが先に倒れてしまう」

ヌリタスは言われて気づく。長時間、雨にうたれていたせいで、寒さに肩が震えていた。

ここでヌリタスは自分の行動の迂闊《うかつ》さに気がつく。

（しまった、犬の出産を手伝う令嬢なんて、どこにいる。きっと怪しまれた）

犬を助けた事に後悔はないが、どれほど奇妙な女に見えただろうか。

このことで公爵が怪しいと感じてしまったらどうしようかという不安が押し寄せてきた。

ヌリタスの青い瞳が不安で染まっていくのを見つめながら、公爵がゆっくりと口を開いた。

「その犬の名前はオニックス。亡くなった兄が育てていた犬なんだ。臨月が近づいているのに雨が降ってきたから心配になり、様子を見にきたんだが……。キミがここにいてくれて助かった。礼をいう」

声は温かい。彼にとって特別な犬を救った事への感謝が込められていた。

感謝の言葉など全く想像していなかった。

ヌリタスはこういう時どう答えたらいいのかわからずに、微かにうなずいて小さく囁いた。

「もったいないお言葉です。お役にたてて、よかった」

命をかけるつもりでロマニョーロ家を離れた時、メイリーンも伯爵も、他の誰も彼女に感謝するものなどいなかったのに、公爵城でこんな言葉を聞くことになるとは、夢にも思わなかった。

頭を上げてヌリタスはマントをかけてくれた公爵を見つめた。

彼のシャツは雨に濡れ、肌と筋肉が透けていた。ヌリタスの頬が紅く染まる。男の裸など伯爵城で働いていた時に嫌という程見てきたはずなのに、こんなに恥ずかしい気持ちになるのは初めてだった。

ヌリタスは公爵のマントをしっかりかぶろうと思い手をかけようとしたが、手に血が付いていることに気がつき、さっと手を後ろに隠した。

その様子を見た公爵がゆっくりと口を開いた。

「手が血だらけだ。モルシアーニ家にぴったりな公爵夫人だな」

彼の軽い冗談に、彼女の緊張が少しだけ解《ほぐ》れた。

ヌリタスの足の力がガクッと抜けて倒れそうになるよりも先にそれを感じとったルーシャスが、その腕で彼女を抱きとめた。

雨の降る庭園の隅で、公爵のマントにくるまれたヌリタスと黒髪を濡らした一人の男の吐息が重なり合う。ヌリタスは、まだ足に力が入らず、赤い手で公爵のシャツの裾をキュッと掴んだまま、うつむいている。

こんな状況で貴族の令嬢がどんな態度を取るべきか、ボバリュー夫人から習ったこともない。

足元がふらつくので公爵の腕の中から逃れることもできず、だからと言って何か話しかけることもできずにいた。

その時、後ろからオニックスのうめき声がしたので、二人の体は魔法のように離れた。そして示しあわせていたかのように、城に向かって歩き出した。

第31話　あなたの頬に朝日が差して

ルーシャスは雨で体の熱を冷ましながらヌリタスの少し後ろを歩いていた。

周囲に人々の姿が見えはじめると、なんだか少し残念な気持ちになった。城の使用人たちは雨に濡れた二人をみて驚き、大騒ぎをした。

「急いで妻の入浴の準備をするように」

ルーシャスは濡れた服を着たまま悠々と歩きながら、召使いたちに命じた。

(僕はマントのおかげで濡れてない。むしろ急いで入浴するべきなのは公爵の方なのに)

彼女は立ち去ろうとする公爵を呼び止めようと何か言おうとしたが、思いとどまった。さっきまで二人を包んでいた微妙な空気のせいで少し緊張していたし、胸が高なっているのも感じた。

(なんだろう、これ……)

ヌリタスは女中たちに案内されて浴室に向かった。浴槽が少し熱くて、体が溶けてしまいそうだった。やっと緊張がほぐれ、手が小さく震えた。

ただ気分転換に風にでも当たろうと外に出ただけなのに、まさか苦しんでいる犬に出くわすとは。そしてそれを公爵に見られるなんて。

よろけそうになった彼女を抱きとめてくれた彼の大きくて力強い手から感じられた熱が、血管を伝って全身に巡るようだった。

「どうかしてる！　彼は高貴な身分の公爵様で、僕はただのニセモノだ。忘れるな」

突然自分自身の声が聞こえてきて、ヌリタスは拳を握り浴槽の水を叩きつけ、うつむいた。

何のためにここに来たのか、絶対に忘れてはいけない。

「温まりましたか。さぞ冷たかったでしょう」

「公爵様が、準備ができたら、一緒にお茶をとおっしゃってます」

入浴を終えると、女中たちが着替えを手伝ってくれた。

(正直、会いたくない……けど、そうもいかないか)

ヌリタスは鏡の中の自分を見つめた。

（公爵相手に、なんで、まるで、女みたいにドキドキしてるんだ。気持ち悪い……）

ヌリタスは両手で顔をこすると、背筋を伸ばした。

（避けられないなら、ぶつかるしかない）


公爵は暖炉の前で、濡れた髪のまま立っていた。

扉を開く音で目線を上げ、応接室に入ってくるヌリタスをじっと見つめた。

温かいお湯に浸《つ》かったあとだからだろうか、まるで東から昇った朝の日差しがそっと彼女の頬に差し込んでいるようだった。

二人は小さなテーブルを挟んで向かいあって座り、カップを手にした。長い沈黙を最初に破ったのは、公爵だった。

「……あんなに雨に打たれて、具合は大丈夫か？」

貴族の令嬢は、冷たい風に吹かれるだけでも体調が悪くなるという話を聞いたことがあった。こんなに小さくか弱い体でオニックスと子犬たちを助けようと必死だった姿を今一度思い出す。

「私は大丈夫です……それより犬たちに何か食べ物を持っていっていただけたのでしょうか？」

ルーシャスはその言葉を聞くと、気が抜けてつい笑ってしまった。

「召使いをオニックスのもとに行かせたから心配は無用だ」

目の前の女性が、ほっと安堵に息をつくのがわかる。

（私の体調を気遣ってくれる言葉を期待したわけでない……が、ここまで眼中にないのは少し複雑だな）

彼女は安心したのか、ただ触ってばかりいたカップに手をかけ、ゆっくりとお茶を飲んだ。自分がやっと何かの役に立ったことで、ここに来て初めて気持ちが楽になった。

だがすぐに二人の会話はプツンと途切れてしまった。

暖炉で薪《まき》が燃える音だけが、応接室に響いていた。

二人は何も言わず、気まずそうに炎を見つめた。

暖かい空気が足先から伝わり、心をそっとくすぐるようだった。ヌリタスは意識しないように努めたが、公爵が今彼女を見つめていることを感じることができた。

彼について考えないようにしようとすればするほど、公爵の手つきや視線に気持ちを奪われた。

「あなたは……」

静寂を破るような、公爵の少しかすれた声が聞こえた。

ヌリタスがまるで魅せられたように顔をあげると、彼の果てしなく深い黒い瞳と視線が重なった。

「雨に打たれたのは、やはり無理があったようだな。顔が赤い。熱があるんだろう」

「違います、公爵様。大丈夫です」

見当外れの指摘に彼女は困惑したが、公爵が自分をじっと見つめているせいで緊張しているなどと言うわけにもいかなかった。

雨に打たれつつ重い荷物を運ぶ仕事など、日常茶飯事だったが、それを彼に打ち明けることはできない。

(早く部屋に戻りたい……)

体の具合が悪いので先に戻ると公爵に伝えようとしたその時だった。

「今晩は、私が隣で見守っていなければいけなさそうだ」

「え?」

ヌリタスはカップを持っていた手が震えて、少しだけお茶をこぼしてしまった。こんなふうだから、か弱い貴族の令嬢だと勘違いされるのだと思った。

何と反論したらいいのかわからなかった。

(今こうして向かい合っているだけでもつらいのに、同じ部屋で眠るなんて)

急速に顔が熱くなっていく。

「ほら。先ほどより更に赤くなった」

ヌリタスは、それは暖炉のせいだと答えようとして、やめた。

公爵の目が笑っているのが見えたからだ。

(今、何を言っても、本心を見透かされそうな気がする)

諦めたようにため息をつき、彼女は残っていたお茶を一口飲んだ。

冷めきってしまったお茶は、かえって今のヌリタスの焦る気持ちをなだめてくれた。

一体いつになったら彼女の人生に平穏が訪れるのだろうか。

＊＊＊

ヌリタスは夕食もそこそこに、寝る準備を終えた。気持ちが落ち着かず、窓を打つ雨音さえも耳に入らなかった。

侍女には早く帰って休むように伝え、ベッドに入って毛布を口元までかぶった。

（さっさと眠ってしまえばいいんだ。もし公爵が寝室にやってきても寝たふりをしていたら、彼と顔を合わせなくてすむし……）

だが、力仕事をしていたころは横になるだけで眠れたのに、貴族ごっこを始めてからは、そう簡単に眠りにつくことができなかった。

不思議なことに、眠ろうとすればするほど意識がはっきりとした。

結局眠れずグズグズと寝返りをうっていると、扉が開き大きな影が入ってきた。

そして公爵の声が、眠れぬ夜に鳴り響く。

「もう寝たのか？」

「いいえ」

ヌリタスは思わず、半身を起こしてしまった。

（あああ……どうすればいい？　立ち上がって挨拶をするべき？　こんな時にどうしたらいいかは習わなかったよ！）

だが、いくら何でも座ったまま公爵を迎えるのは無礼な気がしたので、布団を押しのけ立ち上がろうとしたら、公爵が低い声で「そのままでいい」と言った。

公爵はガウンを羽織り、何か両手に持っていた。ヌリタスは気まずくて、ちゃんと座り直すことも横になることもできずにいた。

公爵はベッドのそばにあった椅子を持ってきて座り、サイドテーブルにトレーをおいた。

「具合が悪い時は、最初の処置が肝心なんだ」

「あ、はい」

ヌリタスは彼の顔に疲れが滲んでいるのを感じた。

明るい昼間に見る時とはまた違った不思議な魅力が、彼を輝かせていた。

アビオのような卑劣な者には決して見られない高潔な何かを持った男だった。

（高潔な男……男、男だって？　公爵様は、ただの公爵様だってば…）

彼を男と意識した瞬間、ヌリタスの頬が再び赤く染まった。

なんてことだろう。一度だって誰かを異性として認識したことがなかった彼女は、この感情をどうしていいのかわからなかった。

「やれやれ。また熱が上がっているようだ。早く横になるといい」

彼がツカツカと近づいてきて、水気を絞ったタオルを彼女の額に当ててくれた。熱くなった額に彼の手が触れた瞬間、驚いたヌリタスは枕に頭を埋めるように横になるしかなかった。

（私生児が公爵に看病してもらうなんてありえない……しかも、本当は具合なんて悪くないのに…）

さっき抱きとめてくれた手が、今彼女のそばにある。そして彼が彼女の方に体をかがめると、森に吹く爽やかな風のような香りがした。その風が彼女の心を乱しはじめた。

アビオに足蹴にされたときに震えていた心臓が、今違った音を立てて動き出した。公爵の位置が近すぎてうしろに下がりたかったが、ベッドの背もたれのせいでこれ以上動くことすらできなかった。

心配そうに見つめる彼の視線にこれ以上耐えきれなくなったヌリタスは、額にタオルを乗せたまま、口をもぞもぞと動かした。

「公爵様、大丈夫ですから」

「戦場で看病した経験があるんだ。心配しなくていい」

そうじゃないから！

もどかしくて仕方がなかった。だが公爵は一定の間隔でタオルを濡らしては額にのせる行為を繰り返した。

それを避けようと体をねじらせてみたが、避けることはできなかった。

冷たいタオルを額に乗せているにもかかわらずヌリタスはなかったはずの熱が出てきたように、体が熱くなってきた。彼女の困った顔を見た公爵が、ゆっくりと口を開いた。

「私がずっと看《み》ているから、心配しないで眠りなさい」

ヌリタスは、こんな状況で眠れるほど強靭《きょうじん》なメンタルを持っていなかった。心臓が高鳴って、布団の外にまで心臓の動きが伝わってしまうのではないかと、彼が気づいてしまうのではないかと不安になり、無理やり目を閉じた。

「そうだ」

目を閉じると、彼の優しい言葉と冷たいタオルの感触が少しずつ心地よく感じられるようになってきた。

ヌリタスは以前、熱に浮かされた時に、母が看病してくれたことを思い出した。

母の涙が混ざった声に、彼女の心も張り裂けそうだった。いくら気を強く持っても、母のことを思い出すと、ヌリタスは息苦しくなり痛みとともに無力感に襲われた。

（母さん、今はゆっくり眠っていますか？）

届かない挨拶を母に伝えると、胸元に置かれていたヌリタスの腕がだらっと滑り、ベッドの上に力なく落ちた。公爵はタオルを取り替えながら、手の甲をヌリタスの額にあててみた。

ヌリタスの額はとても熱かった。

「体が弱いんだな」

ルーシャスは、眠っている彼の妻を見つめた。

（戦場で学んだことの一つが、人の目は嘘をつけないということだ。彼女は確かに、狡猾な詐欺師の類ではない。むしろ、雨の冬の夜のようだ。冷たく、痛々しい）

彼女の様々な表情の一つ一つが頭をよぎる。

男のように暴言を吐いていた愉快な姿、女中たちに対する優しい一面、そして今日はオニックスを助けるために必死だった。あの小さな手が、まるで今も彼の目の前にあるかのように感じる。

ルーシャスは手をぎゅっと握りしめてみた。

（あなたは一体どんな人なんだ。俺をからかっているのか？　そうじゃないなら……）

ロマニョーロ伯爵のようなわかりやすい敵とは違い、彼女の正体は予測不可能だった。

無害を装って、ある日自分の首を絞めるのだろうか。それとも、彼女もあの狡猾な老人の犠牲者の一人なのだろうか。

いつかセザールに話した、「日常には見えない敵がたくさんいる」という言葉が蘇る。

はからずも自分の妻となった、この令嬢をどう思えばいいのか、彼にはわからなかった。

（ともかく、今、こうしているのは、オニックスを助けてくれた礼にすぎない）

自分に言い聞かせながら、窓の外へ目を向ける。

（母が亡くなったときも、こんなふうに雨が降っていたな……）

遠い日の悲しみが一瞬だけ水面に浮かび上がったような気がした。

第32話　高貴な者にも赤い血が流れているのだろうか

（騎士は何かを恐れてはいけない！　騎士は気高くなければいけない！）

（騎士は完全無欠の存在でなければいけない！）

いまでも、誰かが彼のうしろで大きく叫ぶ声が聞こえているような気がする。

ルーシャスは家紋の象徴の下で、長剣を引き抜いた。

彼の一撃で、小さな子どもの父親であるかもしれない者が倒れ、次の一撃で誰かの息子であろう男の体が崩れ落ちた。

熱い血が剣に赤くこびりついていく。

（殺さなければ殺されるんだ……）

それが戦場で彼を生かしてくれた法則だ。ルーシャスは夢の中ですら剣を置けないまま、一晩中生きるために戦っていた。

ヌリタスは、苦しそうな息の音で目を覚ました。

（いつの間に、寝ちゃったんだろう……）

とまどいつつ、あたりを見回して、すぐに公爵がうなされていることに気がついた。

彼はベッドの横の椅子に窮屈そうに座り、濡れたタオルを手に持ったまま冷や汗を流していた。

昼間は決して崩れることのない城壁のようだった彼の無防備な姿をみると、ヌリタスの胸は再び高鳴りはじめた。

そして首を横に振り、やるべきことをやることにした。

ヌリタスはゆっくりと起き上がり、公爵に肩を貸して、そっとベッドに寝かせようとした。

彼は小さく寝言を呟きながらも、彼女の導くままに体を動かした。ヌリタスは彼をベッドに横たわらせると、布団をかけた。

公爵は横になっても、うつむいたままうなされていた。額から頬へと汗が伝ってこぼれた。ヌリタスは濡れたタオルを手にして、しばらく葛藤した。

（私のように卑しい嘘つきが、こんな高貴な方に触れてもいいのだろうか）

その時もう一度公爵がうなり声をあげ、眉間に深いしわを寄せるのを見たヌリタスは、決心した。

彼女はタオルで彼の汗を拭きとった。

（どんな悪夢だかはわからないけど、早く抜け出せたらいいのに）

彼女の手のおかげだろうか。公爵は寝言で誰かを呼び、そのせいでヌリタスはタオルを落としてしまった。

「母さん……」

実はヌリタスは今まで、貴族には自分とは違う血が流れているのではないかと思い込んでいた。

だがこのようなたくましい男が、愛おしそうに母親を呼ぶなんて。

思考が止まったように、ヌリタスはしばらくの間どうすることもできなかった。

（こんな高貴な人でも、痛みを感じるんだ……）

この世に存在するすべての不幸と悲劇は、ヌリタスとヌリタスの母のものであると思っていた。

身分も財も兼ね揃えた貴族たちは、当然悲しみなど感じないだろうと思っていた。

すべてを手にしているかのようなモルシアーニ公爵にも、彼女みたいに熱い血が流れているのかもしれないということは、ヌリタスにとって大きな衝撃だった。

（貴族は皆、アビオや伯爵と似たようなものだと思っていたのに……勘違いだったのか？）

ヌリタスは全身に鳥肌が立つような錯覚に陥り、やっと落ち着いて眠りについた公爵の顔をみると、立ち上がった。

＊＊＊

次の日ルーシャスが目を覚ますと、ベッドには自分一人だった。

久しぶりにぐっすりと眠れたことに違和感を感じながら頭を振った。

（夢の中で、母に会っていたような気がする……）

温かな優しい手のぬくもりが、胸に残っているようだった。

ルーシャスは鼻で笑った。

「私は噂のように狂ってしまうのだろうか？」

気持ちが弱っているのをかき消すように、力強くベッドから起き上がる。

彼は父や兄の分まで生きなければならず、生前母と交わした約束も果たさなければならない。

モルシアーニ公爵は強くあらねばならなかった。

「そんなことより彼女はあんな体でどこへ行ったんだ？」

ヌリタスが横になっていたはずの場所は、もぬけの空だった。

ルーシャスは誰かと眠ることに慣れてない上に、長い間戦場で過ごしてきたため、蟻一匹の気配も感じられるほど敏感だった。

だが昨夜どうしようもないほど深い眠りについたことは、認めなければならない。

（不思議だ……）

窓を開けると雨の気配は消え、空は高く爽やかな風が吹いていた。ルーシャスは適当に服を着て、オニックスの様子を見るために急ぎ足で出かけた。

だが彼は、オニックスの居場所の近くの角で、立ち止まらなければならなくなった。

「そうだ。たくさんお食べ」

オニックスが答えるように細い鳴き声をあげると、自分の妻になった女性の小さな笑い声が聞こえてきた。彼が今まで聞いたこともない、とても優しい声だった。

「おい！　手まで舐めるなよ。なにもないって」

ルーシャスはこのように度々自分の城で隠れなければいけない理由がわからなかった。だが、ここでオニックスと彼女の会話を盗み聞きすることをやめることができなかった。

淑女たちが使わないような言葉遣いで、優しくオニックスを扱う小さな女の声にそっと耳を傾けるのは、悪くなかった。

ルーシャスは午後にもう一度ここを訪れることにして、静かに立ち去った。

昨日雨の中大変なお産をしたとは思えない程に、オニックスと子犬の状態は良好だった。

オニックスは昨日自分を助けてくれたヌリタスのことを覚えているかのように頭をあげて彼女を歓迎した。ピンク色の子犬たちは、体をくねらせながら母親の胸に埋もれて甘い夢を見ているようだった。

その姿を見ているだけなのに、どうしてこんなに涙が出るのかわからなかった。ヌリタスは彼らの無事が心から嬉しく、しばらくの間ずっとそこにいた。

そしてここで彼女を歓迎してくれる初めての友達ができたことも、ヌリタスにとって大きな意味があった。

「オニックス、また来るね」

ヌリタスは昼食の時間に遅れていることに気づくと、慌てて城に向かった。その痩せた顔には、ほんの少しだけ笑みが浮かんでいた。

＊＊＊

これ以上に良い日はないと感じる程に、すべてが順調だった。空も花もヌリタスの心も、この城に来てから初めて暖かい気配を帯びていた。

だが。午後のティータイムが終わる頃、予定になかった客が公爵城にやってきた。


馬車から降りた女は、マリーゴールドのような金髪で、真っ白な顔に青い眼をしていた。公爵城を見上げる眼は、非常に鋭かった。彼女はためらうことなく、まるで自分の家のように堂々とモルシアーニ家へ入ってきた。

ヌリタスは、刺繍を学んでみようかと思い、針と糸と格闘している最中だった。ボバリュー夫人が、貴婦人にとって刺繍を嗜《たしな》むことは基本中の基本だと強調していた。才能もなければ興味もなかったが、彼女は努力してみることにした。だが針に糸を通し、丸い枠の中で何かを表現することは、思った以上に難しかった。

(豚小屋に藁を運ぶ仕事の方がよっぽど簡単だ)

針が刺さって指のあちこちから血が出たが、ヌリタスは諦めたくなかった。貴婦人が夫のハンカチに刺繍をして渡すことがどれほどロマンチックか、ボバリュー夫人が教えてくれたからだろうか。

今と過去が混ざり合って目眩《めまい》がし、手の先が熱を帯びてきたところに、ソフィアがやってきた。

「奥様、お客様がお見えですので、下にいらしてくださいとの伝言です」

ソフィアが丁寧に公爵からの言葉を伝えた。ヌリタスはお客様という言葉を聞いただけで、勝手に体がこわばるのを感じた。

彼女は針を枠に刺して、注意深く片付けた。誰かに見られたら恐怖を感じるほどの粗悪な作品が真っ白な布の上に刺繍されていた。

ヌリタスは赤くなった手を隠すために、薄紫色の手袋をはめた。そして応接室に向かう間、お客さんに対して何かミスをしてしまうのではないかと気を揉んでいた。

これからが始まりなのに、今から緊張していてどうするのだと、自分に喝を入れてみたが、震える心臓はそう簡単に落ち着いてくれなかった。

応接室ではすでに公爵と客が歓談中だった。ヌリタスがゆっくりと中へ入ると、公爵が彼女の手をとり案内した。

公爵の隣がヌリタスの席で、客はその前に座っていた。三人が向き合うと、初めてみる若い令嬢が、丁寧に挨拶をした。

「こんにちは、公爵夫人。私はカリックス家のアイオラと申します」

アイオラは、満開のバラのような華麗な美貌を持った女だった。

肩より下に伸びたクルクル巻かれた金髪に、デコルテが適度に見える青いドレスのせいか、少女のようでもあり、淑女のようにも見える奇妙な魅力を放っていた。

ヌリタスはアイオラの輝く美しさを前に、自分がちっぽけな存在になったように感じた。

「夫人、アイオラは私のいとこだ」

隣で公爵がとても軽い口調でそう言った。

ヌリタスは自分に対して好感を込めて目で微笑むアイオラに、短く挨拶をした。この場にいるのがとても気まずかったが、ティーカップを軽く触ること以外、どうすることもできなかった。

きっとこれからもこのような出来事が何度も起こるだろうと思っただけで目眩がした。

ルーシャスは椅子にもたれて、少し諭すような口調でこう言った。

「突然何事だ？」

「まあ！　ルーシャス兄さん。いいえ、モルシアーニ公爵様。私はただ、結婚式で美しい夫人の姿を拝見して、親しくなりたいと思って来ただけですわ。私と年齢も近いような気がしたので、話し相手にでもなれたらと思ったのよ。失礼じゃないでしょう？」

愛らしい笑みを浮かべたアイオラがヌリタスと公爵の機嫌をうかがいながら話した。

ヌリタスは、話し相手など欲しくなかった。公爵のいとこなんて。こんなに緊張する相手はいない。

だがこんなふうに巧みに断りにくい状況を作られると、どうするべきなのかわからなかった。

ヌリタスは何も答えられないまま困った顔をしていると、公爵は彼女の手の甲をそっと撫でて微笑んだ。

これはよい機会だ。モルシアーニ家には、彼の妻の話し相手になってくれるような同じ年頃の女性などいないと思っていた。

「私の配慮が足りなかったようだ。アイオラの厚意を受けてもいいか？」

ヌリタスは突然触れた手に気を取られて、公爵が何を言っているのかなど理解しないままうなずいてしまった。

何が好意なのか、そして配慮とは何なのか、何一つわからなかった。手袋をはめた彼女の手に、彼の大きな手が重なっていた。

「アイオラはよく気がつくな」

「あら公爵様、私だってもう結婚してもいい年頃ですわ」

アイオラは二人の手が重なっているのをギロっと睨みつけ目を光らせたが、すぐに明るい表情に戻ったので、誰もそのことに気がつかなかった。

ヌリタスは、とても親しげなカリックス嬢とルーシャスを見ていると、何だか自分が彼らの間に入り込んだ邪魔者のように思えてきた。

彼らが交わす会話の内容は、主に幼い頃の話や、家柄に関するもので、彼女にとっては遠い世界の話だった。

こうして話に花が咲く頃、セザールが応接室にやってきて、公爵に急ぎの要件があるので確認して欲しいといった。

公爵がしばらく失礼すると言い残して応接室を出て行くと、ヌリタスはやっとまともに息を吸うことができた。

手袋の上に、まだ彼の温《ぬく》もりが残っているような気がした。

ヌリタスの意識はまだぼーっとしていたが、彼女を呼ぶ声でハッと現実に戻された。

「公爵夫人」

さっきまでずっとニコニコと笑っていたカリックス嬢の声に、優しさはなかった。

「そこがもともと私の場所だったってことは、わかっていらっしゃるのかしら？」

「え？」

ヌリタスは最初、聞き間違えたかと思い、手袋を見つめていた目を慌ててアイオラの顔へ向けた。

彼女の瞳はまるで炎の中にいるように鋭く光っていた。

こんな話を聞くのは初めてではないということがさらに気を滅入らせ、咄嗟《とっさ》に答えが浮かばなかった。

「モルシアーニ家の女主人の地位は、ずっと前から私のものだったのよ」

ヌリタスはどこか他人事のようにその言葉を聞きながら考えた。

（猫も杓子《しゃくし》も、こぞって自分の物だと言うんだな）

第33話　この空の下に彼女のものなど何もなかった

ヌリタスに対するアイオラの敵対心で応接室中が熱気に包まれていた。

赤い髪のヌリタスは、またもや出くわした意外な伏兵の前で、長いため息をついた。

（だったらさっさとモルシアーニ家の女主人になればよかったのに）

問い詰めてやりたいのはむしろヌリタスのほうだった。そうなっていれば、王だってこんな結婚を勧めたりしなかったはずだ。

ヌリタスは母親と一緒に変わらぬ毎日を過ごし、小さな幸せを得ようとしていたことだろう。

彼女はこの空の下で草一本すら彼女には許されていないことをよくわかっていた。カリックス嬢に対し、自分だって数ヶ月前までこんなことになるとは思ってもいなかったと打ち明けたいくらいだった。

だが今ヌリタスはモルシアーニ公爵夫人であり、ロマニョーロ家の末娘の名を名乗りここにいるのだ。一時的な感情で動いてはいけないことを、とてもよくわかっていた。

（そうだよな。腹がたつ気持ちはわかる）

彼女は今まで誰かを好きになったことがなかったが、こんな経験をしたらきっと傷ついたことだろう。きっと大切に保管しておいた肉のカケラを誰かに盗まれたような気分ではないかと推測した。

「そうでしたか、カリックス様。お察しいたします」

ヌリタスは公爵夫人としても面子を保ちながらも、傷ついたカリックス嬢の慰めになったらいいと思い声をかけた。

だがアイオラは、終始一貫、涼しい顔のまま善人ぶって彼女に声をかけてくる公爵夫人のせいで、頭が真っ白になってしまいそうだった。

彼女がここにくる途中に想像していた反応は、こんなものではなかった。堂々とした彼女を前に、公爵夫人が衝撃を受けて泣き出すことを期待していたのだ。

そして最終的には、自ら公爵のもとを去っていくように仕向けるのがアイオラの計画だった。

（こんなはずじゃなかったのに）

噂に聞く限りでは、赤毛の女は病弱なはずだった。ロマニョーロ伯爵夫人が甘やかして育てたせいで、すぐに泣いてしまうような軟弱な性格だと。だが今日の前にいる赤毛の女は、自分のことをまったく恐れていなかった。

ヌリタスは、こんな状況の時どうすればいいのか習ったことはなかったが、心配とは裏腹にしっかりと対処できた自分が誇らしかった。

数ヶ月間貴族の真似をしていたおかげで、なかなかのレベルに達したのではないかと思った。口をポカンと開けたまま固まっているアイオラに向かって、優しい笑みを浮かべようと努力しながら立ち上がった。すべてがうまくいったと信じたかった。

その日の夕食に、公爵はアイオラを招待した。ヌリタスは彼女の顔が再び明るく輝いているのをみて、胸をなでおろした。

ルーシャスは、昨夜の出来事について夫人と会話を交わすことすらできないままアイオラがやってきたことが、あまり嬉しくなかった。

普段も二人の食事に会話はほとんどなかったが、特に今日は顔を向けることすらしないので、彼の気持ちも晴れなかった。

「公爵様！　みんなで狩りにいくのはどうかしら？　昔はよく行ったじゃない。私に、鹿を捕まえてくれたでしょう？」

公爵が向かい側に座る赤毛の彼女を見つめていたような気がしたので、アイオラは明るい声で公爵の気を引いた。

だがルーシャスは、以前とは違いすぐに答えを出さずに、まず公爵夫人に意見を聞いた。

「あなたはそれでいいか？」

アイオラは、いつ聞いても胸が高鳴る公爵の声にうっとりした。だがその声も、彼女に対するものではない。

これ以上希望がないのではと思っただけでも耐えがたかった。

ヌリタスは、一度も狩りに出かけたことがなかったので、戸惑った。だからといって断るのもおかしいということもわかっていた。貴族の令嬢はとても幼い頃から狩りに出かけると、ボバリュー夫人から聞いていた。

（馬には乗れるから大丈夫だ。だけど、何か失敗してしまったらどうしよう）

少しためらったのちにヌリタスが了承すると、公爵はそこで初めてアイオラに「わかった」と伝えた。

この一連の流れを見ながら、アイオラはじっと耐えていた。マナーのいい公爵だから、夫人の体裁を保とうとしてこういった態度をとっているのだと信じたかった。

アイオラは公爵夫人よりも自分の方がはるかに美しいと感じていた上、長い間ルーシャスと一緒の時間を過ごしたという自信を持っていた。

だから、全く傷ついていないふうを装い明るく笑ってみせた。

＊＊＊

次の日、天気はとても爽やかで、狩りに適していた。ルーシャスとヌリタスは黒いズボンと、体にピッタリとした赤みがかったジャケットを身につけた。ズボンとジャケットは金糸で模様が刺繍されており、太ももまである乗馬用ブーツをはいた。

「お二人ともとてもお似合いです」

絵のように似合いの公爵夫妻にそう言いながらセザールがやってきた。

その言葉を聞いたルーシャスとヌリタスは気まずそうに違いに別の場所に目をやった。

ただでさえ公爵とお揃いの服装のせいで目のやり場に困っていたヌリタスは、侍従の言葉を聞くと顔を赤くした。

「セザール・ベイル。最近なんだか勇敢じゃないか」

優しく笑っていた公爵が、セザールに対し、戦場で見せるような鋭い視線を送ってきたので、セザールは驚いて咳払いを何度かしながらうろたえた。

その時、レースのたくさんついた真っ黄色のジャケットをきたアイオラが、暗闇を照らすように登場した。

「まあ、私が一番遅かったのね？」

明るく笑うアイオラの鞭を握る手は、小さく震えていた。この憎き公爵夫人と自分の好きな男が、お揃いの服を着ているとは、夢にも思っていなかったのだ。

（いいわ。そんなのも今日が最後だもの）

アイオラの口元に、この年頃の女には似つかわしくないほどの冷酷さが微かに滲んだ。

ルーシャスとセザールが馬に乗って先頭に立ち、召使いたちがその後に続いた。自然な流れで、ヌリタスとアイオラが並んで馬に乗ることになった。

公爵城にきてから初めての乗馬に、ヌリタスは頬に爽やかな風を受けながら満足していた。少しだけ冷たい風が、彼女の悩みを飛ばしてくれるような気がした。

アイオラが何を思ったのか、横に並んで話しかけてきた。

「公爵夫人、狩りはお好きですの？」

「いいえ、好きではありませんわ」

正直、このまま以前城楼からみえた北のほうの森まで一気に駆け抜けて行きたかった。

公爵も、この厄介な客もすべて放って、一人で走り回りたかったが、アイオラはそうではなさそうだった。彼女は途切れることなく何かを質問し、ヌリタスはそれに慎重に答えるためにゆっくりと馬を走らすしかなかった。

「そうなんですね」

アイオラが軽く返事をすると、馬の速度を速めてヌリタスを抜かしていった。

（きっと一生、狩りが嫌いになるはずよ。人のものに手を出した罰だわ）

アイオラの独り言は、少しずつ強さを増す風の中へと消えていった。ヌリタスは首をかしげながら前触れもなく去っていってしまった金髪の令嬢を見ていたが、少しも経たないうちにその厄介な存在のことは頭から消えてしまった。

城楼から見ていた道をこんな風に走っているのは、不思議な気分だった。駆け抜けた先に母がいるのではないかと想像してみると、自然と速くなった。

彼女の右側の体が少しだけ傾きはじめたのはその時だった。何事か確かめる前に、彼女の体は馬から地面に真っ逆さまに落ちた。

馬は驚いて鳴き声をあげ、その場から矢のような速さで去っていった。

「こら、戻ってくるんだ！」

走っていく馬に向かって叫んだが、残ったのは風の中で舞う埃だけだった。彼女は久々に感じる痛みに、なんだか懐かしさを感じた。

（公爵夫人になったら痛みを感じることなどないと思っていたけど、そうでもないんだ……）

速度を本格的にあげる前だったのが幸いだった。さらに速かったら、酷い怪我を負っていたことだろう。すると頬に冷たい水滴が触れ、一瞬にして空が暗くなり始めた。にわか雨だろうか、大粒の雨が草原に激しく降り注いだ。

「雨まで降ってきた」

ヌリタスは彼女に次々と降りかかってくる災難に、これ以上言葉が出なかった。

「出発してからまだそれほどたっていないとはいえ、歩いて戻るのは無理そうだな」

まずは雨を避けられる場所を急いで探すことにした。いくら丈夫だといえ、こんなに強い雨に長時間うたれたら、明日を迎えられないかもしれないと思った。城よりも森が近かったので、ためらうことなく暗い森に向かってずんずん歩き出した。

＊＊＊

「アイオラ、それはどういう意味だ？」

「夫人は突然頭が痛いとおっしゃって、お城にお戻りになったわ」

雨が降り始める前に追いついてきたアイオラの言葉を聞くと、ルーシャスはためらうことなく一行に命じた。

「皆、城に戻るぞ！」

アイオラは夫人を心配してすぐに城へ向って馬を走らせるルーシャスを、唇を尖らせながら軽蔑を込めて見つめた。そしてさっきヌリタスと別れた場所とは違う道へと、彼女は抜かりなく一行を導いた。

出発前に公爵夫人の鞍《くら》に細工しておいたので、今頃事故にあっているはずだ。草原に転げ落ちた病弱な赤毛の女は、今頃何本か骨が折れたまま冷たい雨に打たれているだろう。運が良ければ、あの身の程知らずの女は、天に召されて安らかな眠りについているかもしれない。

（神様だって私の味方よ）

アイオラは堂々と雨に打たれながら急いで戻った。もうすぐ自分の家になるかもしれないモルシアーニ城が、今日はとりわけ大きく荘厳にみえた。

＊＊＊

森の中へ入ったヌリタスは、雨を避けられそうな洞穴を発見し、濡れていない木の枝を拾った。

この洞窟の主人が出てきて何かされるのではないかと怯えながら、枝を振り回した。

だが幸いここには誰もいないようだ。彼女は冷たい地面にべたっと座り、昔仕事仲間だった風来坊から習った火のおこし方について思い出そうとした。

「あの人に会ったら、お礼を伝えなくちゃな」

ヌリタスは水を吸って重くなった皮のブーツを脱ぎ捨てた。

そして小さな石を二つ拾い、ガリガリと擦り合わせた。すぐに小さな火がおこり、藁の屑《くず》と小枝にその火をうつした。

火をおこすことに成功すると、やっと痛みを実感することができた。だがこの程度の痛みはアビオに殴られることと比べれば、耐えられるレベルだった。

「くそ！　鍛えてくれたアビオにお礼でもするべきかな？」

ヌリタスは小枝を投げ入れながら、こだまする自分の声を聞いた。

一時的な雨に違いないと思ったが、彼女の判断が正しいとは限らない。

（天気は貴族と同じくらい気まぐれだからなあ。ここで一晩過ごせるかな。森で眠って凍りついて死んでしまった者

を何人も埋めたことがあるという風来坊たちの言葉を、なぜ今思い出してしまうんだろう）

少し不安になってきたので、別のことを考えることにした。ヌリタスは髪の毛の水気を絞りながら、奥歯を噛み締めた。

「どうせ、あの金髪のお嬢さんが、きっと何か仕組んだのだろう」

手に握った小さな石を一つ、入り口の方へ投げてみる。

犬のように彼女のそばをウロウロしていたアイオラが、突然馬とともに去っていったのは、この上なく怪しかった。

（邪魔者がいなくなって安心している場合じゃなかったようだな）

普通の女だったら落馬した瞬間に気絶していたことだろう。鞍の紐が切断されていたことから、明らかに道具を使ったことがうかがわれた。

「おあいにくだけど、私は本物の貴族じゃないから」

ロマニョーロ家のアビオに何度踏みつけられようと、報復する考えには至らなかった。だがこれは事情が違う。

ヌリタスの濡れた髪の毛の先には、怒りが滲んでいた。

第34話　風は冷たくともその瞳は温かかった

ルーシャスと一行はアイオラの後に続いて城へと向かった。馬を引き返すと同時に激しさを増した雨は、城に到着する頃にはさらに強くなっていった。

曇った天気は冷気を放ち、急いで駆けていく馬は口元に白い唾液を流していた。

「ご主人様。公爵夫人はまだ戻っていらっしゃいません」

頭が痛くて先に戻ったという公爵夫人の気配は、モルシアーニ城のどこにも見当たらなかった。

女中たちが申し訳なさそうな顔をしながらヌリタスが城の中にいないことをもう一度確認しようとすると、ルーシャスは急いでマントを着替え、馬に乗った。

その時、さっきヌリタスを乗せていた馬が、鞍をだらりとぶら下げて彼の前に現れた。

「皆、あたりを探すんだ！」

ルーシャスは馬に乗りながら、彼女が事故にあったのではないかという不吉な予感に襲われていた。

馬の鞍があんなふうに落ちるなんて、誰かが細工しなければ起こり得ないことだ。

（モルシアーニ公爵夫人を陥れたのはどこのどいつだ）

これはまさに、彼に正面から挑むのと同じような、無礼な行為だ。

空に穴でもあいてしまったかのように激しい雨が降っていたが、彼女の青白い顔と憂鬱そうな青い瞳を思い出し、ルーシャスはためらいなく前へと進んだ。

ルーシャスは、セザールと召使いたちにそのまま夫人を探すように命じ、そして自分は先に森のほうへ行くと叫んだ。

「公爵様！　雨が強くて、危険ですわ！」

雨に打たれて髪の毛がびしょ濡れになったアイオラが、公爵の後ろ姿に向かって大きな声で言った。暗い空がこのまま公爵を飲み込んでしまうのではないかと不安になった。彼女が望んでいたのは、決してこんな展開ではなかった。

（何を期待していたのかしら）

公爵夫人の馬が主人なしに戻ってきたことがきっかけになって夫人を探しに出かける男を見るためだったただろうか？

それとも、消えてしまった公爵夫人を残して、アイオラに向かって一緒に城に戻ろうと微笑みながら手を差し出してくれることを期待したのだろうか？

（私は一体何をしてしまったの……）

雷が鳴ると、アイオラはやっと我に返った気分になった。だがルーシャスを自分のものにしたいという欲求に変わりはなかった。

赤毛の彼女は、もしかしたら既に彼女の望み通り死んでしまったかもしれない。

（ええ、そうでなくちゃ）

雷に照らされた彼女の二つの瞳には、狂気が宿っていた。

＊＊＊

ヌリタスは濡れてしまった赤いジャケットを脱いで洞窟の地面に広げ、ブーツを重ねて枕にすると横になった。洞窟の入り口が一瞬光るのがみえた。首をまっすぐ伸ばし、痛む体を動かしてみた。

折れてはいなさそうだったが、明らかにどこかを痛めていた。息をするだけで痛く、木の枝をつかんで投げるときも、体がズキズキした。

「畜生」

狂人はロマニョーロ家にのみ存在するのかと思っていたが、カリックス嬢も侮れない。本当にこんな計画が通用すると思ったのだろうか。彼女が本物のメイリーンだったらどうなっていただろう。

「まんまとやられていただろうな」

きっとメイリーンだったら、馬から落ちる瞬間に、驚きで息絶えていただろう。久しぶりに痛みの懐かしさを思い出させてくれたあの令嬢に、どうお返ししてやろうか。ヌリタスは口元に笑みを浮かべる。

「くっそ！」

顔の筋肉を少し動かすだけでものすごい痛みを感じた。火を熾してみたものの、体を乾かすには不十分だ。

ヌリタスは体を転がし、さらに炎に近づいた。枝をもう一本投げ入れると、少しだけ炎が強くなった。

炎の中に、会いたかった母の優しい微笑みや、思い出してはいけないはずの男の顔が浮かび上がった気がした。

「ついに死ぬのかな」

体が言うことを聞かず、どんどん冷たくなっていった。

もしこのままこの洞窟の外に出られなくなったら、母は無事残りの人生を全うすることができるのだろうか？　あの豚のような男にそんな優しさがあるだろうか。

こんな状況でも、死ぬことによる損得を考えている自分自身が滑稽だった。

ヌリタスは体を起こして座った。

そして彼女を取り巻く状況について考えてみた。今彼女のそばにあるものは、微かな炎、投げ捨てられた濡れたブーツとジャケット、そして数本の枝。それがすべてだった。

生まれてから何かを所有したことがなかったヌリタスは、なぜこんなにも自分の人生は貧しいのかと実感し、思わず笑った。

大きく口を開けただけで身体中が悲鳴をあげるが、彼女はそのまま笑い続けた。その笑いの先に涙が溢れたのは、痛みのせいだけだろうか？

炎が一瞬大きく揺れたと思うと、どこからか怪しい気配を感じた。十数年間外で激しい労働をしていた時の鋭い感覚は、消えていなかった。ヌリタスは痛みを堪えながら、尖った石を一つ拾った。

熊や武器を持った男だったら勝ち目はないだろうが、このままやられるわけにはいかない。

どうか雨宿りにきた小さな動物であることを祈りながら、彼女は裸足のまま音のするほうへとゆっくり歩み寄った。

入り口の近くにくると、馬の音と雨の音が調和し、どんどん大きくなった。

彼女の前に現れた人影は、体格のよい男のものだった。

ヌリタスは光の向こうのその男が誰なのか確認できずに、石を持ったまま暗闇の中で目をこらした。

そして彼の頭を覆っていたマントが外された瞬間、その人物がモルシアーニ公爵であることに気がついた。

その時彼女を襲ったのは、たとえようもない安堵だった。

ヌリタスは握っていた石をコロンと地に落とした。

ルーシャスは無我夢中で森へやってきたが、雨が強く人の足跡すら消えてしまっていたため、ヌリタスを見つけることができず落胆していたところだった。

そんな時、小さな洞窟を発見し、もしかしたらという期待を胸にやってきたのだ。

今日の前に見えているのは、確かに彼の知っている青い目をした彼女だった。

ルーシャスはアイオラから彼女の体調が悪いと告げられたときから、まるで心臓を締め付けられたかのように息苦しかった。

彼は彼女を前に、言いようのない感情に包まれて、自分よりはるかに小柄で、ほっそりとした身体を見つめた。

「こちらにいらしてください……」

ヌリタスはどうしたらいいのかわからずに、とりあえず彼をたき火のそばへ案内した。雨に打たれた公爵の体を少しでも温めようと思ったのだ。

だが歩きながらも、なぜ彼がここにやってきたのかという疑問は消えなかった。

ルーシャスは洞窟の奥に辿《たど》り着《つ》くと、焚《た》き火《び》と呼ぶには少し粗末だが、木の枝が燃やされていることを確認した。

そして少しずつ暗闇に目が慣れると、妻の状態が深刻であることに気がついた。

落馬をした時あちこちにできた擦り傷や、雨に打たれて蒼白になった顔、そして濡れて肌が透けた真っ白なブラウス……。

その瞬間、ルーシャスはいまの状況には全く似つかわしくない衝動に駆られた。

胸元を強調し、裸に近い格好で彼の寝込みを襲おうとしたたくさんの美女たちを前にしてもなんとも思わなかった欲望が、蠢くのを感じたのだ。

雨に打たれてヌリタスの寂しそうな瞳が、彼の心を揺さぶる。

（バカなことを。彼女は疲労していて、おまけにケガをしているんだぞ）

だがすぐにヌリタスの首から血が滲んでいることを発見し、我に返った。

ルーシャスは濡れてしまったマントの紐をほどき地面に投げ捨てると、まだそんなに濡れていない上着をヌリタスにそっとかけた。

「……っ！」

ヌリタスは彼の温もりがそのまま残っている服が肩に触れた瞬間、アビオに腹を蹴られた時以上の衝撃を感じた。

感謝の言葉を伝えるべきだと思いながら、ついバカみたいな発言をしてしまう。

「どうして危険な雨の中、森にいらっしゃるのです？」

「え？」

ルーシャスはつい笑ってしまった。相変わらずの彼女の鈍さに、緊張の紐が緩む。

「あなたを迎えに来たんだ」

「だけどなぜ……」

ヌリタスは彼の香りのする服に包まれているとまるで公爵の胸に抱かれているような気分になり、まだこの状況を理解できずに彼に答えを求めた。

ルーシャスは、本当にわからないといった様子で澄んだ目をしているヌリタスをみつめながら、濡れた髪の毛をかきあげた。

その質問の答えを、自分でもうまく説明できないということに気がついたのだ。

（どうしてこんなに、この女性のことが気になるのだろう。何かあったらどうしようと焦り、この雨の中走ってきた理由を察してくれない彼女を恨めしく思うのは……）

ルーシャスは、まだ自分の気持ちに確信を持てなかった。今言えることはただ一つだった。

彼はヌリタスに少しだけ近づき、手を伸ばしてその青い瞳を抱き寄せて、やっと安心した。

「あなたは俺のたった一人の家族だから……」

人はなんの考えもなしに口にした言葉の九割が本音だと言う。ヌリタスは彼女を助けにきたという公爵の目を見つめながら、その言葉が嘘ではないことを感じた。

公爵の黒い瞳には、心から彼女を心配する気持ちが込められていた。

そして今、この広い腕の中で、自分は何を聞いたのだろうか。

(――家族だって？　ありえない)

安心感が罪悪感に変わるまでに、そう時間はかからなかった。

ヌリタスはグッとこみあげてくる悲しみの涙が溢れないように、必死で我慢した。

こんなに優しい人を騙さなければならない自分が憎く、公爵に対する申し訳なさでいっぱいだった。彼にこんなに大切にしてもらう資格は、彼女にはなかった。

ルーシャスは彼女を抱きしめる腕を緩めて、もう一度ヌリタスの顔を見つめた。

彼女の瞳には、深い苦しみが浮かんでいるようだった。

彼はなぜだか、彼女の悲しみが気に入らなかった。

そしてすぐに彼女から目を逸《そ》らし、消えそうになっている炎のほうへと向かった。その時ヌリタスはやっと現実に引き戻された。これをどう説明したらいいのか。

(放浪していた男に、火を熾《おこ》す方法を習いました)

そんなことを言えるはずがない。

だがルーシャスは何も聞かずに、周りに落ちていた木の枝をそっと火の中に入れてドサッと腰を下ろした。ヌリタスは少し離れた場所に、膝を抱えて座った。

「長い一日だったな」

二人はそれぞれ複雑な想いを抱えたまま、消え入りそうな炎の前で互いの息の音に耳を傾けていた。

永遠に続くのかと思われた雨が、少しずつ弱まりだした。そして雨が止むと、雲に隠れていたわずかな光が洞窟の中に差し込み、ヌリタスは彼の姿をしっかりと見ることができた。

ヌリタスは抱いてはいけない感情を捨てようと努力したが、彼が口にした「家族」という単語の感動の余韻でまだ胸が高鳴っていた。

使い道がないだろうと思っていた彼女の心臓が鼓動する

たびに、良心が血の涙を流しながら自分自身を咎《とが》めていた。

「雨に打たれたせいで、また熱が出ているみたいだな」

（冗談じゃない。雨じゃなくて、あなたのせいだ！）

　雨ではなくてあなたのせいだと、ヌリタスは心の中で叫んだ。

　ルーシャス・モルシアーニは、そばにいるだけで彼女の心を熱くさせた。そして同時に罪悪感を感じさせ、安心感も与えてくれる。

　こんな感情が彼女の中にも存在したということを、公爵のおかげで生まれて初めて知った。

「さあ。帰ろう」

　彼は先に立ち上がり、ヌリタスに手を差し出した。彼女は少しためらったが、彼の手を握り立ち上がった。ヌリタスは我慢しようとしたが、結局痛みのせいでわずかに呻き声をあげてしまった。

　ルーシャスは一瞬彼女を見つめると、そっと彼女の体を抱き上げた。そして二人は暗いトンネルを抜け、光射すほうへと歩きだした。

第35話　悪意たちの別の仮面（1）

　傷を負った夫人を抱き上げるのは当然のことだった。それが普通の夫婦であるならば。

　だがヌリタスの呻き声を聞き反射的に彼女を抱き上げてしまったルーシャスにとっては、限りなく気まずい状況であった。洞窟の中でなんとか抑えつけた健康な男としての欲求が再び動き出す。

　雨に濡れた彼女の体は、彼の想像以上に小さく華奢だった。下手したら壊してしまいそうな程だった。そして突然の彼の行動に驚いているのはヌリタスも同じで、彼女の頬は次第に赤みを増していった。恥ずかしそうにうつむく彼女のまつげを見た瞬間、ルーシャスは思わず彼女を落としてしまいそうになった。

（怪我をしている彼女に対して、何を考えているんだ）

　ルーシャスは理性を保てない自分を戒めながら、馬のほうへとゆっくり歩いた。

　一方ヌリタスは呼吸もろくにできずにいた。肋骨《ろっこつ》が激しく痛んでいたが、どうすることもできない。

公爵の服に包まれ、彼の腕に抱かれているだけで、まるで自分がとても大切にされるべきものになったような気分になりクラクラした。

ゆっくりと目を開けて上を見ると、木々の隙間から明るい空が覗き、とても眩しかった。そしてその光が公爵の形のいい顎や首筋を照らしていた。彼の胸はとても暖かく、そして彼女と同じように大きく鼓動していた。

公爵も同じように心臓が高鳴っているのがわかると少し安心した。

ルーシャスは洞窟の入り口に待たせておいた馬に彼女をそっと乗せて、自身も飛び乗り手綱を引いた。

ヌリタスは馬のたてがみのほうへ体を寄せて、公爵と距離をとった。ルーシャスは、やたらと自分と距離を置こうとする彼女の態度をみると、複雑な気持ちになった。彼女に触れたいわけではなかったが、こうして距離をとられると、いい気はしなかった。

「そんなことしたら、もっと怪我するかもしれないぞ」

ルーシャスは冷たくそう言い放つと、片手で手綱を握り、もう片方の手で彼女の腰を抱き寄せた。彼は馬に女性を乗せるのは生まれて初めてだった。彼の胸をくすぐる彼女の髪の毛が風になびくと、ルーシャスの顔は熱くなった。

二人を乗せた公爵の馬が、ゆっくりと動き出す。その動きで木の枝にのっていた雨粒がポトポトとこぼれ落ちた。雨が上がったばかりの森にたちこめる清涼感の中で、ヌリタスはまるで夢を見ているような朦朧とした気分だった。ルーシャスは腕の中の彼女の体が少しずつ力を失っていくのを感じ、馬の速度を少しあげた。

公爵城が見えてくると、少しの名残惜しさと安心感が同時に押し寄せてきた。ルーシャスはヌリタスの腰をしっかりと抱いたまま、家へと駆けていった。

＊＊＊

公爵が眠っている夫人を抱いて公爵城に戻ってくると、城中が蜂の巣をつついたような大騒ぎになった。

夫人の状態を心配したのはもちろん、彼らの主人が妻を抱いて現れたことがあまりに意外だったのだ。

雨に濡れたルーシャスの顔はいつも以上に輝いており、そんな彼の腕に抱かれた夫人はまるで一輪の花のようだった。

一枚の絵のような二人の姿に、城の者たちは皆ため息を漏らした。

医者が、落馬による打撲が酷く、疲れと寒さで気絶しているのだと言い、しばらくの間横になって十分な休息をとる必要があると説明した。そして医者が公爵のことも診察しようとすると、彼は手を振ってそれを拒否した。

疲れているが、特に怪我をしている場所はなかった。そして彼にはしなければいけないことがあった。

彼は、服も着替えずぐっすりと眠っているヌリタスの真っ白な顔を見つめた。

（すぐに森へ向かってよかった。そうでなければ、手遅れだったかもしれない）

そしてその後の過程は、すぐに頭の中から消し去った。誰かをこの世から消し去るのは、もう懲り懲りだった。

（誰がこんなことを……）

その時、アイオラが真っ青な顔をして公爵の寝室へとやってきた。

「公爵様、一体何事ですの？」

アイオラは、椅子に座っている公爵のそばに駆け寄り、大きな目を潤ませた。彼女は持ってきた赤いバラを差し出し、きっと大丈夫と公爵を慰めた。

アイオラは、自分がやったという証拠がない限り公爵は絶対に彼女を問い詰めたりしないだろうと思っていた。このままずっと知らないふりをしたまま終わらせようと考えていた。

（命汚い女。このまま死んでしまえばいいのに）

ルーシャスはアイオラを探るように見つめた。

鞍が切断された跡。そしてあの時、突然現れたアイオラ。なぜ体調が悪くて戻ったといった夫人が、雨に打たれて洞窟の中で苦しんでいたのだろうか。

すべてが怪しかった。

「アイオラ、夫人が城に戻ると言ったのは事実か？」

まるで罪人を問いただすかのような公爵の質問に、アイオラは顔を引き攣らせた。

（どうして、私の気持ちをわかってくれないの。あの女の味方ばかりして。小さい頃は幼い私だけに微笑みかけてくれたのに）

「公爵様、確かに夫人はそうおっしゃいましたわ」

アイオラは泣きながら体を震わせた。

その声でヌリタスが目を覚ました。

公爵は泣いているアイオラを放って、夫人のそばに近づいて座った。

「公爵様、心配かけて申し訳ありません」

ヌリタスは、こんなふうに彼に弱い姿ばかりみせてしまうことが申し訳なかった。頭の中に霧が立ち込めているように朦朧としていた。

だが、アイオラの聞き捨てならない台詞《せりふ》は、しっかりと聞いていた。彼女は体を起こそうとしたが、痛みのせいで再び横になり、口を開いた。

「体の具合が悪くて城に戻ろうとした時に、道を間違えた上に落馬してしまったのです。アイオラ様のおっしゃるとおりですわ」

ヌリタスの声には恨みや怒りがこもっていなかった。それは、「静けさ」そのものだった。

ルーシャスは釈然としなかったが、今この場では妻の意見を尊重することにした。体を回復させることが優先だ。

そしてアイオラは、夫人の淡々とした声を聞くと泣くのをやめた。とても怖かった。

初めて会った時から只者《ただもの》ではないと思ってはいたが、落馬して負傷したにもかかわらず、アイオラの名前を出さないことがかえって不気味だった。

アイオラは、疑われた際には全身で潔白を証明する計画を立てていたのに、気が抜けてしまった。

(本当に何もわかっていないの？　一体何なのよ！)

だが彼女を見つめる公爵の目は、冷たいままだった。

彼に嫌われるくらいなら、これ以上生きていたくなかった。彼女は彼の信頼を取り戻そうと、姿勢を正して力強く言った。

「公爵様、家門の名誉にかけて、誓って真実ですわ」

カリックス城の口から「名誉」という言葉が出た瞬間、ヌリタスは思わず鼻で笑いそうになった。

奴らの言い分は、いつだって同じだ。貴族の品位と名誉を押し出してくるが、裏では路地裏の無頼漢以上に卑劣だ。それは男だろうと女だろうと関係なかった。

ヌリタスを死地へと追いやった伯爵と、彼女に暴力を振るう息子、母を殴り倒しヌリタスに沸騰した茶を飲ませた伯爵夫人、そして鞍の紐を切断したアイオラ。皆、似たり寄ったりだ。

(名誉なんて、くそくらえだ)

ヌリタスは貴族たちのくだらない話に耳を傾けながら、そっと目を閉じ、休みたいという意思を表した。

こうして表向きには、公爵夫人の落馬事件は一見落着したように思われた。

第36話　悪意たちの別の仮面（2）

ロマニョーロ家から一通の招待状が届いた。来月の伯爵の誕生日を記念して、舞踏会が開かれるということだった。ルーシャスは長い足を伸ばしたまま、招待状を机に投げ捨てた。

あの年寄りに会いたい気持ちは全くなかったが、参加しないと公爵としての面子が保てない。

「騙された男の姿がどれだけ悲惨か、その目で確かめてやるというわけか」

ルーシャスは封筒を開ける際に使った鋭いナイフをクルクル回すと、そのまま机に突き刺した。ナイフは机に置かれていた手紙の中心にグサッと刺さった。

彼が貴族としてしなければならないことのうち、最も避けたいことが舞踏会への参加だった。

権力を持つものに対して注がれる見苦しいほどの媚と香水の匂いが充満した舞踏会は、幼い頃から彼を苦しませた。とりわけロマニョーロ伯爵のような、過去の武勇伝ばかりを繰り返す権威主義の貴族は大嫌いだった。

「喜んで受けて立つとしよう」

騎士して優雅に勝負を受けて立つことに決めたルーシャスの表情は、非常に清々しかった。

＊＊＊

ヌリタスの軽い打撲は三日ほどで完治した。

そしてその時から、アイオラの些細だが陰湿な悪戯が始まった。

ヌリタスが座ろうとする椅子に針が刺さっていたこともあったし、彼女が飲むお茶に辛みの成分が混ぜられていたりした。

ドレスのリボンを切られたり、靴を隠されたこともある。

だがヌリタスは、針が刺さっても声ひとつあげず、辛い飲み物も一気に飲み干した。

まだこの厄介なお嬢様に対して与えるちょうどいい罰が思いついていなかったので、ただ見守ることしかできなかった。

本当は、泥の中にその美しい顔を沈めてやりたい気持ちだった。泥にまみれて悲鳴をあげる貴族の令嬢の姿を想像して、ヌリタスは微かに笑いを浮かべた。それも悪くない。

一方アイオラは徐々に焦りを感じ始めていた。

公爵夫人は一体どれだけ鈍いのか、辛いお茶も美味《おい》しそうに飲み干してしまった。

ドレスに刺さった針を見つけても、スッと抜くだけだ。

それでもアイオラは諦めたくなくて歯を食いしばった。

彼女が白旗をあげた瞬間、公爵は永遠にこの赤毛の女の物になってしまうのだ。

(さあ、どうしようかしら?)

アイオラは、夫人の靴が保管されている棚を開けると、すべてを持ち出しどこかへ隠した。そうすれば、一日中部屋から出られないはずだと思った。

だがなぜ公爵夫人は今彼女と向かい合ってお茶を飲んでいるのだろうか。

「公爵夫人、なんだかどこかぎこちなく見えますわ」

アイオラが扇子で華麗な口元を隠しながら、公爵夫人のドレスの下の方に目をやりながら、皮肉を込めて言った。

するとヌリタスが静かに笑った。

彼女が先に応接室に座っていたのだから、長いドレスの中で靴を履いているのか履いていないかなど確認する術はなかったはずだ。

こんな風に自ら罪を告白するアイオラの姿は、本当に愚かに見えた。

生まれた時から高貴な人々は、靴を履かないで歩くことなどできないようだが、ヌリタスにとってそんなことは、どうってことなかった。伯爵城にいた頃は、仕事の時にゴツい靴をはく以外には常に裸足だったのだ。

ヌリタスは、美しい金髪に艶のある肌、そしてヌリタスよりも華麗なスミレ色のドレスを纏ったアイオラの姿を、上から下へと舐めるように眺めながらポツンと呟いた。

「そうですね。モルシアーニ城には、手グセの悪い子ねずみが一匹いるようです」

アイオラはその言葉を聞くとパタンと扇子を閉じてテーブルに置き、顔に怒りを浮かべた。このつまらない女が、自分のことを子ねずみに例えたのだろうか。

「それは言い過ぎではないかしら？」

アイオラがムキになると、公爵夫人は不思議そうに首を傾《かし》げた。

「なぜアイオラ様がお怒りになるのか、私にはわかりませんわ」

その時になってやっとアイオラは、感情を抑えて言葉を濁した。

「あ……ああ、そうですわね。私には全く関係ないことなのに」

だが、公爵が突然応接室に現れたことによって、アイオラの気持ちはより一層憂鬱になった。

「美しい淑女二人で、お茶を飲んでいるのか」

ルーシャスは自然な様子でヌリタスの隣に座り、体は大丈夫かと夫人に聞いた。

その姿はまるで、生まれた時から一緒にいたかのように自然だった。

「公爵様、私、新しいドレスを仕立てたのよ。どうかしら？」

ルーシャスに自分をよく見せたくて、アイオラは胸を突き出し愛嬌《あいきょう》を振りまいた。すると公爵は、「良いじゃないか」という心のこもっていない短い返事をした。

「来月、ロマニョーロ伯爵の誕生日を祝う舞踏会があるそうだ」

ルーシャスはため息をつきながら、女中が用意したティーカップを受け取った。

　ヌリタスは公爵の伝えてくれた言葉を頭の中で反芻《はんすう》し、とりあえず母親に会えることを嬉しく思った。だがすぐに伯爵家の人々のことを思い出し、暗くて不快な感覚に包まれた。

第37話　彼女の涙は、やがて皆のものに

　アイオラの幼稚ないたずらが少し落ち着いたある日の午後だった。

　ヌリタスはオニックスと子犬たちの様子を見に行き、城に戻る途中だった。目を開けることすらできなかった子犬たちは、いつの間にか成長し彼女に懐いていた。

「あ、ソフィア。スカーフを忘れてきてしまったみたい」

「奥様、私が取りにいってまいります」

「私が行っても……」

　ヌリタスが言い終わる前に、すでにソフィアは歩き出していた。その姿を見守りながら、視線を空に向けてみた。こんなに静かな時間を味わえるなんて、夢にも思っていなかった。

　だが、限りなく続く幸せなど存在しないのが現実だ。

　ヌリタスは脇に冷たく尖った何かが触れるのを感じた。そしてすぐに知らない男の声が聞こえた。

「黙ってついてこい」

ヌリタスはできるだけ落ち着いた様子で男のあとに続き、そして髪飾りを道の途中でこっそりと落とした。

男はヌリタスを倉庫に連れ込んだ。だが男は不慣れなようで、ナイフを持つ手を変えながらブルブル震えていた。緊張で口ごもる様子から、こういうことには慣れていないのだと推測できた。

「し、静かに、すす、するんだ」

「何も言ってないけど」

男はヌリタスの落ち着いた態度に戸惑っていた。そしてナイフを床に投げ捨てると、ヌリタスのドレスの前部分を触り始めた。

ヌリタスは、スカーフを探しにいったソフィアがきっと彼女の髪飾りを見つけて誰かを呼んでくれるだろうと信じていた。

「自分で脱いでもいいかしら?」

ヌリタスは品のあるたたずまいで、男をじっと見つめながらそう言った。するとその小さな男は、驚いてヌリタスから離れた。

「あ、ああ。俺もあんたの立場は理解している。暮らしがきつくて、どうしようもなかったんだ」

ヌリタスは舌打ちしながら、ドレスの前で結ばれたレースをわざとゆっくりとほどきながら時間稼ぎをした。それほど悪いやつではなさそうだった。なぜこんなことに関わるのかと思い、残念な気分になった。だがいくら貧しいとはいえ、こんな選択をするのは間違っている。同情するのはやめることにした。

ヌリタスの想像通り、この男はアイオラに雇われ、お金のために生まれて初めての悪事に手を染めていた。

だがやはり女性にこのようなことをする自分自身が情けなくなり、このように躊躇しているのだ。胃がキリキリと痛み、額に浮かぶ冷や汗をしきりにぬぐった。

「何ぼーっと立っているの。あなたも準備しなさい」

「えっ」

ヌリタスの平然とした態度に、男の口からは恐怖の滲んだうめき声がこぼれた。結局男は後ずさりし、そのまま転んで座り込んでしまった。

男は、自分が犯そうとした罪の愚かさに気がついた。絶望に陥った彼は、姿勢を正して地面に膝をつき、両手を合わせて彼女に許しを求めた。

「公爵夫人、どうかお許しください。お金に困り、どうかしていたようです。こんな罪を犯してしまうなんて……」

気の弱い男が謝罪を始めた。

ヌリタスはため息をつき、そして口を開いた。後悔しても無駄だ。こんな行為は、未遂に終わったとはいえ、許されるものではない。

「いくら生活が苦しかったとはいえ、許されると思うのですか？　二度と金に目をくらませてはいけません」

金の誘惑に一度でも負けたものは、きっと同じことをまた繰り返す。他の女性が同じような被害にあうことは防がなければならない。

なぜこんなことが起こったのだろうか。誰のせいだろうか。

心当たりはあった。そしてすぐに、ある声がヌリタスの耳元で響いた。

人々の足音が聞こえると、倉庫の扉がギィッと音を立てて開いた。

「公爵夫人、こんな酷い目にあわれて！」

アイオラが状況確認もせずに大声で叫びながら急ぎ足で入ってきた。

しかしヌリタスを心配して駆け込んできた者たちの前に広がっていた光景は、「酷い目」とはかけ離れていた。

涙を浮かべながらヌリタスに土下座をする男と、それを冷たい顔で眺めるヌリタス。

公爵は、一体何事かと目をこすった。書類に目を通している最中にアイオラが走ってきて、公爵夫人が大変なことになったというので、慌ててここへやってきたのだ。

「公爵様」

「……大丈夫なのか？」

人々が集まってくると、ヌリタスは男から目をそらした。

ルーシャスは、ヌリタスの顔に涙の跡や傷がないことを確認しホッとした。

そしてすぐにヌリタスのそばへ行き、そっと抱きしめた。

「あなたのせいで寿命が縮まりそうだ」

公爵の囁きにヌリタスの体がピクッと反応する。

誰かがここへ来て彼女を助けてくれるだろうと予想していたが、それが公爵だとは思わなかった。彼の腕に抱かれると、洞窟で感じたよりもさらに深い安心感に包まれた。

公爵が赤毛の女を力強く抱きしめる姿を見ていたアイオ

ラは、唇を噛んだ。あまりにも強く噛んだせいで、血が滲んだ。

ちょっとした苛めではビクともしないので、さらにレベルの高い仕打ちを計画したのに。公爵夫人の名誉を失墜させ、その地位から引きずり下ろそうという作戦は、すべての準備が万端だったはずだ。

（どうして失敗したのよ）

アイオラは、自信満々に金を受け取っておきながら、今埃だらけの床にうずくまってすすり泣いている男を睨みつけた。

そして、今の公爵の行動はすべて真実ではないと思い込もうとした。

彼はただ貴族の名誉のために結婚しただけであり、本当に大切に思っている女性はアイオラだけだと信じた。

今まで近づいてくる女性には見向きもしなかったが、彼女だけには優しかったではないか。

それが、彼女に対する彼の気持ちが嘘ではないことの証明だと思った。

アイオラは、彼女の想いをルーシャスに伝えることにした。彼女は唇をぎゅっと噛んだまま、涙がこみ上げてくるのをこらえていた。

すべてが終わるには、まだ早い。

＊＊＊

倉庫で騒ぎがあったその日の夜、食事を終えてお茶を飲んでいた公爵は、冷たい目でアイオラを見つめた。

彼はもはや彼女を幼い頃と同じような気持ちで見られなかった。

死んだ母親に似ているアイオラをみると、気持ちが優しくなり、幸せを感じることもあった。

だがそれがすべてだ。

彼は一度だっていとこを異性として意識したことなどない。そしてこれは、彼が守るべき家族という枠の中に、アイオラは属していないことを意味していた。

（落馬のときから今日の出来事まで、すべてが怪しい。詳しく調査すればすべてが判明するだろうが……とりあえずこれ以上、彼女の顔を見ていたくない）

「アイオラ、もう帰ったほうがいい」

アイオラは目を見張った。

驚きでカップを落としそうになるのをなんとかこらえて、必死で笑顔を保とうとした。

「公爵様、アイオラは夏の間ここで過ごそうと思ってやってきたのよ。みんなで一緒にピクニックへ出かけるのもきっと楽しいわ。ね？　公爵夫人？」

ヌリタスは彼らの会話に集中することなどできなかった。この男爵令嬢の髪の毛をすべてむしり取ってやりたいくらいの憎しみを感じているが、同じような方法で復讐する気にはなれなかった。

「夫人？」

ヌリタスは自分を呼ぶ声でハッと我に返った。公爵とアイオラが自分の方を見つめている。

「アイオラはそろそろ帰るそうだ」

公爵が静かな声でヌリタスにそう伝えたので、なんの話題だったのかやっと理解することができた。

彼女は素っ気なくうなずくと、アイオラの目をしっかりと前から見据えて言った。

「そうですか。気をつけておかえりになってくださいませ。私はお先に失礼しますわ」

ヌリタスは突然気分がムカムカしてきて、これ以上この部屋にいることができなかった。

生意気な金髪の令嬢は伯爵家の人間たちとそっくりで、見ているだけで吐き気がした。

母の心配、偽物の人生、そして今日の昼間の出来事。すべてが彼女を揺さぶっていた。急ぎ足で庭園を横切った。

一人になって、楽に呼吸がしたかった。

彼女の歪んだ本当の顔を、誰にも見られたくなかった。

第38話　はじまりと終わりの初恋（1）

ヌリタスは、外に出ると、大きな木の柱に寄りかかり、月の差し掛かった湖を眺めていた。湖ではカモたちが夜間水泳を楽しんでいた。三羽の大小のカモたちは、家族のようだ。夫婦と子ども……。彼女には許されていない平凡な幸せを持っている彼らが、少し羨ましかった。

こんなにめちゃくちゃな状況など、あり得るのだろうか。

この上なく最低だと思っていた人生で、さらに酷いことが起こるとは。

（公爵が噂通りの悪い人間だったなら、どれほどいいだろう。いっそのこと、自分に暴力を振るったり、ぞんざいに扱ってくれたらよかった）

今となっては、なぜ公爵にあんな噂がつきまとっていたのか不思議だった。公爵は他人に対する思いやりを持った人だ。

目下の者にも礼儀正しく、自分にだって優しくて…。

しかもとても美男子だ。

そう思った瞬間、顔が熱くなるのを感じた。

「私みたいな奴がこんなこと…」

ヌリタスは自分の考えに自分で驚き、小さく声をあげた。公爵は無愛想だが、人がいいから自分に優しくしてくれるだけだ。それなのにこんな気持ちを抱くなんて、どうかしている。

だが一番悔しいのは、この気持ちを自分では抑えられないことだ。

風に吹かれて散った花弁たちが湖を覆ってた。ヌリタスは風を感じながら目を閉じ、母親のことを想った。

（今日はどんな一日でしたか？　母さん。私は元気に過ごしています）

心の声が風に乗って母の元へ届くことを願った。頑張ろう。自分で自分を励ましながら、目を開けた。

（戻らなきゃ）

ヌリタスが歩き出そうとすると、葉が揺れる音がした。顔を上げると、今最も会いたくない人物がそこにいた。

ヌリタスは顔に滲む気持ちを隠すことができないまま、彼と向かい合った。

「驚かせたか？」

「……いえ」

渇く口をなんとか開き、彼に短く返事をした。公爵の顔はとても疲れてみえた。

「一人で出歩くのは危ない」

「あ……」

昼間の事件もあったのにとても軽率だったと、ヌリタスは思った。誰かが自分を心配してくれるなんて思ってもいなかった。

「あの男は、罪を犯した。罰を受けることになるだろう」

「はい」

そしてしばらく会話が途切れた。夜の音は、静かで荘厳だった。木の枝がぶつかり合う音、湖の揺れる音、そして小さな虫たちの鳴き声が響き合い夜の音楽を奏でていた。

「あなたは」

ルーシャスは言いたいことがあったが、今の気持ちをどう表現したらいいのかわからず、もどかしかった。自分を騙しているとわかっているのに、なぜヌリタスを憎んだり嫌うことができないのだろう。

ルーシャスは、お茶を飲んでいる途中でいきなり消えてしまった彼女が心配になって追いかけてきたのだった。そして遠くからしばらく彼女を見守っていた。微かに月明かりに照らされた彼女の顔には闇が浮かんでいた。

(何があなたをそんなにも苦しめているんだ)

彼女の瞳に浮かんだ悲しみをこれ以上見たくなくて、手でヌリタスの目を覆った。そしてお互いの心臓が高鳴る音が聞こえるほど、彼女のそばに近づいた。

ルーシャスが手を離した時に現れた彼女の顔には、苦痛の代わりに驚きが浮かんでいた。

その顔の方がずっといい。ルーシャスは微笑んだ。

＊＊＊

ヌリタスは公爵の大きな手が彼女の目元に触れた瞬間とても驚いたが、不思議と嫌な気持ちはしなかった。彼が彼女の苦しみを包んでくれるような気がして嬉しかった。そして彼の手が離れた時、手首に赤い傷が残っているのを発見した。

人生で最も幸せでなければいけなかったあの日、彼女は地面に触れるほどのベールを引きずりながら、メイリーン・ロマニョーロになった。その夜、ロマニョーロ家のために、そして母を守るために、彼女はすべてを諦めた。

公爵が鋭い短剣で残した真っ赤な夜の証。公爵の傷に、彼らの「最初」が刻まれているような気がした。

ヌリタスがその傷にそっと触れたのは、とても衝動的なことだった。ヌリタスの声は彼女の手と同じように震えていた。

「今度からは、どうかこんなことをなさらないでください」

ルーシャスは、初めて彼に触れる彼女の小さな手の感覚のせいで、全身がカッと熱くなっていた。彼女の手は剣でもないのに、少しの間触れただけでも恐怖すら感じた。

「……このくらい、なんてことない」

ルーシャスは戸惑いの混ざった声で、なんとかそう答えた。

(何が大丈夫なんだ)

とても長く刻まれた彼の傷を触りながら、ヌリタスは深い考えに浸っていた。

もしかしたら公爵は、自分と同じくらいたくさんの傷を抱えた人なのかもしれない。あるいは、絶望を味わったことがあるのかもしれない…。

彼には、たくさん愛されて育った明るい貴族のお嬢様がお似合いだ。バラの花のように華麗な女性だけが、公爵の苦しみを取り除いてあげることができるだろう。そして、夜の悪夢の悲しさを慰めてあげられるだろう。

ヌリタスは自分が明るさとは遠い存在であることを知っていた。彼女はむしろ、「夜」のようだった。生まれつきの卑しさと、果てしなく続く嘘が作り上げた存在が、今この月明かりの下で揺れていた。公爵にこれ以上闇を与えたくなかった。悲しみや苦痛は、公爵よりも彼女にこそふさわしいと思った。

彼女は少し体をかがめてお辞儀をした。最初の計画通り、公爵とは距離を置くのが正しいのだろう。

「先に戻ります」

ルーシャスはそそくさと立ち去っていく小さな彼女を見つめながら、力なく笑った。

最初は、好奇心がすべてだった。いや、そうだと思い込みたかったのかもしれない。

遠ざかっていくヌリタスの後ろ姿を見ながら、ルーシャスはまだ熱を帯びている手首をそっと撫でた。

第39話　はじまりと終わりの初恋（2）

夕食のあと部屋に戻ったアイオラは、苛立ちながら髪の毛をとかしていた。

（帰れですって？）

アイオラは公爵から直接聞いたにもかかわらず、信じることができなかった。

（一体あの赤毛の女のどこが、私より優れているっていうのよ）

豊満な胸、ほっそりとした腰、洗ったばかりでみずみずしい金髪、そしてもの欲しそうな赤い唇の女が、鏡の中に立っている。彼女の輝く瞳は長い間夢にみてきたたった一人の男を映している。

「あんな匂いのない花みたいな女に、彼をとられるわけにはいかない」

貴族社会において男が複数の女性と交際することは特別なことではなかった。そして貴婦人たちが騎士たちとの愛を求めることも、よくあることだった。

だが、なぜ、さりげなく誘おうとしている彼女に対し、公爵は興味を示さないのだろうか。

「きっと私が先にせまってくるのを待っているんだわ」

アイオラは女中を呼んで、髪の毛を宝石で飾らせた。そして薄いシュミーズを着て、白いガウンで体を隠した。

彼女が子どもの頃から公爵を想っていなければ、今頃求婚してくるたくさんの男たちの中の一人と結婚していたかもしれない。

彼女は十五歳の頃から、どこにいっても自分が男たちから熱い視線を受けていることを感じていた。だがそんなありふれた男たちに、公爵の代わりは務まらなかった。彼女は顔に粉を塗り、頬に花の頬紅《ほおべに》をつけた。

こんな曖昧な関係を終わらせる時がやっと来たのだ。公爵夫人になれなくたっていい。彼のそばにいることができるならば、どんな手段だって使う。アイオラは強く唇を噛み締めて決心した。


生きているものすべてが眠りについている、遅い時間だった。ルーシャスは執務室で書類の山と格闘していた。

その時扉の前で人の気配がし、その気配はそっと部屋の中へ入ってきた。ルーシャスは、先に眠ったセザールが彼を手伝うために再びやってきたのだと思い、そのまま目も向けずに仕事を続けていた。

白いシャツをはだけさせ袖を捲り上げて書類に目を通す端正な顔つきの男を、うっとりと見つめる女がいた。ルーシャスは一瞬でふわっと広がる香水の匂いに、顔をあげた。

「……こんな時間に何事だ？　しかもその格好はなんだ」

ルーシャスは、やってきたのがセザールではなく、あられもない姿のアイオラだと気づくなり顔をしかめた。

アイオラは予想外の彼の反応に当惑したが、平気なふりをして明るく微笑みながら徐々に公爵に近寄った。

もう後戻りなどできない。

「モルシアーニ公爵様。いいえ、ルーシャス様」

アイオラは濡れた唇を舐めながら、ルーシャスの方へと近づいた。

そして羽織っていたガウンを床へスルッと脱ぎ捨てた。薄いシュミーズだけをまとった彼女の裸体が、うっすらと透けていた。

赤く燃えさかる暖炉の前で、成熟した女体が濃厚な香りを漂わせていた。


二人の視線が一瞬だけ重なり合う。

ルーシャスは乱暴に椅子から立ち上がると、床に落ちたガウンを拾いアイオラの肩にかけた。

その手からは少しの優しさも感じられず、声にはわずかな怒りがこもっていた。

「アイオラ・カリックス。今すぐ出て行け。男爵夫人の顔に免じて、今回は見逃してやろう」

「……ルーシャス様！」

（どうして、お兄様は私を受け入れてくれないの？　どうしてそんなに冷たい目をして、怖い声を出すの？）

これは彼女の名誉に関わる問題であり、プライドがかかっていた。

アイオラはガウンをぎゅっと引っ張り、恥ずかしさで体を隠した。両手がガタガタと震え、紐を結ぶことすら難しかった。そしてこの羞恥心は、すぐに怒りに変わった。

「なんてこと！　あなたが男色だという噂は事実なのね！」

アイオラは自分が断られた理由をこう受け止めることにした。

（そうよ。どんな女だって彼を誘惑することができないんだわ）

そう思うと、心が楽になった。

ルーシャスは、もはやアイオラが何を言おうがどうでもよかったので、彼女に背を向け窓辺に寄りかかった。

さっきまでヌリタスと一緒にいた場所がうっすらと見えた。

後ろでアイオラが何かを言っているようだが、彼は耳を傾けなかった。しばらくすると扉が閉まる音がしたような気がした。

ルーシャスはヌリタスの手が触れた自分の腕を見つめていた。あの瞬間を思い出すだけで、また鳥肌がたった。

もしも彼女が自分に向かって微笑んだら、どんな気分だろうか。

想像するだけで、頭がクラクラした。

窓には、広い肩と黒い髪、そして夜空のような目をした男の姿が、ぼんやりと映っていた。

＊＊＊

ヌリタスは一晩中眠れなかった。

起き上がると真っ黄色のドレスを着て鏡に自分の姿を映してみた。どこかの誰かのように、華麗ではなかった。指で青白い顔をつねってみようと思ったが、力が入らず手がだらんと下に落ちた。

(誰に対してよく見せようとしているんだろう)

鏡の前に立っている自分自身が、気に入らなかった。

「奥様、ネックレスを持ってきましょうか?」

「いいえ。大丈夫」

「まあ、大変。すぐに髪を染めなくてはいけません」

髪の毛を整えてくれていたソフィアが、赤毛の間に数本の銀髪を発見し、驚いて声をあげた。ヌリタスはソフィアが慌てて染料を準備する姿を、じっと見守っていた。

(いつかは本当の姿で、外を歩けるだろうか)

その疑問に対する答えは十分わかっていたので、憂鬱な気分になった。

最初は母親が彼女を守るために髪を染め、いまは彼女が母親を守るために髪を染める。

ソフィアは奥のほうに短く姿を現した銀髪に、丁寧に染料を塗った。

「ソフィア、私が銀髪になったらどうなるかな」

意外な質問に、ソフィアが声を潜めて囁いた。

「誰かが聞いたらどうするんですか……。でも、不思議ですよね。代々ロマニョーロ家の後継者だけが銀髪に生まれてくるんですって」

「私もそう聞いた」

本当に不思議だ。

建国以来、ロマニョーロ家に生まれる子どものうち、銀髪の子どもは一代にたった一人だけだった。そして特別な才能を持って生まれてきた銀髪の子ども達は、家門の後継者になるのが伝統だった。

（なんて滑稽なんだ。一代にたった一人だけの銀髪を持った子どもが私生児だったなんて）

ヌリタスは鏡をみながら、いまでは慣れてしまった真っ赤な髪に視線を向けた。ソフィアは、暗い顔をしたヌリタスにそっと真珠の首飾りをかけた。

公爵夫人の宝石箱には、様々な宝石の装身具が詰まっていた。

その伝統ある高価な物たちは、モルシアーニの女主人に代々伝わっているのだという。

（女主人だって）


ヌリタスは首にかけられた真珠のネックレスを触りながら、次々と襲ってくるマイナスな考えを払いのけるように体を起こした。

そしてショールを羽織って外に出る準備をした。

今日のような朝には、食事よりも散歩が必要だった。

昨夜の湖を通り過ぎ、噴水の近くまで歩いた。

いつもより少し長く歩いたせいか、額に汗が浮かんだ。

貴族の真似事を始めてから、汗を流すのは特別なことになった。

汗で全身を濡らしていた過去が頭をよぎる。

腰が折れそうになるまで働いていたあの頃、毎日に意味をもたせる余裕などなかった。

だが今となってはそれも思い出だ。今の辛い時間も、いつかは思い出になるのだろうか。

（そんなはず……）

ヌリタスは首を横に振った。

その時、ガサガサと小さな音がした。

ヌリタスはその足音の主が公爵であることを、あるいはそうでないことを同時に願った。

（なんてザマなの）

だがその音の主は公爵ではなく、青いドレスを着て髪の毛を優雅に結い上げたアイオラだった。

「あ……」

「公爵夫人、ここにいらっしゃったのですね。食事の時お見えにならなかったからお探ししましたわ」

「どうしました？」

「私はこれで、カリックスの領地へ帰ります」

「そうですか」

（こんなふうにわざわざ私に挨拶するような丁寧な人だったか？）

ヌリタスは目の前の美しい女を、疑いを込めた目で見つめた。

アイオラの顔中に広がった微笑みには、なぜか棘があるようにみえた。

「公爵夫人の地位についたからといって、浮かれてはいられないってことを教えてあげようと思いまして」

「ええ、そうですね」

アイオラは何を言っても動じない公爵夫人を前に、妙な苛立ちと敗北感を感じた。

（この顔を涙で濡らしてやりたい…！）

その時アイオラの顔が意地悪く輝き、真っ赤な唇が開いた。

「公爵夫人を家族だと思っているから、教えてあげますわ。実はルーシャス様は、男性がお好きなの」

「え？」

常に平常心のヌリタスも、この言葉には反応せずにいられなかった。

（そんなはずが。二人きりでいる時、確かに彼も緊張しているようだったのに…）

公爵夫人の目に不安がよぎるのを読み取ったアイオラが、さらに付け足した。

「昨夜彼の元へ行きましたの。詳しいことは言わなくてもおわかりでしょうけど、とにかく公爵さまは私に指一本触れませんでしたわ。それは正常な男だったら不可能なことよ」

アイオラはそれだけ言うとさっと背を向け、戸惑う公爵夫人を残して去って行った。完全な敗者となった自分の顔を、公爵夫人に見られたくなかった。

彼女の唇からは、恨みのこもった言葉がとめどなく溢れだした。

（私を拒絶した公爵と公爵夫人の未来が、どうか真っ暗でありますように）

彼女は今すぐにルーシャス・モルシアーニのことを忘れてしまいたかった。

金髪の蒼白な顔に、熱く青い雨が流れていた。アイオラの激しい初恋が、こうして幕を閉じようとしていた。

第40話　かかしは風に吹かれて踊る

アイオラが残していった短い言葉のせいで、ヌリタスはしばらくの間動けずにいた。庭に吹く風の旋律も、花たちの甘い香りも感じられなかった。

（公爵が男性を好きだって……？）

この時代の男が男を愛することは、特別なことではなかった。もちろん、貴族たちに限られたことではあった。人々は、年をとった貴族の男が若い男をそばに置くのは一種の流行だと囁いていた。

彼女は自分自身を労わる余裕すらなかったので、他人の恋愛沙汰を気にしたことなど一度もなかった。ヌリタスはもどかしそうに手を軽く握り、左胸のあたりを叩いた。

（一体どうしてこんなに驚いているんだ。公爵様が男を好きだろうが私とは何の関係もないじゃないか……）

公爵が同性に好意を見せるシーンを今まで見たことがあったかどうか思い出そうとしたが、ただため息が出るだけだった。ヌリタスは彼について何も知らなかったのだ。

（私なんかにわかるはずない）

彼女には、彼の人生に関与する資格などなかった。ただのうわべだけの夫婦にすぎない。

その上、それすらも嘘で成り立っているのだ。

アイオラの言葉を聞いて驚いたのは、それが予想もしていなかったことだからだと言い聞かせた。今こうして気分が憂鬱なのも、きっと朝ごはんを食べなかったからだと思うことにした。


ヌリタスがゆっくりと庭園を歩いていると、アイオラを乗せた馬車が公爵城の入り口を出ていくのが見えた。

（ああ。結局あの幼稚なお嬢様をギャフンと言わせられなかったな）

今になって、彼女を散々苦しめたアイオラをそのまま送り出してしまったことに気がついた。だが、彼女が今頭の中がめちゃくちゃで、そんなこともはやどうでもよかった。

罪を犯した者は、結局いつかその罪の重さと同じ苦しみを味わうことになるだろう。アイオラがあれほど愛した公爵が選んだのは、彼女ではなく男だということか。

考えてみれば、すべてどうってことないことじゃないか。この世で最も無駄なことは、貴族の心配をすることだとヌリタスは思っていた。金と権力を手にした者たちは、いつだって勝者なのだ。

ヌリタスは暗い顔をしたまま公爵家の鬱蒼《うっそう》とした庭園が作り出す影の中へと消えていった。

＊＊＊

セザール・ベイルは、一人公爵の執務室で、書類と格闘していた。

確かに昨日の夜仕事は終わらせておくと言っていたはずの公爵は影すら見当たらず、半分以上の書類はまだ手がつけられていない状態だった。だが彼は不平を言いながらも、消えてしまった主人の代わりに何時間も椅子に座ったまま動かずにいた。三年間仕えている公爵は、室内で紙やペンを使う仕事よりも、外で汗を流す方が性に合っているようだった。

しばらくするとセザールは書類を持っていた手を休め、大きく伸びをした。そして彼がモルシアーニ家にやってきた日のことを思い出していた。

セザール・ベイルは十七歳になった年に家を離れた。職位を継承する長男以外の子どもたちは、各自生きる道を探さなければならなかった。神の僕《しもべ》になるところだった彼は偶然公爵の侍従になることになった。

その時すでにモルシアーニ公爵にまつわる噂は広まっていたので、気の弱いセザールは、周りの皆からいい仕事に就いたと褒められても、全く嬉しくなかった。

初めて公爵と会った場所は、戦場のど真ん中に張られたテントの中だった。

セザールは慣れない場所へやってきた不安で体を震わせていた。彼は武芸には優れておらず、本を読むことが好きなおとなしい男だった。

両親のもとで幸せに育ってきた彼にとって、突然戦場のテントでこれから仕えることになる主人を待つことは、たやすいことではなかった。侍従らしき者たちはテントの中で座り込みウトウトしていたが、セザールはリラックスして座ることなどとてもできずにいた。

その時、ヘルメットをかぶり鎧をまとった体格のいい男が、テントの中へ入ってきた。彼が手にしている長剣は牛でさえ一撃でやっつけられるほど強靭で、鎧のあちこちに飛び散った血と汚物が男の雰囲気をより一層陰鬱にした。

ウトウトしていた従者がすぐに駆け寄り、男がヘルメットを外すのを手伝った。すると、全く感情の読めない真っ黒な瞳がテントの中の見慣れない男をじっくりと見た。

ついに公爵と対面したセザールは、準備してきた言葉を思い出しながら、必死で丁寧な挨拶をした。

「公爵様、お会いできて光栄です。今日から公爵様に仕えることになった、セザ、と申します」

だが力が入り過ぎてしまい、名前を間違えてしまった。

男は鎧を外しながら、口元に笑いを浮かべていた。

「セザ？　変わった名前だな」

「そうではなくて、私は、ベール家のセザっ……ルと申します」

セザールは公爵との初対面で、緊張のあまり失敗を繰り返した。

「名前すらろくに言えない新米を戦場に送り込むとは」

それが彼との初対面だった。

戦場での日々は、瞬く間に過ぎ去っていた。

セザールは環境に慣れるのに苦労したが、仕事は黙々とこなしていた。

戦場で武器を持って戦うことと同じくらい大切なのは、時にモルシアーニ家の仕事を処理しながらも、公爵の指示で作戦や兵力、備蓄食糧、武器などを把握して書類にまとめることだった。

口数が少なく無愛想な公爵は、扱いにくいタイプだった。だがセザールは、少しずつ彼に仕えることに慣れていった。公爵は公明正大で、身分よりも能力で人を評価する男だった。彼の作戦には隙がなく、敗北を許さなかった。

間近で見る公爵は、噂のような男ではなかった。彼は絶対に理由なく人の命を奪ったりなどしなかった。

だが公爵の戦術が優れていたため、戦で勝利をおさめ、彼が倒した敵の数が多くなればなるほど、彼を妬《ねた》むものたちがよくない噂を流した。

セザールが鼻息を荒げながら言った。

「公爵様、悔しくないのですか？　首都では変な噂が広まっています」

「誰だか知らないが、なかなかセンスがあるじゃないか」

これが、「公爵が血で入浴を楽しんでいる」と言う噂を聞いた時の公爵の反応だ。

「セザール・ベイル。目を開けたまま眠るようになったのか？」

回想を終えたセザールは、執務室に戻ってきた公爵をぼんやりと見つめた。

剣の練習を終え汗で濡れたシャツ着て立っている公爵が、セザールの姿をみて笑っていた。

セザールは眠っていたのではないことを証明するために、すっと立ち上がった。

だが長時間座っていたせいで痺《しび》れていた足がもつれて、そのまま公爵にしがみつき彼と一緒に倒れてしまった。

そして、本当に変な出来事がその後に起こった。

ヌリタスがぼーっと執務室の付近を通り過ぎた時、二人の男が激しく床で絡まり合っているのを目撃してしまったのだ。

公爵はシャツが少しはだけて胸が見えており、セザールは顔を赤らめているようだった。

「あ……」

ヌリタスは、今自分がどんな目つきで彼らを見つめているのか自分でもわからなかった。ルーシャスは彼の胸に顔を埋めているセザールを押しのけて、立ち上がった。

ルーシャスは、ヌリタスの顔に驚きと失望が浮かんでいることに気がついた。すると、なぜか彼女をもっといじめてやりたい衝動に駆られた。

ルーシャスはにっこり笑って、彼女にこう言った。

「ああ、バレてしまったか」

ここは戦術の見せ所だ。

「公爵様、何おっしゃっているんですか？」

セザールが痺れた足を揉みながら、床に座って目を丸くしている。

「セザール、いいじゃないか。俺たちはもうすでに三年前に一緒に眠った仲だろう」

「え？」

ルーシャスは実際に、セザールと戦場のど真ん中のテントで共に暮らしていた。

もちろん言葉通りただテントで共に暮らしただけだが。

だが、全く違う意味で受け取っている一人の人物がここにいた。

アイオラの言葉、今見ている状況、そして公爵の告白のすべてが同時にヌリタスに襲いかかる。

頭は混乱し胸は苦しかったが、だからと言って何も変わることはないとわかっていた。

（むしろ、これでよかったんじゃないかな）

自分なら彼の人生の盾になってあげられるかもしれない。

男が好きなモルシアーニ公爵の、名目だけの妻になってあげるのだ。公爵のためにできることがみつかってよかったとさえ思った。

だが今はとりあえず、この場を離れることにした。何の意味もなかった彼の手や視線に浮かれていた過去の自分を思い出すと、情けなくなった。

（嘘の人生に、最高にお似合いの旦那じゃないか）

彼女の痩せた顔に、いつも以上に寂しげな笑みが浮かんだ。

＊＊＊

公爵夫人が青ざめた顔で避けるように逃げていくのを見たセザールは、大声で潔白を訴えた。

「奥様！　大きな誤解です。違うんです。どうかお戻りください！」

だがすでに公爵夫人の姿は消え、執務室には悪戯っぽい笑みを浮かべた公爵とセザールだけが残された。

「公爵様？　今奥様は何か大変な誤解をされたようです。早く追いかけて誤解を解かないと。なぜあんなことおっしゃったのですか？」

セザール・ベイルはあまりの悔しさに、公爵に大声でそう言った。

この世に存在する様々な愛の形を尊重していたが、彼自身は可愛い女の子が好きだった。

「公爵様、まさか、違いますよね？」

「何が？」

「まさか、私のことをずっとそういう目で見ていらっしゃったのですか？」

そうでなければなぜ公爵がこんな風に夫人の誤解を招くような行動をとったのか、理解できなかった。

セザールはシャツの前を両手で隠し、座ったままソロソロと後ずさりした。

なんということだ。今までなぜ公爵の気持ちに少しも気がつかなかったのだろう。

公爵は呆れたようにその姿を見ながら、口を開いた。

「私もわからなかったのだ」

「え？　何をです？」

セザールは、ハラハラしながら公爵の言葉に耳を傾けた。

「私も、ただの男だったんだ」

「はい？」

公爵はその後、何も言わずにただ笑っていた。

セザールがその日の午後ずっと「ただの男」という言葉の必死で意味を探ろうとしている間も、公爵は楽しそうだった。

セザールは三年間仕えても未《いま》だつかみ所のない主人のせいで、すっかり思い悩んでしまった。

＊＊＊

その夜、ヌリタスは公爵と一緒に夕食をとっていた。

今日は具合が悪いといって部屋で休んでいたかったヌリタスだが、結局こうして彼と向かい合って食事をすることになった。

ルーシャスは、長い指で酒の入ったグラスを持ち、赤い液体をじっくりと味わった。

ヌリタスはなぜか公爵が酒を飲む姿すら特別なことに見えて目を奪われそうになったが、すぐに顔を背けた。

午後の間中ずっと、自分の気持ちを整理しようと努力した。ヌリタスは、初めて瞳に映った男はそう簡単には消えないということすらまだ知らなかった。ヌリタスはフォークに豆を一粒刺して口に放り込み、機械的に咀嚼《そしゃく》した。まるで小石を噛《か》み砕《くだ》いているような気分だった。

「食事が気に入らないのか？」

公爵に突然話しかけられて驚いたヌリタスは、驚きのあまり豆を喉に詰まらせてしまった。

彼女がゴホゴホと咳こむ様子を見た公爵は、立ち上がって彼女の背中をさすった。

ヌリタスの複雑な気持ちとは裏腹に、二人の姿はいつの間にか仲睦まじい新婚夫婦らしくなっていた。

第41話　あなたに言えない秘密

ヌリタスは穏やかでない胸中を隠しきれず、城の静かな場所を歩いていた。

歴史ある城の中で、大広間やロビー、客間のような華麗で素敵な場所よりも、彼女は日の当たらない城の裏側が好きだった。

ソフィアは彼女の命令通り、離れた場所から彼女を見守っていた。ヌリタスは完全に一人ではなかったが、やっと少しだけ心が楽になるのを感じた。

色々な道具が並べられているこの場所は、きれいに整頓されているが、なぜか彼女の懐かしい記憶を呼び起こした。独特の悪臭と藁の乾いた匂いが混ざり合って、ヌリタスの心をより一層落ちつかせる。

（私は一体何をやっているんだろう。貴族の服を着て貴族の食べ物を口にしても、中身は以前と何も変わりないのに）

ヌリタスは今でも時々、ドレスを着ている自分を見たり長く伸びた髪の毛が首に触れる度に、驚いてしまうことがあった。

母の心配はもちろん、自分の正体がバレたらという不安と、やたらと頭に浮かぶ一人の人物のせいで、頭が爆発しそうだった。

以前の彼女を苦しめていたものは、とても些細な事だった。極度の空腹と、アビオからの暴力くらいだった。

ヌリタスはいつものように、頭に浮かぶ雑念を少しの間消そうと試みた。

一日中こんな事ばかり考えていたら、何もできなくなりそうだった。水たまりに映った彼女の顔が、ぼんやりと滲んでいた。

毎日上質な食事をとっているにも関わらず、彼女は少しも太らなかった。髪の毛を切れば、きっと少年のように見えるだろう。

きっと公爵の目にもそう見えているだろうと思いながら、ヌリタスは女らしさのカケラもない胸元と腰を寂しげな目つきで見つめ、髪の毛にそっと触れた。

その時、一人の子どもが自分の体ほどの大きさの荷車を大変そうに引いている姿を目撃した。

（あのままだと怪我するな……）

長年の経験から、ヌリタスは子どもが危険だということを察した。

そして案の定、やはり数歩進んだ時に荷車が横転し、それを引いていた子どもが下敷きになった。

あまりに一瞬の出来事で、子どもは悲鳴をあげることすらできなかった。

ヌリタスは周囲を見渡す暇もなく、急いで子どものほうへと駆け寄った。子どもは衝撃で気を失ってしまったのか、目を閉じて頭から血を流していた。

ヌリタスはとても重そうな荷車をまず子どもの体から引き離そうと、力を振り絞った。

こんなことをするのは久しぶりで少し大変だったが、そんなことを言っている場合ではない。やっとのことで荷車を横にずらし、子どもの頬を叩きながら呼びかけた。

「ねえ！　大丈夫？　しっかりして！」

だが子どもの返事はなかった。ヌリタスはまず子どもの胸に耳をあて、そして指を鼻の下にあててみた。

幸い子どもは息をしていた。驚いて駆け寄ってきたソフィアに、ヌリタスは急いで医者を呼ぶように命じた。

だからと言って、助けだけを待っているわけにはいかない状況だ。子どもは血を流し、明らかに顔色が悪くなっていた。頭に怪我を負っていることがとても心配だ。

（くそっ。まだすごく幼い子どもじゃないか。どうか無事で……）

ヌリタスは羽織っていたショールで子どもの首を固定した。そして彼女は子どもをすっと抱き上げた。久しぶりに力を使ったので足が震えていたが、歯を食いしばって歩いた。

公爵城の従業員たちは、怪我を負った子どもを抱いて現れた公爵夫人をみて、一瞬固まった。

すぐに子どもを引き渡すと、ヌリタスはため息を吐きながらあとについて行った。

「子どもが荷車の下敷きになったの。気をつけないと」

「奥様、ありがとうございます」

「女神ディアーナのおかげよ」

彼らは、こんなに高貴な身分の人が卑しい召使いの子どもを助けるために抱き上げて連れてきたことがまだ信じられずに、しきりに目をぱちくりさせていた。

その上、怪我をした子どもを見つめる公爵夫人の目はこの上なく優しかった。

診療所に到着し、子どもは無事治療を受けることができた。医者は、子どもが驚いて気絶しているだけで、頭の傷は心配ないと言った。

そしてしばらくして子どもが目を開けると、やっとヌリタスの緊張がほぐれた。

その一方で、担当医は卑しい少年の怪我を治療しなければならなかったことに対する不満を顔に浮かべていた。彼は代々モルシアーニ家の高貴な者たちの健康を守る仕事をしていることを誇りに思っていたのだ。

ヌリタスは医師の表情をちらっと見ると、冷たい声で完治するまでしっかり治療するようにと伝えた。

ぼんやりと横になっていた子どもは、再び眠りについたようだ。手は傷だらけで真っ赤だった。

荷車を引けるようになるためには、十本の指の皮が何度も剥《む》けるまで繰り返さなければいけないことを、彼女はよく知っていた。

過去の自分も、重い荷物を載せた荷車のせいで、息が苦しく、腰が折れそうな思いをした。小さな体の彼女と、血を流して眠っている少年が似た者同士のように感じ、涙が出そうになった。

子どもが再び眠りについたのを確認して立ち上がろうとした時、ヌリタスは目眩に襲われよろけてしまった。

(久しぶりに無理して力を使ったからかな?)

倒れそうになった瞬間、誰かが彼女を支えた。

(公爵様)

その瞬間、彼女は自分を抱くその手が誰のものか見なくてもわかった。その人からはいつも爽やかな香りがした。そしてその手は大きくて強く、その胸はいつだって広く暖かかった。

「大丈夫か?」

公爵が耳元でそう言った時、ヌリタスは下腹部に微かに違和感を覚えた。

人の体から花が咲くならば、きっとこんな感覚ではないだろうかという不思議な考えが頭に浮かんだ。

そして公爵は後ろから腰を抱いていた手を外し、彼女の手首をつかんで体をゆっくりと回した。一瞬でヌリタスは彼を向かい合う姿勢になってしまった。公爵は心配そうな目で彼女の体のあちこちを確認した。

ヌリタスは彼の視線を逸らそうとうつむいた。公爵が自分を想って心配してくれているという勘違いをしたくなかった。

ルーシャスは、公爵夫人が怪我した子どもを抱いて戻ってきたという話を聞いて、慌ててやってきたところだった。ヌリタスは汚れたドレスを着て、優しい目で子どもを見つめていた。

そして立ち上がった彼女がよろけた瞬間、公爵の体は勝手に反応し、ヌリタスの腰を後ろから抱き寄せてしまったのだ。向かい合ったその神秘的な青い目が彼を避けた時、強い寂しさを感じた。

庭の家畜や他の召使いたちには非常に優しい彼女だが、彼にだけはいつも距離を置こうとする。

だからといって悪いことばかりではない。彼の握った彼女の両手が、小さく震えているのを感じたからだ。

ヌリタスは彼の手から自分の腕を引き抜いた。こんなふうに公爵が自分に近づいてくることが、嫌だった。

男を好きだといいながら、なぜこうして優しい目で見つめるのだろう。静かに暮らしたい彼女の気持ちを揺さぶる公爵が憎かった。

「私は服を着替えなければならないので、お先に失礼いたします」

そう言い残して急ぎ足で消えていくヌリタスを見ながら、公爵は独り言を呟いた。

「いつも俺に背を向けるあなたを、どうしたらいいのだろうか」

＊＊＊

まだモルシアーニ家での生活にすら慣れていないのに、ロマニョーロ伯爵の誕生日がやってきてしまった。

結婚してから初めて、伯爵家へと向かう道の途中だ。ヌリタスは公爵のことを意識しないように気をつけながら、姿勢を正して場所の壁にもたれかかっていた。

母親に会えるかもしれないという期待を除いては、全く気の進まないイベントだった。

あの憎たらしい顔ぶれを見なければいけないということや、今向かい合って座っている公爵の隣にずっといなければいけないことなど、すべてが重荷だった。

馬車が揺れて体が前の方に傾くと公爵に触れてしまいそうで、ヌリタスは両手でしっかりと座席をつかんだ。

向かい合って座っている公爵は、目を閉じたまま微動だにしなかった。ヌリタスは公爵が眠ってしまったのだと思い、彼の顔をゆっくりと眺めた。

閉じられた目元で長い睫毛が揺れていた。首が傾くと髪の毛で隠れていた耳が姿を現し、窓から差し込む光を浴びていた。

ヌリタスは、男の人にこんな表現を使うのは変だと感じながらも、公爵は本当に美しい人だと思った。

公爵が噂通りの人物であることを願っていたあの時のことを思い返してみた。激しい雨の中彼女を助けにきた彼の目に、嘘はなかった。

（なぜこんな素晴らしい人に、あんな噂が）

もう取り返しはつかないが、ヌリタスはすべてのことから自由になりたいと願った。

こんなふうに苦しみながら、あとどれだけ耐えることができるのだろうか。男を好きだという公爵を想いながら、こっそりと彼を盗み見ている自分があまりに滑稽で、目をぎゅっとつぶった。

「夫人？」

ルーシャスは眠っているヌリタスを何度も呼んだ。今の彼女の表情は、まるで激しい雨が降りだす前の空のようだった。悪夢から彼女を連れ出してあげたかった。

「夫人?」

「はい?」

ヌリタスはやっと誰かが自分を呼んでいることに気づき目を覚ますと、すぐに向かい側に座っている公爵のことをみた。

「どうしました?」

「今何を考えていたのか、聞いてもいいか?」

ヌリタスは慌てて、かすれた声で答えた。

「何も考えていませんでした。ただ、ちょっと目を閉じていただけです」

彼女の言葉にルーシャスは悪戯っぽく笑うと、すべてを見透かしているかのようにこう言った。

「退屈だし、到着するまでお互い気になることを一つずつ質問するのはどうだ?」

「……気になることなんてありません」

ヌリタスは彼から目をそらした。

悪夢でも見ていたのだろうか、重い頭を片手で押さえながら窓の外に目を向けた。公爵が自分を見ていることを感じたので、必死で目を合わせないようにした。


まるで彼女の答えを予想していたかのように、ルーシャスは特に気にする様子もなく、窓の外を見つめる彼女を満足そうに眺めていた。

そして今彼女の頭を混乱させている原因の一つが、自分であればいいなと思っていた。

彼らを乗せた馬車は、間も無くロマニョーロの領地へ到着した。

ヌリタスは遠くにそびえ立つ伯爵家の城を見ると、懐かしさを感じた。あそこには彼女の過去が詰まっていて、彼女の母親がいる。そして彼女と母親のすべての痛みが息をしている場所でもある。

できるならば、今回は母を連れて帰りたい。

(だが、どうやって)

ロマニョーロ城の掃除を担当する女中たちを、外に連れ出す際には、それなりの理由が必要だった。

だが、彼女にはそんなものあるはずがない。そしてあの狡猾な伯爵が、そう簡単に母を手放しはしないだろう。

メイリーンよりもさらに美しいドレスを身につけた彼女をみたら、母は笑ってくれるだろうか。

それとも彼女の微笑みの中に浮かぶ悲しみに気がつき、

涙をこぼすだろうか。

様々な想いがヌリタスの頭の中で揺れていた。

一方ルーシャス・モルシアーニは、彼が家族として受け入れた勇敢な女性を憂鬱にさせるすべての原因を、取り除いてやりたかった。

いつの頃からか、彼はヌリタスの顔を見てもロマニョーロ伯爵のことを思い出さなくなった。もちろん、二人を全く別個のものとして考えることはできなかったが、だからといって到底彼女を憎むことなどできなかった。

洞窟の中で雨に打たれた彼女を抱きしめたあの時からだろうか。それともオニックスと子犬に対する彼女の優しい声を聞いた時からだろうか。

いや、ワインを飲み干した挙句にグラスを割った彼女の揺れる瞳を見た時だろうか。

彼女とともに過ごしたすべての瞬間、嫌な気分になったことなど一瞬だってない。

むしろ傷ついた動物を胸に抱いているような気分に近かった。

確かに彼女は自分のようなものにだけ理解できる傷を抱えていた。その目が自分の目と似ていたせいか、やたらと彼女に目を奪われ抱きしめたくなった。

彼女のあの温かい胸に抱かれ傷を癒《いや》されたいと思った。

だからこそ、今回のロマニョーロ家の訪問は彼にとって大きな意味があった。

（少しでもあなたに近づけたらいい）

速度を落とした馬車の中で、ルーシャスはそう決意していた。

第42話　ロマニョーロ伯爵ふたたび

ロマニョーロ伯爵は今年で五十歳になった。神秘的な銀髪と歳月が刻まれた顔は、ほぼ完璧と言っても過言ではなかった。

「レオニー。私の誕生日を記念して、一度くらい声をあげてみたらどうだ？」

みすぼらしい部屋の中で、服をはだけさせた伯爵の下に裸の小柄な女性が押さえつけられていた。

「そのままか。お前は本当に私を苦しめるのがうまい」

レオニーは目を閉じてディアーナに祈りを捧げていた。

（これが、卑しい私が受けなければならない罰ならば、どうか娘が受ける分もすべて私に与えてください）

「このクソ女。畜生」

伯爵は汚い言葉を吐きながら一人で絶頂に達した。彼は自分の欲望を満たした後、用無しになったか弱い体から離れてベッドから下りた。そして何事もなかったかのようにさっさと扉を開けて去って行った。

扉の閉まる大きな音が聞こえると、ベッドの端の方へ追いやられていた女は咳をしながら体を起こした。激しく咳き込みながら手で口を覆う。その手は、赤く染まっていた。

「ああ、どうかもう少しだけ……」

ヌリタスが伯爵の私生児だということが明かされた頃から、急速に体調が悪化した。その上、忘れた頃に訪ねてくる伯爵のせいで生きた心地がしなかった。

伯爵は彼女の人生を熱い火の窯へと追いやった。

だが皮肉なことに、未練なくこの命を終えることができないのは、伯爵との間に生まれた子どものためだった。

「お前が私の言う通りにするならば、あの子は公爵夫人として無事に生きていけるだろう」

伯爵はヌリタスと公爵との結婚式から帰ってきた後、抵抗しようとする彼女に対しそう脅迫した。

レオニーが最後に子どもに会った時、伯爵が名前をつけてくれて、公爵家に行くことになったと言っていた。

（あの時、あの子の口元は震えていたわ。目に浮かんでいたのは、雨ではなく涙だったんじゃ……そうよ）

レオニーはヌリタスの背中を押し伯爵家へと送り出してからやっと事の顛末《てんまつ》を理解した。何も知らない母親は子どもの乗った馬車が消えていくのをいつまでも見つめていた。

最後に顔を見ることさえできなかった悲しみで、涙がこぼれた。

結局子どもも守ることができず、彼女は相変わらず伯爵のおもちゃにすぎなかった。娘が嫁いだ先の公爵についての恐ろしい噂の数々を聞いてから、レオニーは夜眠ることも食事を取ることもろくにできなくなっていた。

(でもあのままここにいればあの子はアビオに殴られて死んでいたかもしれないし、ほかの貴族に弄ばれていたかもしれない……)

そう考えるとあまり大差ないと感じ、虚ろな笑いがこぼれた。彼女は布団を口元まで引っ張ると、再び内臓が千切れそうなほど激しい咳をした。

娘だけは絶対に守りたかった。自分とは違う人生を歩んで欲しかった。貴族たちのおもちゃにされたり、血を流したりするのは、自分一人で十分だ。

(女神ディアーナよ。どうかあのかわいそうな子が、あの子を愛してくれる男の人と幸せに暮らせますように)

レオニーは血の付いた手を合わせ、神へ祈りを捧げた。

その瞬間は、今まで一度だって神が彼女の声に耳を傾けてくれたことなどないという事実を忘れていた。結局レオニーは、手を合わせたままベッドへ倒れこんでしまった。

＊＊＊

ヌリタスとルーシャスは、公爵家の紋章である空飛ぶワシが描かれた馬車から降りた。ルーシャスが先に降りて、ヌリタスの小さく震える手をぎゅっと握った。

ロマニョーロ家の庭では、先にやってきた客たちがお互いに談笑したり何かを食べたりしていた。目立ちたがり屋のロマニョーロ伯爵にしては、今回の誕生日は少数の知人だけを集めており、それほど騒がしい雰囲気ではなかった。

ヌリタスはここに再び足を踏み入れた瞬間から、彼女の心臓が元々のリズムを忘れて暴走するのを感じた。緊張で全身を汗が伝った。彼女は無意識に、公爵の手を強く握っていた。

「これはこれは、私が先に出迎えるべきだったのに。大変失礼いたしました。モルシアーニ公爵様」

「とんでもないです。ロマニョーロ伯爵」

さも善人そうに微笑みながら、伯爵が公爵に挨拶した。

そして公爵の隣に立っている私生児に目を向けた。

「おお、娘よ。いや、公爵夫人。元気でやっていましたか？」

ヌリタスを見つめる伯爵の目は、心から会いたかった娘を見つめる父親の目に似ていた。

それを見たヌリタスは、胃の奥から酸っぱい胃液が上がってくるのを感じた。だが、なんとか我慢して伯爵に返事をした。

「はい、伯爵様。おかげさまで」

「さあ、ここでこんなことをしていないで、早速中へ入りましょう。公爵様のためにガチョウを五十羽も用意したんですよ」

ロマニョーロ伯爵は、さりげなくガチョウの数を強調した。普通貴族たちは、誕生日に数羽のカモを準備するのが伝統だった。

すると公爵は魅力的な笑みを浮かべ、伯爵の耳に小さく囁いた。

「戦争が終わったばかりでまだ王国は荒《すさ》んでいるのに、ガチョウを準備してくださるとは。世間に悪い噂をされないか心配になりますね」

モルシアーニ家に負けない財力を見せつけようとしていた伯爵は、一瞬で気を悪くし、顔色を曇らせた。

公爵はさらに彼の神経を逆撫でするような発言をした。

「もちろん我々二つの家門が家族同然だからこそ、こうして申し上げているのですよ。まさか、気を悪くはされませんよね？」

「……もちろんですとも。さあ、早く召し上がってください」

ロマニョーロ伯爵は、今すぐこの生意気な公爵の首を絞めてやりたい欲求に駆られたが、我慢した。

（何はともあれ、勝者は私ではないか。私生児なんかを嫁に迎えたことを知ったら、どれほど屈辱だろう）

公爵に私生児を嫁がせたことが明るみに出たら、己の家門が滅びるほど重い罪を課せられることになることは見ぬ振りをして、自分の罠《わな》に引っかかった愚かな公爵のことを考えて溜飲《りゅういん》を下げる。

伯爵は公爵を心の中で嘲笑《あざわら》いながら中へと案内した。

（そうだ、この愚かなクソガキが。笑えるうちに思う存分笑っておくがいい）

ルーシャスはそんな伯爵の心の内などお見通しで、微笑みを浮かべていた。

「やはり、パーティーと言えば、酒でしょう」

上座に座った公爵と伯爵は、互いに酒を勧めながら、グラスを合わせた。

ルーシャスは酒が美味しいといいながら伯爵を持ち上げ、伯爵も公爵の登場でパーティーが華やかになったとお世辞を言った。

お互い、ちっとも本心ではない言葉を並べながら、二人はグラスを空にした。

＊＊＊

ヌリタスは公爵の手を離した瞬間、何かを失ってしまったような気分になった。伯爵が公爵に話しかけるのを見ていると、胃が痛みだした。そばで待っていたソフィアが、すぐにそれに気づき、ヌリタスを連れて席を離れた。

ヌリタスは準備されていた客室に入ると、倒れこむように椅子に座り、必死で水を一杯飲み干した。ソフィアが何か言いたそうにしていることに気がついたヌリタスは、すぐに家族に会いに行ってくるように伝えた。

「ですが、奥様、お一人で大丈夫ですか？」

一人で家族に会いに行こうにも、ヌリタスのことが気になったのか、ソフィアは何度もためらっていた。

「大丈夫。私はこのまま休みたいの」

ここへ再び戻り伯爵と対面することは、思った以上に辛いことだった。ヌリタスは浮腫《むく》んだ足を揉みながら、小さな声でこう言った。

「肥溜《こえだ》めに突っ込んでやりたいような奴らだ」

どんな言葉を吐いても、気分は晴れなかった。ヌリタスは立ち上がり窓辺に立った。運がよければ、母親の姿を少しくらい見られるかもしれないと期待した。

ヌリタスは今日公爵とともに、紺色のベルベッドで作ったドレスを着ていた。襟には白いレースが飾られており、眩しいほどの宝石がついたネックレスが光り輝いていた。

（こんな姿を見せてあげられたら、きっと喜ぶのにな…）

窓の外に召使いたちの住居の角がみえた。本当は今すぐにでも母親の元へ走っていきたかったが、こんなに明るい昼間には不可能なことだった。

今彼女は伯爵の大切な娘であり、モルシアーニ家の女主人なのだ。ヌリタスは誰が見ているわけでもなかったが、首をまっすぐ伸ばし、顎を引いた。背筋を伸ばし、手を合わせて祈った。

(ディアーナよ！　どうかこの馬鹿げた舞台の幕を早く下ろしてください)

何度も何度も、強く祈った。

この仮面劇が終わった際には、できることなら母を連れて静かな場所で暮らしたかった。穏やかな日常を想像して、ヌリタスは幸せな気持ちになった。

そしていつものように彼女の幸せは短く、そして虚しく終わってしまった。聞きたくもない声が聞こえてきた。

「いいご身分だこと」

他の王国に行っていなければならないはずのメイリーンが、女中の格好をしてヌリタスの部屋にズカズカと入ってきたのだ。

(どうしてメイリーンがまだロマニョーロ家にいるんだ？)

ヌリタスの二つの瞳に衝撃が浮かんだ。

一つ屋根の下に、本物のメイリーンと偽物のメイリーンが共存してはいけない。もし公爵がこの事実を知ったらどうするのだ。

その瞬間、ヌリタスは心臓が凍りつくのを感じた。だがメイリーンはそんなこと御構《おかま》いなしに、ヌリタスの服装をじっくりと見ていた。

今の状況は、メイリーンにとって想像していたよりもずっと不快だった。

「全部、私のものだったのに」

今回の一件に、ヌリタスの意思などどこにもなかった。なぜ皆、自分のことを恨むのだろうか。

(そんなに自分のものにしたかったならば、最初からそうすればよかったんだ。なぜこんな状況を作ったんだ)

ヌリタスはうつむきながら、これからメイリーンが繰り広げるであろう自己中心的な毒舌を待っていた。

「豚小屋の掃除をしていた物乞いみたいな女が、ドレスを着ただけで貴族になれるとでも思ったの？　だからってあなたに流れる卑しい血が宝石に変わると思う？　ああ、気の毒なモルシアーニ公爵様。美しい私ではなくこの卑しい女と結婚だなんて。神様はなんて残酷なのかしら」

メイリーンは、今のこの状況ではあまりに公爵が可哀想だと泣きまねをして見せた。ヌリタスも、その言葉には同感だった。公爵に対する罪悪感でいっぱいだったからだ。

「そうかもしれませんね」

メイリーンは、ヌリタスが気後れすることなく答える姿を見て、怒りを呑《の》み込《こ》んだ。

（このすました小さな顔をめちゃくちゃにしてやりたい。私のすべてを奪った邪悪な女！　どれだけ苦しめても気がすまないわ）

あらゆる怒りを込めて、彼女はヌリタスの頬を叩こうとした。だが貴族たちの見え透いた手法に慣れていたヌリタスは、あっさりそれを避け、微かに笑った。

公爵に対する感情とは別に、自分のことを代用品扱いしていたメイリーン嬢には、少しも申し訳ない気持ちを感じなかった。

「今、あなたが私の顔に傷でもつけたら、きっと大変なことになると思うけど？　そうでしょう？　メイリーン」

メイリーンは以前は想像すらできなかった彼女の威厳のある言葉を聞いて、そっと手をおろした。

そして彼女の名前を呼び捨てにするヌリタスの顔に、本物の公爵夫人の姿を見た気がして、恐ろしくなった。

第43話　狩り場には、狩人《かりゅうど》だけがいた

楽隊の演奏がパーティーを盛り上げる。

テーブルごとにこんがりと焼かれたガチョウがメインとして飾られ、それを囲むようにオードブルがたっぷりと用意されていた。伯爵のパーティーに招待されたものは皆、血色のよい顔で、ゆったりとした時間を満喫していた。

きっとヌリタスだけだ。この時間、この空間がこんなにも苦痛なのは。

彼女は辛い気持ちを必死で隠しながら、機械的にフォークを持っては置いたりを繰り返していた。

この規模の宴の準備は地獄だ。

ヌリタスはそれを覚えていて、今回も彼女の母親のような召使いたちが、何日も前からどれだけ必死で働いたかをつい考えてしまう。

饗《きょう》される料理の一つ一つに母の汗が染み込んでいるようにも思え、手にしたフォークすら幼い子どもの荒れた手で磨いた食器なのだと訴えてくるようで、何一つ喉を通らな

かった。

たくさん酒を飲んだ公爵は、いつもよりも少し緩んだ表情で椅子に腰掛け、グラスを手に持ったままヌリタスに目を向け、そして少し遅れて登場した伯爵夫人の方へ顔を向けた。

「ようこそ、公爵様」

「伯爵夫人。準備は大変でしたでしょう。本当に素晴らしいお食事です」

伯爵夫人は赤い髪の毛に琥珀を飾り、袖が膨らんだ豊かな空色のドレスを着て席についた。実際に彼女は準備など何もしていなかったが、満足そうな顔で公爵に遠慮なく楽しむようにと伝えた。

ルーシャスは楽しげな様子で、すでに値打ちのあるおもてなしを受けたと答えた。

「そんなことよりも、私の妻は伯爵夫人に似てこんなにも美しいようですね」

ルーシャスの突然の言葉に、皆顔が固まった。

伯爵夫人は、私生児に似ていると言われた瞬間、自分が汚れたような気がして苛立ちがこみ上げたが、なんとか笑おうと努力した。


夫人は今日、この見たくもないものたちがやってくるという話を聞いて、午前中ずっと頭痛に悩まされ、そのせいで客の出迎えすらまともにできなかったのだ。メイリーンが手に入れるべきだったすべてのものを奪ったその卑しい女を思い出すたびに、怒りがこみ上げた。

しかもこの男、前以上に輝いているではないか。

その時、彼らのもとに、昼間から姿が見えなかったアビオが少し重い足取りでやってきた。たった一人の後継者であり、唯一の息子の登場に、伯爵は楽しい気分が一瞬で冷めるのを感じた。

「アビオ、公爵様に挨拶しろ」

伯爵の怒鳴り声にアビオは席に着く前にまず公爵のもとへ行き、ワインを一杯つぎながら挨拶をした。貴族が貴族に酒を注ぐことは、尊敬しているという気持ちの表現でもあり、とても珍しいことだった。

「公爵様をおもてなしすることができて、光栄です」

アビオの目はぼんやりとしていて、言葉は少しどもっていた。長い間彼に暴力を振るわれていたヌリタスは、アビオがいつもよりも憂鬱そうであることを感じとった。

半分ほどワインが入っているボトルを握ったアビオの手

はかすかに震えていた。

もし彼にもう少し勇気があったならば、その瓶で公爵の頭を殴っていたかもしれない。アビオは反対側に一人で座っている不届きものの顔を確認した。

(あれが僕が知っているあの女か?)

ヌリタスは、冷ややかな気品を持った貴婦人の姿をしていて、アビオは少し動揺した。

だが、一瞬目があった彼女の青い瞳は相変わらず彼を熱くさせた。言葉では表現できない感覚が爪の先からこみ上げてきて目眩がした。

自分ではない他の男のそばに上品なふりをして座っているヌリタスを、今すぐにでも引きずってめちゃくちゃにしてやりたい。そう思ったとたん突然別の考えが浮かんだ。

(痩せこけた少年の姿をしていた時から今まで、あいつの本当の姿を愛していたのは、僕だけじゃないか)

そう思うと、こんな宴も耐えられるような気がした。

待ち続ければ、きっとあいつと幸せに暮らせる日がくるだろう。どうせ公爵が知っているヌリタスなど、見掛け倒しにすぎない。アビオだけがあの卑しい女を手に入れることができるのだ。


一方ヌリタスは、食事の席にアビオが登場すると、本能的に彼女の体が拒否反応を示して席を立った。一瞬アビオと目があった時に、アビオはその醜い緑色の目を輝かせながら彼女に無言のメッセージを送ろうとしているように見えた。

それが何を意味するのかなど考えたくもなかったが、その視線を無視するのは不可能だった。

不穏な雰囲気を感じ取ったのだろうか、ルーシャスはグラスをおき、ヌリタスの手の甲に自分の手を軽く重ね、伯爵に話しかけた。

「伯爵、私たちはそろそろ少し休もうと思います」

「公爵様、何をおっしゃっているのです。これからが本格的な男たちの時間じゃないですか」

伯爵は胸を張り自慢げに、莫大《ばくだい》な賭け金のカードゲームを準備しているといった。もちろんロマニョーロ伯爵も、本当ならこんな生意気なガキとは一瞬たりとも一緒にいたくなかった。

(だが、大きな獣は、捕まえる前に念入りに可愛がるのがたまらないんだよ)

伯爵は何も知らずに伯爵の好意を本心だと勘違いしてい

る公爵に、つい笑いそうになるのを必死で我慢していた。

＊＊＊

月もみえない暗い夜だった。

ヌリタスは漆黒の空を見上げると、ドレスを脱いで地味な服に着替えた。そして真っ赤な髪の毛が一本たりとも外に出てしまわないよう、マントについた帽子をしっかりとかぶった。

（公爵様がいない隙に、母さんに会いに行かなくては）

今日はろくに何も食べていなかったが、それでも母がいるかもしれない場所に向かっていく足には力がみなぎり、歩調はどんどん速くなった。

ヌリタスが久しぶりに訪れたその場所は、記憶よりもずっと薄汚かった。古びたドアに触れると音もなく開く。

もしかしたら母はまだ仕事中で、今日は会えないかもしれないと思った。だが彼女の予想は外れ、母親はベッドに横たわっていた。

（母さんはなぜ服もきちんと着ないまま、ベッドに倒れているのだろう）

「母さん……？」

古いベッドに近づくと、母の口元には乾いた赤黒い血が線を描いていた。

ヌリタスは驚きのあまり床に座り込んだ。なんとか握った母の手は、氷のようだった。

「ああ……」

母親の脈はとても弱かった。

こんな状態で眠りについて、再び目を覚ますことがなかった動物たちの死を見たことがあるヌリタスは、思考が停止しそうになった。

だがなんとか気を引き締めようと、自分で自分の頬を強く叩く。

（私が公爵家でお腹いっぱいご飯を食べて眠っている時、母さんはかじかんだ手で血を吐いていたのだろうか。迎えにくるという、守れない約束を残して去った私を、恋しく思っていたのだろうか）

ここを去ったあと母との再会をずっと夢見てきたが、こんな形の再会は決して望んでいなかった。母親の痩せこけた頬に彼女の頬を擦り寄せ、どうか目を開けて欲しいと願った。

ここには、彼女の泣き声を聞いてくれる人などいない。

(もう一度伯爵にお願いするしかないのか)

ヌリタスは母の動かない体を揺らしてみた。

「母さん、どうか目を開けてください。このまま母さんが逝ってしまったら、私はひとりぼっちになってしまう。母さん、どうか死なないで」

ヌリタスは子どものように泣き出した。生まれてから今までの間で、母のことを一番たくさん呼んだ気がした。いくら冷静な性格のヌリタスでも、冷たくなっていく母を前にして、平静を保つことは不可能だった。

彼女を産み、育ててくれた人。世界で彼女の唯一の味方である母が、少しずつ冷たくなっていく。母を抱きしめるヌリタスの両手が、ガタガタと震えていた。

「神様でも、誰でもいいから、どうか母さんを助けてください。このまま見送ることなんてできません」

今まで神の存在など信じたこともなかったが、最近になって彼女はやたらと神にすがるようになっていた。

その時ヌリタスは、あまりの悲しみに浸っていたあまり、古びた扉の前にそびえ立つ大きな影の存在に気がついていなかった。


「俺があなたの神になってあげたとしたら」

その瞬間聞こえてきた男の声で、滝のように流れていた涙が一瞬にして乾いてしまった。

「あなたは俺に何をしてくれるんだ?」

午前中ヌリタスが着ていた服とお揃いの紺色のベルベッドの服を着た公爵が、冷たい表情のまま扉に寄りかかっていた。彼は冷静な目で彼女を見つめている。

「俺はルーで、あなたは確か、ヌリタスだったな」

彼の鋭い声が、彼女の頭の中を朦朧とさせた。


公爵はあの時偶然出くわしたことを忘れていたのではなく、忘れたふりをしていただけだったのだ。

それは、伯爵が必死で隠そうとしていたことがすべて失敗に終わったことを意味していた。

だがヌリタスは、正体がバレたことや、彼が最初からすべてを知っていたことよりももっと急ぎの問題を抱えていた。

「公爵様、あとですべて説明いたします。どうか母を助けてください。そのあとで私が犯した罪を償いますから。命を捨てろというならば、そのようにいたします」

ヌリタスは、扉に寄りかかったまま立っている公爵に、母の命を救ってくれと願った。自分は死んでもいいから、母の命が助かることを心から祈った。

「俺はあなたの命に興味がない。償いについては、後々話すことにしよう。ボルゾイ！」

彼が誰かの名前を呼ぶと、全身黒い服を身につけた者が、顔も隠したまま風のように現れて、公爵の前でひざまずいた。

「その女性を医者のもとへ連れていけ。そして見つからない場所できちんと世話をしてやれ」

ボルゾイという者は、唯一見えている黄色く光る目を鋭く輝かせてうなずくと、音も立てずにヌリタスの近くへ歩み寄った。そして腰をかがめて彼女にお辞儀をし、レオニーを布団でくるんで軽々と抱き上げた。

ヌリタスは、初めて会う人に危篤の母を託していいのか、確信を持てなかった。涙を浮かべたヌリタスの青い目を見たルーシャスが、ヌリタスのほうへ体を向けて口を開いた。

「信じてもいい」

その瞬間、崖っぷちに追い込まれた気分だった彼女に、一筋の救いの光がさしたような気がした。

公爵も、確かに彼女が大嫌いな貴族だが、なぜかルーシャス・モルシアーニの言葉からは本音が感じられた。

「あなたの母君の命への想いが強いことを祈ろう。そして誰かに見つかる前に、俺たちも戻ったほうがいい」

ヌリタスは、ボルゾイという者が、暗闇の中へ慎重に母を抱いて消えていく後ろ姿を見ていたが、公爵の声でやっと我に返った。

彼女は、今夜の出来事が受け止めきれずに小さく震えていた。ルーシャスはとても小さな彼女を見つめながら、複雑な気分に陥っていた。

ヌリタスは、何から心配したらいいのかわからなかった。母の容体は悪く、彼女の嘘はすべて明るみに出た。これからどのような展開が待っているのか、想像することすらできなかった。

そんな彼女に、ルーシャスは何も聞かず、ヌリタスを部屋で一人にしてくれた。

「俺たちの話はこれからゆっくりすることにして、今日はとりあえずゆっくり休むといい」

ルーシャスは彼女が部屋に入っていくのを見届けると、

しばらく階段の壁に寄りかかって立っていた。彼のスッとした鼻筋に沿って紅色の光が線を描き、唇に触れるとため息がこぼれた。

　先ほどの出来事は、伯爵家への訪問で計画していたことの一つだったが、倒れた女性を目の当たりにした直後だったので、気持ちは穏やかでなかった。

　そしてあんなにも母を慕い、些細なことにも愛情を注ぐ彼女が、こんなめちゃくちゃな計画に自発的に加担したはずがないという彼の推測は、ほぼ確信に変わっていた。

　ルーシャスは、これ以上誰の死にも直面したくなかった。

　彼は緩んだ胸元のネクタイを触りながら、多くの女性を魅了してきた微笑みを浮かべ、歩き出した。

「いいだろう。あの狡猾な年寄りとカードゲームをし、酒も飲んでやる。老いぼれが面白がっているザマはきっと壮観だ」

　彼の冷ややかな声が、ロマニョーロ家の真っ赤な絨毯《じゅうたん》に吸い込まれて消えた。

第44話　泣くことすら申し訳ない、そんな瞬間があった

　ヌリタスはベッドの端に、ペタンと座り込んだ。

　足は床に触れていたが感覚はなく、頭の中は霧がかかったようだった。これからどうしたらいいのかわからず、伸ばした手をそっと元に戻した。

（母さんは大丈夫だろうか）

　とても眠れそうになかったが、ヌリタスは今こそしっかりしなければいけない時だとわかっていた。つらい気持ちに浸るなんて、軟弱な貴族の令嬢のやることだ。

　泣きすぎて力の入らない手で、髪についた飾りを一つずつ外し、真っ赤な髪の毛をゆっくりと梳《と》かした。熱くなった頬を両手でこすり、しっかりしろと自分自身に言い聞かせた。

　母が自分を残して去っていかないことを祈りながら、そっと目を閉じた。

「……眠ってしまったのか？」

　無邪気な太陽が、今日もいつもと同じように高いところ

から万物を眺めている。彼女と母親の運命は危機に面しているが、昨日と変わらない日常が始まった。渇いた笑みを浮かべる。

（そうだよな。そうやって生きていくんだ）

それが人生だと、誰かが言っていた気がするが、その時はその言葉の意味がよくわからなかった。

口の中が渇いて唾を飲み込むのも一苦労だった。重い頭を上げて体を起こすと、半分しか開いていない瞳に、何かが映った。

ベッドにいるのは彼女一人ではなかった。

ヌリタスは叫びそうになる口をなんとか手で押さえ、眠っている人物を見つめた。

（いつ戻ってきたんだろう。なぜここへ来たんだろうか）

公爵は、しわの寄ったシャツを着たままうずくまって眠っていた。昨日部屋の前で彼と別れていたため、これは全く予想外の出来事だった。

（自分を騙した相手と同じ部屋で眠るなんて。そんなの平気なのか？）

この問題についての彼女の答えはもちろん悲観的だった。ヌリタスは体を完全に起こして、膝をついた。そして両手を合わせ、どうかこの素晴らしい方が、彼女を罰し、そして母には小さな施しを与えてくれるよう願った。

祈ったあとは、彼が眠っている姿をしばらくの間見つめていた。

寝返りをうつ横顔がとても寂しそうで、手を伸ばして乱れた髪の毛を撫でてあげたくなった。悪夢に苦しめられている彼を、守ってあげたかった。

（こうやって見つめるくらいなら、いいよね……）

今まで自分の身分を嘆いたことなどなかった。だが彼に出会ってからは少しだけ変わった。動物以下の身分である私生児の彼女が、母親を人質に取られ、こうして運命の波に逆らえずに流されていることが、悔しくて恨めしかった。

公爵を見つめる彼女の目は、とても寂しそうだった。

（もしも生まれ変わって、彼と同等の身分で出会えたなら……）

だが、そんなことありえない。

私生児ヌリタスに教え込まれたのは、「身分の低い者には、明日などない」ということだ。

諦めるように膝を抱えうつむいていると、公爵の低い声が聞こえた。

「見ていたのか?」

ルーシャスは彼女の方へ体を向け、けだるそうな瞳でヌリタスを見つめた。彼女は目を合わせるのが恥ずかしくて、すぐに目をそらし気まずそうに返事をした。

「何も見ていません」

「そうか? あなたの熱い視線で、背中が燃えるかと思ったのだが」

ルーシャスが上半身を起こしながら、両手で背中を触る真似をした。

すると布団がスルッと落ち、鍛えられた彼の裸の上半身が露わになった。その体が、日の光を浴びて熱気を放っている。ヌリタスは彼の裸体を初めて見るわけではなかったが、必死で目をそらし話題を変えようとした。

ついに、告白と懲罰の時間がやってきたのだ。

「覚悟はできています」

ルーシャスは、細く赤い髪の毛が彼女の首筋にかかるのを見ながら、まるで負けを認める直前の将帥のようだと思った。

首を取られてもいいという意味だろうか。

「昨日も言わなかったか? あなたの命には興味がないと」

ヌリタスは彼の言葉を聞き、さらに混乱した。彼女が持っているものなど何もなく、できることだって何もなかった。他の贖罪《しょくざい》方法が見つからなかった。

「私には、公爵様を騙した罪をこの命で償うこと以外に思い浮かびません。どうすればいいか、おっしゃってくださいませ」

ルーシャスはこれ以上落ち着いて彼女を見ていられなかった。

なぜ彼女は自らの過ちでないことの罪まで被ろうとするのだろうか。

私生児に生まれ、主人の命令に従いモルシアーニ家へやってきたことは、彼女のせいではない。

ロマニョーロ家の老いぼれに対する嫌悪感はさらに強くなったが、今はそんなことどうでもよかった。ルーシャスは短く吐き捨てるように言った。

「もう戦いは終わった。これ以上血を見るのは嫌なんだ」

ヌリタスは彼が何を言っているのか全くわからなかった。お前なんかが公爵である私を騙していいと思っているのか! と言いながら殴ったり踏みつけたりするべきタイミングではないのだろうか? 豚の世話をしていた彼女が公爵夫人の座についていることに、なぜ耐えられるのだろうか。

「私が憎くないのですか」

ヌリタスの声は激しく震えていた。公爵の言葉は、彼女が予想していたものとは全く違った。

「俺たちの間には深刻な問題があるが、俺はあなたが優しい人だとわかっている」

「……」

ヌリタスはその言葉を聞いて、我慢していた涙をこぼしてしまった。込み上げてくる涙のせいで、彼の姿がヌリタスの視野から消えてしまった。

ルーシャスは彼女の泣き顔を見ると、心がざわつくのを感じた。


昨晩公爵は、伯爵をはじめとする他の貴族たちとともにカード遊びに興じるふりをした。カードで遊ぶふりをしながら、暴飲中のロマニョーロ家の後継者の姿を盗み見ていた。一瞬だったが、夕食の際に、彼はなんだか釈然としない場面を目撃していたのだ。

(確かに彼女は、アビオの視線を避けていた)

ルーシャスはカードゲームのテーブルに座り、わざと金を失ってみせた。伯爵は、ゲームで連勝すると満足したのか、酒をたくさん飲み先に戻っていった。

伯爵がいなくなると、公爵は泥酔したアビオの隣に座り、さりげなく話しかけた。それからはすべてが順調に進んだ。目を真っ赤に充血させたアビオは呂律《ろれつ》が回っていなかったが、一晩中ある一人の人について語り続けた。

(僕のものだったんだ。あのクソジジイさえいなければ、こんなことにはならなかったんだ)

名前こそ言わなかったが、アビオが泣きながら渇望している相手がだれなのかを推測することは、そう難しいことではなかった。

ボルゾイが集めてきた情報と伯爵の後継者の口から出てきた話をすり合わせると、欠けていたパズルのピースがはまっていった。

そしてそのあと、自《おの》ずとヌリタスが眠っている部屋へ向かい、彼女の隣で眠ったのだ。

ヌリタスは、泣く姿を彼に見せることすら申し訳なく思っているようで、手首を噛みながら必死で涙をこらえていた。

か弱く震える彼女の姿に、ずっと昔に母を見送らなければいけなかったあの日の自分の姿が重なった。

彼は、モルシアーニ公爵城でたった一人で一晩中震えていた。慰めてくれる優しい手や、抱きしめてくれる母親の胸、すべてが消えてしまった日だった。

ルーシャスは、腕を伸ばして、ヌリタスの口元から手首を抜いた。

「もう少し自分を大切にするんだ」

「……」

「ほら、もう傷になってしまった」

ルーシャスが、彼女の歯型がついた手首を見て舌打ちをした。ヌリタスは、突然手首を掴まれたせいで、何もできずに困った顔をした。

「あなたはとりあえず、今まで通り振る舞っていればいい」

公爵の低い声を聞くと、ヌリタスは再び泣き始めた。ヌリタスは公爵の気持ちがわからなかったが、これからは罪を償う気持ちで生きていこうと誓った。この恩をいつか返せることができたらという思いを込めて、返事をした。

「はい、わかりました」

＊＊＊

アビオは、日の光の眩しさでやっと目を覚ました。頭が割れそうに痛く、胃はムカムカしていた。昨夜、普段以上に飲んでしまったのがいけなかった。

「ああ、だるい」

彼は体を起こす力すらなく、両手で腹を抱えたまま、床に転がった。息をするたびに酒の匂いで目眩がした。

昨日公爵と会ったところまでは覚えているのだが、そのあと何を話したのかは全く思い出せなかった。まさに、酒は災いのもとという言葉がぴったりの状況だ。

（殴り殺してしまいたいほど憎かったはずの男と、なぜあんなに親しく話してしまったのだろうか）

手で髪をめちゃくちゃに乱しながら、短いうめき声をあげた。酒さえ飲んでなければ、昨夜ヌリタスのもとへ向かう作戦だった。そして、言えなかった彼の想いを伝えようとしていた。あの卑しい女を想って過ごした夜が、どれほど苦しかったか。

今日の午後ヌリタスがここを離れるということを思い出すと、気持ちが焦り始めた。捕まえかけた獲物を目の前で逃がすなど、絶対にあってはいけないことだ。

「では、こうしよう」

力が入らないのに慌てて立ち上がったせいで、急に吐き気がこみ上げてきた。彼は口を手で押さえ、もう片方の手で召使いを呼ぶ紐を引っ張った。

＊＊＊

朝食の席にアビオがいないのを確認したヌリタスは、漠然とした不安に駆られた。彼女にこんな些細な幸せが訪れるはずなどないと思った。

昨日、食事中にアビオがずっと彼女を見つめていることに気づいていた。席は近くなかったはずなのに、まるで彼が自分のすぐ隣にいるような錯覚に陥るほどだった。彼の湿った手と嫌な匂いのする顔を思い出すだけでも体が震えた。

この峠さえ超えればモルシアーニ家に帰れると思うと、ホッとした。そしてそんなことを考えている自分に驚き、思わず心の中で叫んだ。

（あそこは私の家なんかじゃないのに）

もともと居場所などなかったヌリタスはモルシアーニ家を思い出すと心の一部が暖かくなったが、彼女はこの気持ちを消そうとした。そしてヌリタスは徐々に公爵を想う気持ちを、抑えられなくなっていた。

洞窟に助けに来て、自分を家族だと言ってくれた。そして優しく抱きしめてくれた。しかも母の命の恩人でもある。公爵は、彼女が今まで見たことないような、すべてを兼ね揃えた素晴らしい貴族の男だった。

ヌリタスは、無意識に大きなため息をついてしまった。するとルーシャスがとても心配そうに彼女の手を握り顔を覗き込んだ。

「疲れてしまったか？」

伯爵家の食卓で優しく夫人を気遣う公爵の姿を見て、喜ぶ者は誰もいなかった。伯爵夫人のフォークを握る小指が細かく痙攣《けいれん》していた。

（ああ、メイリーン。どうしたらいいの）

メイリーンは娘だという理由だけで、伯爵から見向きもされなかった。伯爵夫人は、自分に似た娘に惨めで悲しい気持ちを移入していた。

そしてその不憫な娘の相手になるはずだったのが、この黒髪の素晴らしい男だった。

（だけど、その隣にいるのは）

上質なドレスを身につけ座っているのは、女中から生まれた私生児だ。

（なんであの女の存在に気づけなかったのだろう！　なぜこんな卑しい女が、貴族たちと食事をしているのよ！　なぜ私の娘が座るはずだった席に……）

伯爵夫人の怒りが、足の先からグツグツとこみ上げてきた。だがそんな彼女の気持ちに気づいていない伯爵は、豪快に笑いながら公爵に乾杯を促した。

「モルシアーニ家とロマニョーロ家に乾杯！」

そして、ルーシャスは微笑みながら応えた。

「モルシアーニ公爵夫人に、乾杯」

その公爵夫人が実は私生児であることすら知らずに、公爵が彼女を気遣う姿を見た伯爵は、笑いをこらえることができなかった。

やはりこいつは、単に戦術に長けた若造に過ぎないのだ。

さあどうしようか。


伯爵の名誉を傷つける生意気な奴に対する彼の復讐は、これからが始まりだ。

（名誉には名誉を。命には命を！）

それが貴族たちの生きる理由であり、ロマニョーロ伯爵が、今、息をする理由のすべてだった。

第45話　たとえ折れても、屈しはしない

ヌリタスは食事を終えると、部屋へ戻った。

あの残忍な奴らとの食事のあとは、いつも胃がもたれた。軽く胸元を叩きながら、窓を開けて生まれ育った場所の空気を感じた。

（もう少しでここを離れられる）

ロマニョーロ家を離れられることはとても嬉しかったが、すべてがばれてしまったせいで、公爵家へ向かう足取りも決して軽くはなかった。

だが彼女には選択肢がそう多くはなかった。

（母さんは目を覚ましたかな？）

昨晩冷たくなっていた母の小さな体を思い出す。

（生と死を決めるのは、天の役目だ）

今心配したからといって、何も変わらないのはわかっていた。だが、彼女の顔が憂鬱な色に染まっていくことまで止めることはできなかった。ソフィアが荷物をまとめると、ヌリタスの顔色をうかがいながら恐る恐る質問した。

「奥様、どこか具合が悪いのですか？」

「いいえ、ソフィア。出発する前に、家族に挨拶をしてきなさい」

ソフィアはヌリタスの気遣いに感謝を述べると、部屋を出ていった。

ヌリタスは、初めソフィアとギクシャクしていた頃のことを思い返してみた。最近の彼女は、本当に自分のことを貴婦人と錯覚しているのではないかと思うほど丁寧に支えてくれている。

「あなたも私も、同じような身分なのに……」

一人部屋に残されたヌリタスが小さく呟いた。

むしろ自分のせいで家族と離れ離れにさせてしまい、ソフィアには申し訳ない気持ちでいっぱいだった。だが、それもヌリタスが望んでやったことではなかった。


一人残ったヌリタスは、なんとなく落ち着かずに、何度も指先でドレスを掴んでは離したりしていた。夏の台風に巻き込まれたか弱い野草にでもなったような気持ちだった。気まぐれな天気のせいで、いつも遠くへ吹き飛ばされる野草。

（だけど、母さんと私の人生は、伯爵なんかに負けたりしない）

彼が見下してやまない私生児は、強い風の中でも最後まで絶対に折れたりしないということを見せつけてやるのだ。

ヌリタスは拳を握り、ロマニョーロ伯爵に対する怒りを静かに爆発させていた。

「僕を待っていたのか？」

扉が開いたままだったのだろうか、音もなく招かざる客がやってきた。

アビオはとても楽しそうな声で、酸っぱい悪臭を漂わせた体をくねらせていた。

「そう、僕だよ。お前のたった一人のお兄ちゃん。アビオ・ロマニョーロ！　次期伯爵だ」

午前から感じていた不安の正体は、これだったのだろうか。

「ああ、そうだ。いつものようにお前はツンと澄ました猫のように、そこにいればいい」

アビオは酒臭い口で舌舐めずりしながら、彼女が座っている場所へと近づいてきた。ヌリタスは立ち上がろうとしたが、アビオが椅子の肘掛をぎゅっと掴んだため動けなくなった。

彼の真っ赤な目には、狂気がみなぎっていた。

「どいてください。公爵様がいらっしゃいます」

ヌリタスはアビオが少しでも正気に戻るように、公爵の話題を出した。

「いいや。父さんと一緒にいるところを見たばかりだ。まだまだ戻らないだろう」

酔っていてもそういう部分はしっかりしているようで、アビオは意気揚々と答えた。すると突然笑顔を消し、大きな声を出した。

「このクソあまが！　僕の目をみろ！」

ヌリタスは、できることならこの椅子の足が折れるほど強く、この狂った男にぶつけてやりたかった。こいつのせいで生死をさまよい、何度も酷い目にあったのだ。

だが、今は我慢しなければならない。ここで大事になったら、公爵家にも迷惑がかかるかもしれないからだ。

「どうか、おやめください」

ヌリタスは落ち着いた声で、彼にそう言った。

以前だったら、自分は伯爵家の家畜以下の身分だと思っていたので、アビオが体を触ろうが、汚らわしい視線で見つめてこようが、目を閉じてやり過ごしていた。それほど彼女にとっては、意味のない言葉と行動だった。

だが今の彼女を取り巻く環境は、すべて変わった。

彼女にとって貴族の名誉などどうでもよかったが、モルシアーニ公爵は違う。彼の家門にこれ以上汚点を残したくなかった。アビオの腕を払いのけようとして動くと、彼は暴れだした。

「お前をずっと愛してやれるのは僕だけだ！　そのままのお前を求めているのも、僕だけなんだ！」

「……」

「お前が男だろうが女だろうが関係なく、お前を見て興奮するのは僕だけだって、わからないのか？」

そう言い終えるとアビオは両手に力を入れて彼女をおさえつけ、顔を近づけてきた。

彼の気持ち悪い顔が、ヌリタスの唇に触れる寸前だった。ヌリタスはその吐き気のするような息を避けるように顔をそらすことで、彼女の意思を伝えた。

「お前、今、僕に逆らっているのか？　虫ケラのようなお前が？」

アビオが酒に酔っていなければ、彼はそのまま怒って部屋を飛び出していたかもしれない。だが、一晩中酒を飲み続けたせいで彼は自制心を失っていた。

彼は両手で椅子に座っていたヌリタスを乱暴に起こして、床に投げ飛ばした。ヌリタスは突然のアビオの暴力にも動じなかった。

「愛してるって言ったじゃないか！」

以前蹴られた腹を両手で隠して床にうずくまっているヌリタスの方へ、アビオがふらふらと歩み寄った。

「知ってるか？　お前は僕の下を這っているのが一番お似合いだってことを」

薄気味悪い笑みを浮かべたアビオは、すぐにヌリタスの腹部を強く蹴った。

ヌリタスはその衝撃で、家具の角に背中をぶつけてしまった。その瞬間頭の中に火花が散るほどの強い痛みを感じた。

声を出そうとしたが、ただ唾液が口元から垂れるだけだった。彼女は震える手で、唾液を拭った。

（あ……）

目の前が真っ白になっていく。

誰かがやってきてこの状況から救ってくれたらと思う一方で、こんな恥ずかしい姿を誰にも見られたくないという気持ちもあった。

「久しぶりに僕たちの思い出の遊びをしてみるか？　今すぐ立ち上がって、僕の股の間をくぐるんだ」

ヌリタスは、完全に正気を失ったアビオの輝く瞳をぼんやりと見た。

彼は両手を広げてふらつきながら立ち、手で足の間を指差していた。そして訳のわからない独り言を言いながら、奇妙な笑みを浮かべた。

「虫ケラのくせになかなか死なないな。こんな卑しい女のどこに惚れちまったんだろうな」

ヌリタスは近くにあった何かにつかまって、ゆっくりと立ち上がった。さっきは油断して一発蹴られてしまったが、これ以上やられるわけにはいかなかった。

だが起き上がるだけでも腹部に焼けるような痛みを感じ、歯を食いしばる。

痛みで蒼白になった彼女の頬に、涙が伝った。

その姿を見たアビオの怒りが、一瞬にして収まった。彼はどうしたらいいのかわからずに、言葉を詰まらせた。

「なぜ泣くんだ？　僕がお前を傷つけたのか？　こんなに愛しているのに……」

アビオは両手を彼女に伸ばし、哀願するように愛を告白した。少しだけ正気に戻ったアビオは、めちゃくちゃになった家具と、腹を押さえている彼女の姿を確認した。

「これは、一体……」

アビオがヨロヨロと彼女に近づいてくるのを見ながら、ヌリタスは手の甲で涙をぬぐい彼をじっと睨みつけた。

（愛の本当の意味もわからない奴が）

ヌリタスは今さっき彼女に暴力を振ったばかりのアビオが、またもや愛という言葉を口にするのをみて、思わず笑ってしまった。

できることなら大声で笑いたかったが、腹部の痛みでそれができないことが残念だった。

ヌリタスははっきりとした声で、彼に向かってこう言い放った。

「アビオ・ロマニョーロ。そのつまらない命が惜しければ、もう出て行ったほうがいい」

アビオは彼女の口から自分の名前が発せられるのを聞

き、パッと頭をあげた。聞き間違いではないかと思い、頭を振った。

「なんだと！」

一度はひるんだが再び怒り狂うアビオに、ヌリタスはまるで子どもに怖い話を聞かせる時のような声でこう言った。

「これは機密事項だからあまり言ってはいけないのだけれど、モルシアーニ公爵様は、愚かな貴族の男を森に追い込み、追いかけて狩る趣味をお持ちで……」

「なんだって……？」

気の弱いアビオは、すでに長剣を手にした公爵に追いかけられているかのような恐怖を感じはじめていた。彼は必死で恐怖心を振り払い、再び口を開いた。

「なんだそれは。そんな噂はすべて嘘だったと聞いたぞ！」

ヌリタスは、ひきつる顔をなんとか元に戻した。そしてすでにひるんでいるアビオが涙を流しているのを見て、わざと言葉を濁してみた。

「噂が嘘だったなんて……それすらも嘘だったら、どうします？」

ヌリタスはアビオの目を見つめながら、ゆっくりと近づいた。彼の恐怖に染まった顔は、なんとも見ものだった。


（母さんはもうここにいない）

彼女の足かせはもう取れている。そして母が倒れていたのはあの男のせいだということは見なくともわかった。

彼らに対する怒りが込み上げ、腹の痛みすら忘れていた。

「やめろ。お前の話なんかを、僕が信じると思うか？」

アビオはまだ未練があるのか、手を伸ばして彼女に触れようとした。

ヌリタスはその手を避けると背筋をピンと伸ばした。

「無礼者。私はモルシアーニ公爵夫人だ」

ヌリタスはまるで、一国の女王のように堂々としていた。その瞬間、アビオは彼女から威厳を感じた。

確かに彼の所有物だったはずなのに、どうしてこんなに遠い存在に感じるのだろうか。

だがこのまま彼女を諦めることはできない。

「だけどお前は偽物じゃないか！　僕は伯爵家の後継者で、お前はこの家の所有物の、卑しい存在に過ぎないんだ！」

アビオは霞む目を開き、怒鳴りながらなんとか立場を逆転させようとした。

「そんなことは私だってわかっている。でも、伯爵に嫌われることすら恐れているお坊ちゃんが、今のその話を公爵様にする勇気があるの？　偽物の私生児を、本物の令嬢の代わりに貴方の嫁に出しましたって？」

ヌリタスの血のついた唇から出てくる冷ややかな言葉に、アビオは魂が抜けてしまいそうになった。

彼女の言葉は、まさにその通りだった。

皆が知っている嘘だったが……アビオがそれを公爵に明かすことなどできるはずがなかった。

そんなことをしたら、自分の家門に危機が訪れるだろう。その前に伯爵の剣によって命を奪われるかもしれない。

「生意気な女め！　僕を脅迫するとは」

アビオは首を押えて後ずさりする間も、大声で叫び続けていた。

「できないなら、今去るのが賢明だろう」

さらに彼女の声が強さを増す。

アビオは、以前自分の股の間を這いながらうずくまっていた髪の短い彼女の姿を探し出そうと必死だった。

だが、今目の前にいる女から、その面影を見つけ出すことはできなかった。

彼が数多の夜夢にみた彼女は、こんな声ではなかった。

彼が愛した彼女の面影が、ゆっくりと砕け散っていく。

「そんな……」

アビオは戸惑いを隠せないまま、後ろを向いてそそくさと部屋から出て行った。

やっと一人になったヌリタスは、ぐっとお腹を押さえて倒れるように座り込んだ。

少しだけ休んだら、服を着替えなければいけないと思った。今起きたことを誰にも悟られないように。

ヌリタスはアビオに蹴られて擦りむいた手の甲を撫でながら、濡れた瞳を閉じた。

彼女の後ろにだらっと伸びた赤い髪の毛は、まるでヌリタスの流す血の涙のようだった。

第46話　家へと帰る道

モルシアーニ家に戻る馬車の中でのヌリタスは、いつも以上に静かだった。

ルーシャスは彼女に言いたいことがたくさんあったが、しばらくの間は心の中にとどめておくことにした。今日の前にいる儚げな彼女には、きっと一人の時間が必要なのだ。

まだボルゾイからの消息もなかったため、彼もまた気分が落ち着かなかった。彼女の母親がなんとか生きてくれることを願った。

母親を失ったことがないものには、このとてつもない喪失感がどれほどのものかわからないだろう。

一方で、馬車の背もたれに寄りかかっているヌリタスは、何かを考えることすらできない状態だった。

手の甲の傷は手袋で隠すことができたが、アビオに蹴られた腹は、鎮痛効果があるというハーブティーだけでは痛みを抑えることができなかった。

なんとか顔に出さないように努力したが、ついうめき声をあげてしまいそうで、歯を食いしばっていた。

しっかりしなければいけない。

公爵にこれ以上迷惑をかけるわけにはいかないのだ。

「うちのメイリーンをよろしく頼みましたぞ。公爵様」

銀髪のロマニョーロ伯爵がヌリタスの肩を軽く叩きながら、公爵にそう言った。すると公爵は、丁寧に「わかりました」と答えた。

（うちのメイリーンだと？）

皮肉っぽく笑ったヌリタスは、馬車に乗る前にロマニョーロの薄暗い城をもう一度見上げた。

どこかから、メイリーンがカーテンの裾を齧《かじ》りながら、彼女を睨みつけているかもしれない。アビオはきっと今頃、酔いも覚めないまま、彼女の名前を呼び続けていることだろう。

（だけど、もう全部終わったんだ）

母はもうここにいない。結局公爵に助けられたが、母を守るという約束は果たせたのだ。ヌリタスは痛む腹を片手で軽く押さえながら、ロマニョーロ伯爵を見つめた。

不可能だと思われた演劇は半ば強制的に幕が上がり、ヌリタスは舞台の上でできる限りのことをした。

なんだか気持ちが軽くなり、鈍痛さえも気持ちよく感じるほどだった。

彼女は馬車の中で背中に伝わる振動を静かに感じていた。

窓の外を見なくても、暗くて石のかたまりのようなロマニョーロ家から遠ざかっていることがわかった。

もはやどこが痛いのかわからないほどに、痛みは全身に広がっていた。

だがヌリタスの心は、今この上なく穏やかだった。

ようやく母親と二人であそこから抜け出せたのだ。

しかも最期を公爵とともに過ごせることで、胸がいっぱいだった。

(こんな素晴らしい方のそばで眠りにつくことができるなんて、光栄だ)

ヌリタスは貴族たちがよく名誉や光栄という言葉を口にしていたことを思い出し、少しだけ笑った。

そして座ったまま、ガクリと力尽きた。


ルーシャスは驚いて彼女を抱き寄せた。静かに眠っているかのような彼女の頬に手を這わせ、ルーシャスは焦った様子で御者に向かって叫んだ。

「馬車の速度をあげろ！」

彼は広い背中で彼女に襲いかかるこの世のすべての風波を食い止めるかのように、ヌリタスの傍を離れなかった。

ルーシャスの黒い目が、苦痛でゆがんだ彼女の滑らかな額に向けられた。

＊＊＊

ルーシャスは気持ちを落ち着かせるために、城楼で腰掛けていた。

ここからは、北の森がとてもよく見える。

雨が強く降ったあの日、彼女を失うのではないかと思って疾走したのがまだ昨日のことのようなのに、またしても彼は彼女を心配しここをうろついている。

(なぜ何も言ってくれなかったのだろう)

バカみたいだ。

ルーシャスは髪をかき回しながら何度もため息をついた。

医者は、彼女は誰かに腹部を蹴られたようだといった。

そして今回が初めてではないかもしれないと聞き、さらに驚きを隠せなかった。

（一体誰が彼女にあんなことを…）

ルーシャスはこみ上げる怒りを堪えきれずにいた。今すぐにでも人を集め、ロマニョーロ家に攻め込みたいくらいだった。

とても強い風が彼の耳に吹きつけたが、彼は微動だにせずに森を見つめていた。

彼の妻は、ルーシャスが思っていたよりもずっと、伯爵家で酷い扱いを受けていたようだった。

彼は城楼の石垣をつかんですっと立ち上がり、崩れてしまうかとほど強く力を込めた。

＊＊＊

幸い、ヌリタスはすぐに目を覚ました。

彼女は自分の腹部に何かが貼られ、強い薬草の香りが部屋の中に充満しているのを感じた。

（ああ、結局耐えきれなかったのか）

昔は冬に薄い服一枚だけを着て仕事をしても、風邪ひとつ引かなかったのに。

だが最近は、貴族ごっこにのめり込んでいたせいだろうか。事あるごとに治療を受ける羽目になっている。

「気絶するなんて。周りの人がみたら、きっと本物の貴族の令嬢だと思うだろうな」

独り言を言っただけでも、身体中が粉々になるような痛みを感じた。今この状態で起き上がることは、到底無理だと感じた。

ヌリタスは横になったまま、じっと天井の模様を見つめていた。

ここは公爵の部屋だ。

この部屋にいるだけで、ルーシャスの大きくて温かい手が彼女の腹部を撫でてくれているような錯覚に陥った。

「目が覚めたのか」

彼の手つきを想像していた最中に本物が現れ、ヌリタスは一瞬痛みを忘れてしまうほど驚いた。

「あ、公爵様……」

「あなたは本当に……」

ルーシャスは彼女のそばに置かれた椅子にどさっと腰掛

けると、風で乱れた髪の毛を乱暴にかきあげた。まだ彼は自分の心に生まれた感情が何なのかわかっていなかったが、彼女に対して妙な寂しさを感じていたのは確かだった。ヌリタスのそばにいたのに、守ってあげられなかった罪悪感もあった。

一方でヌリタスは、彼がすべてを知ってしまった以上、これ以上ここにいることはできないと思っていたのに、またしてもこのように世話になってしまっていることが気にかかっていた。

だが頭の中に渦巻く質問を、どうしても我慢することができなかった。

「公爵様、驚かせてしまって本当に申し訳ございません。それから……」

「今さっきあなたの母君が峠を越えたという知らせを受け取った。体調が回復したら一緒に会いにいこう。母君も、あなたの体調がすぐれないことを知ったら、心を痛めるだろうから」

ヌリタスは、彼女が尋ねるより早く母の容体について教えてくれたことをありがたく思った。そして、こんなふうに気遣ってくれる公爵に対し申し訳ない気持ちでいっぱいだった。

だから彼女は、母の容体についての知らせを聞いても喜ぶそぶりを見せることができなかった。

(どうやって恩返ししたらいいのだろう)

心にのしかかる重い石が、また一つ増えたような気分だった。

一方でルーシャスは、母親の容体について知らせても、ヌリタスが明るい顔を見せなかったので、心の奥で深いため息をついた。

(俺には少しの笑顔すら、見せてくれないのだろうか)

ヌリタスの額に汗が浮かぶのをみた公爵は、タオルを持って彼女に近づいた。

彼の手が近づいてくると、ベッドに横たわっていた彼女は、それを避けようと体を動かした。

「汗をそのままにしていたら、体が冷えてしまう」

ルーシャスは小さな子どもの肌に触れるようにそっと汗を拭き、医師が処方したお茶をスプーンで彼女に飲ませようとした。ヌリタスは仰天し、頭をブンブン振った。

「女中を呼びますから」

「あまり話さないほうがいい」

ルーシャスは彼女が拒否しているのを見て見ぬ振りをし、片手で彼女の頭の後ろをおさえ、もう片方の手でスプーンを持ち、彼女へ近づけた。

ヌリタスは、痛みで汗ばんだ体に公爵が触れるのがとても嫌だった。

だが彼の動作はとても素早く、ヌリタスがそんなことを考えているうちにもうスプーンが口元に触れていた。どうすることも出来ずに、結局小さく口を開き、それを飲み込んだ。

「もっと口を大きくあけた方がずっと楽だ」

だがヌリタスは、彼に口を大きく開けた醜い姿を見せたくなかった。だがそんなことをしていたらスプーンからこぼれた液体が顎に垂れてしまった。

するとルーシャスはスプーンを置き、指でそれを優しく拭いとった。

ヌリタスは彼の指が自分の肌に触れた瞬間、意識を失いそうになった。どこを見ていいか、わからなかった。

ルーシャスは、恥ずかしがるヌリタスの目を見つめながら、心が温かくなるのを感じた。彼女の瞳の奥に、夏の夜空を飾る星の光が見えた気がした。


その時、動揺して空中をさまよう彼女の瞳とルーシャスの視線が重なった。ルーシャスは慌てて手を離し、咳払いをした。

病人を相手に何を考えているんだ。

(今すぐここを出るのが、お互いのためによさそうだ)

ルーシャスは彼女に背を向けて「早くよくなるように」と一言残し、急ぎ足で部屋を後にした。

一人ベッドに残された彼女は、震える指でそっと唇に触れてみた。そしてそのまま、公爵の手が触れた顎を撫でた。彼の手が触れた場所が熱を持っている理由は、きっと彼女の体調がまだ回復していないからだろう。

さっき公爵と目があった時彼に伝えたかったたくさんの言葉を、一人唱えてみた。彼の視線や些細な行動一つで、この小さな胸がこんなにも高鳴っていることを、決して公爵に気づかれてはいけない。

(彼が男色家でなかったら、何かが変わるだろうか)

そんなバカみたいなことも考えた。

ヌリタスは、自分で自分が恥ずかしくなり、布団を引っ張って顔を隠した。腹部にズキッと痛みを感じたが、今は顔を隠さずにはいられない気分だった。

＊＊＊

ロマニョーロ伯爵は、途方にくれた表情を浮かべ、応接室で座っていた。今回の誕生日に公爵を招待したのは、彼の愚かなザマをみながら思う存分嘲笑ってやるためだった。

だが公爵が去った今の、この晴れない気持ちは一体何だ。伯爵は椅子にもたれかかったまま、公爵がここを離れる前に彼と交わした会話を思い出していた。

「公爵様、今回いらしてくれたことを、本当に感謝しています」

「いいえ、こちらこそ。機会があれば、モルシアーニ家にも招待いたしましょう」

「それはありがたい」

手厚いもてなしを受けて帰っていく客と主人による、丁寧な挨拶が繰り広げられた。伯爵は、心の中で渦巻く彼の赤黒い欲望を悟られないように必死だった。

この勝利を誰にも言わずに心の中に止めておくのは、なかなか大変だ。だがそんな彼の心のうちなど全く知らない公爵がとても楽しそうな声色で話しはじめた。

「アビオ殿と言いましたかね？　とても将来が有望なご子息だ」

「未熟な息子で、恥ずかしい限りですよ」

伯爵は、なぜ公爵がアビオの話題を持ち出すのか訳がわからなかった。

アビオの陰鬱な顔のどこに明るい未来を感じたのだろうか。伯爵は公爵がアビオを褒め称える意図が掴めずに、眉間にしわを寄せた。

「きっとロマニョーロ伯爵のことですから、後継者の教育も厳しくされているのでしょう？」

「私はあのくらいの年齢の時、戦場で過ごしていましたから。公爵様もそうでしょう？」

ルーシャスは伯爵が自分の過去をさりげなく自慢するものの、自分の息子にどのような教育をしているかについては言及しないことを、見逃さなかった。

そして、まるで伯爵の言葉にとても感動したような顔でこう言った。

「もう私たちは家族ですから、心置きなくお話しさせていただきましょう」

「どういうことです？」

「辺境の守備を担当しているスピノーネ侯爵はご存知ですか？　今回、侯爵の侍従を新しく募集することになったという話を聞いたので、伯爵様に許可をとる前に私がアビオ殿を推薦しておきました。ご存知の通り、王国の境界を守る仕事は、強い責任感と使命感なしには出来ない仕事ですから、伯爵様はきっと賛成なさると思いました」

ルーシャスの熱弁に過去の栄光に浸っていたロマニョーロ伯爵の表情が固まった。

戦争は終わったが、辺境では気性の荒い男たちが四方八方に転がっているはずだ。軟弱なアビオがそんな場所で生きていけるはずがない。

伯爵は魂が抜けたような顔で、何も答えられないまま公爵の唇を見つめていた。

第47話　自分を欺く者と、他人を欺く者

伯爵は不快感が表情に出ないように気をつけながら、そっと拳を握った。ルーシャスは伯爵の顔をちらっと見ると、軽く微笑んだ。

「スピノーネ侯爵は、王国でも名高い、武芸に優れた男です。ロマニョーロ家の後継者にとって、申し分のない地位でしょう」

そしてルーシャスは少し困ったように、言葉を濁した。

「ですが今になって、軽率だったのではないかと心配しております」

伯爵は、全く心配そうでない表情でそう語るこの若い公爵に怒りがこみ上げてきたが、それをあらわにすることもできず、戸惑った。

（今さら何を！）

スピノーネ侯爵といえば、王国においてモルシアーニ公爵と同じくらい醜い噂のある男だった。彼は女よりも若い男を愛する男色者だという。今まで伯爵は、侯爵が男を好

きだろうが女を好きだろうが興味もなかったが、今となっては看過出来ない問題だ。

アビオが侯爵の元で侍従として誠実に働けば、ロマニョーロ家の後継者は軟弱だという噂を一気に消し去ることができるかもしれない。

（だが、何か気にかかる）

アビオは今まで一度たりとも伯爵を喜ばせたことなどなかったが、たった一人の息子を辺境に送り出すことも気が進まなかった。

だが今この場でこの無茶な提案を断ることができずにいるのは、彼のプライドが許さないからだった。

「お気遣いありがとうございます。とても光栄ですな。ただでさえ、息子のことで悩んでいたところ、こんなにありがたい話をいただけるとは。どうやって恩返しをしたらいいのか」

伯爵は、心にもない感謝の言葉を並べると、頭を下げた。

伯爵は、公爵とヌリタスを乗せた馬車が彼の視野から消えるまで見守ったあと、今すぐアビオを探すようにと、召使いたちに大声で命令した。

彼の頭から怒りの炎が燃え上がっているようにみえた。

伯爵は後ろに手を組んだまま、召使いたちがそそくさと消えていった城門をちらっとみた。

今更ながらに後悔が押し寄せてきたが、すでに運命の賽《さい》は投げられた。

一方で、これから起こることについて何も知らないアビオは、昼過ぎにも関わらず、まだ酔いつぶれていた。

（世界が崩れるのは、こんな気分だろうか）

初めは、痩せた体の少年が荷車を引く姿がただ不思議だった。だが、自分がその子どもの姿をいつも目で追っていることに気づいたときには、すでに心が奪われていた。

最初にその子どもが夢に現れてふしだらな想像をした時、アビオは自分自身を恥ずかしく思った。

できることならばこの欲望を抑えたかった。あんな虫ケラと絡まり合う自身の姿を夢の中で見守るのは、とても汚らわしく、そして官能的でもあった。

彼が最初に犯した女中は、白くて細い首筋が子どもと似ていた。泣きながら体を隠そうと必死で動く細い手など、目にも入らなかった。

その後も、常に襲いかかってくる虚しさを慰めようとあれこれ試したが、アビオは全く満足できなかった。

(なぜだろうか…)

こんな苦しい日には、いつだってその子どもを求め彷徨った。あの卑しい子どもに会って、何をしたかったのかもわからない。ただ、あの細い首を絞めてやりたいという欲求だけが彼を支配していた。

そしてついに古びた倉庫のそばで子どもに遭遇した時、アビオの頭の中で細い糸が切れるような気がした。

反抗する青い瞳を蹴飛ばし、土埃《つちぼこり》の中を転がる子どものいい子どもも当然彼の所有物になる予定だった。

白い首筋が見えた瞬間、この上ない歓《よろこ》びを感じた。

(そうだよな。当然僕のものになると思っていた)

召使いなど城の家畜同然だと思っていたので、あの卑しい子どもも当然彼の所有物になる予定だった。

だが子どもは突然ドレスを着て現れ、伯爵の私生児だと言った。

華奢な少年だと思っていた子どもは、女だった。

そして子どもはメイリーンの身代わりになり、彼の手から離れていった。すべては一瞬の出来事だった。

「だめだ！」

アビオは、持っていた酒の瓶を壁に投げつけた。

壁にぶつかった瓶は粉々に割れ、残っていた酒と細かいガラス片が、彼のほうにも飛び散ってきた。酒が染み込んだ肉体は、血が流れる生臭い匂いにすら気づかない状態だった。

アビオには、あの卑しい子どもの上に君臨していることが当然だった。

(だがさっきのあいつは、僕の知っているあいつじゃない)

ヌリタスという変な名前をつけられた後から、そうだった。あんな奴に、綺麗な服を着せたり、名前をつけるなど、とんでもない。

「あんなに卑しい奴が」

どれだけ酒を飲んで大声を上げても、怒りがおさまらなかった。彼の初恋であり、数多の夜を苦しめた存在が、アビオの指の隙間から埃のように消えていった。

誰かが部屋に入ってきて、伯爵が自分のことを探しているといった気がしたが、すべてがどうでもよくなっていた
アビオは、そのまま目を閉じた。

(僕の人生が狂ったのは、すべて親父《おやじ》のせいだ)

彼はすっかり気尽き、床に倒れこんだ。

世界は彼を中心にぐるぐると回っていた。意識が朦朧とする中手を伸ばしてみたが、求めていた白い首筋は、少しずつ薄れて消えていった。

＊＊＊

花びらが風に吹かれて散っていく。

あれから三日が経った。

ヌリタスは窓から入ってきた白い花びらがベッドの端に落ちるのを見つめながら、唇を噛んだ。

(母さんに会いたいな)

だが今は自分の体すら動かせない状態なので、ただ早く回復するのを待つことしかできなかった。

その時、彼女の部屋の扉が開き、みすぼらしい服を着た小さな子どもが入ってきた。子どもはおどおどと、彼女のほうへ近づいてきた。

「奥様、こんにちは」

「あ、あなたはあの時の……?」

「おかげで、無事でした」

少年は束ねた野草を握った手を後ろに隠したまま、彼女に感謝を伝えた。とても緊張しているのか、頬は赤くなり破裂してしまいそうだった。

ヌリタスはその姿を愛らしく感じ、自然と笑みをこぼした。子どもは少しためらったあと、早口で話し始めた。

「お父さんとお母さんが奥様のところへ行ってはダメだといいました。でも僕はどうしてもお礼が言いたくて……」

「いつだって私に会いにきていいのよ。その花は、私に?」

ヌリタスが尋ねると、少年の花を握る手に力が入った。

花を摘んだ時とは違って、渡すのはとても恥ずかしかった。公爵夫人が横になっているベッドの横には、すでに温室で育てられた高価な赤い花が飾られていた。

少年はそのみすぼらしい花束を差し出すことができないようだった。

「大丈夫。私は野に咲く花が大好きなの。さあ、見せて」

召使いたちが貴族の前に立っているときにどんな気持ちなのか、彼女は当然わかっていた。だからこそ少年の羞恥心を少しでも取り除いてやりたかった。

ヌリタスの優しさに勇気をもらった少年は、後ろに隠していた花を差し出した。白と黄色の花束からは、懐かしい匂いがした。

ヌリタスは花束をもらうと、子どもに向かって明るく笑ってみせた。自分があげた花束に喜ぶ公爵夫人をみた少年は、やっとにっこり笑った。

「もう荷車は引いてないのよね？」

「はい。あの日も実は、お父さんを手伝いたくて、こっそりと…」

少年はあの日両親を驚かせてしまったことを思い出し、恥ずかしくなって言葉を濁した。ただ、城で働く大人の手伝いをしたかっただけなのに、あのような事故を招いてしまうとは思ってもいなかった。

「もうやっていないなら、よかった。お花、本当にありがとう」

感謝の気持ちを伝えることができた子どもは、最初部屋にやってきた時とは違って、とても穏やかな表情で帰っていった。

ヌリタスは、握った野の花を眺めた。

そしてこの温かい気持ちのままもらった花を花瓶に挿そうとした時、地味で素朴な野の花と、もともと花瓶に挿さっていた豪華な花が、全く似合わないことに気がついた。その姿はまるで、空の太陽のように輝く公爵の隣に立っている、何者でもない彼女のようだった。

彼女は回復すると、まずは軽い散歩から始めた。このままベッドのうえで寝続けていたら、長く生きられないような気がしたのだ。だが、そんなことで憂鬱になっているよりも、現実に忠実であれというのが、彼女の正直な気持ちだった。

太陽がそっと頬に触れてこそばゆく、優しい風が彼女の長い髪を揺らした。

ヌリタスは無意識のうちに、ある夜以来会っていない誰かを探していた。

（あ、あそこにいたんだ）

足を止めた場所には、汗を流しながら剣を片手に動き回る公爵がいた。

その姿を見たヌリタスの胸が、徐々に反応し始めた。公爵に会うまで、彼に会いたかったのだということにすら気がついていなかった。

ヌリタスは片手を握りしめて木に寄りかかり、公爵の姿をゆっくりと見つめた。

彼のような素敵な騎士の手助けをすることを、長い間夢見ていた。そんな夢を抱きながら、藁を運び、汚物を汲み取っていた。騎士の銀色に輝くヘルメットを磨くことができたら、どれほど幸せだろうか。そんな想像をしていた彼女だった。

「騎士……」

彼女は、自分が何を言っているのかすらわからないまま、目を輝かせて公爵を見つめた。

ルーシャスは、これから行われる馬上試合に向けて訓練している最中だった。剣を激しく振り回していたが、彼の鋭い感覚はある視線を感じとった。

青い瞳が夢見るように目を輝かせて、彼の姿を追いかけていた。

そんなヌリタスの瞳を初めて目にしたルーシャスは、いつもよりも少し大げさに体を動かした。そして、動きを止めて剣を鞘に収めると、彼女のそばへと近づいた。

ルーシャスは、動いていた時はきちんと見ることのできなかった彼女の表情を、しっかりと確認した。それは、恋に落ちた女の表情というよりは、まるで騎士に憧れる少年のようだった。

(俺に惚れた訳ではないんだな)

ルーシャスは、内心がっかりしていた。だが、その気持ちを隠しながら、汗で濡れた髪の毛をかき上げた。

「体はもう大丈夫なのか?」

久しぶりの外出で疲れてぼーっとしていたヌリタスは、公爵の声で我にかえると驚いて返事をした。

「はい。おかげさまで、よくなりました」

「よかった」

ヌリタスは、公爵に伝えたいことが山ほどあったはずなのに、頭の中で糸が絡まり合うように混乱し、なかなか言葉にできなかった。

ただ、光が反射して輝く鞘を見つめていた。

公爵はそんな彼女の姿を見守りながら、慎重に口を開いた。

「もしかして、剣術に興味があるのか?」

ヌリタスはハッと驚き、彼の目を見た。

(そんなこと言えるわけない。ずっと昔、騎士の補佐をするのを夢見ていたなんて)

彼女はその言葉を聞いて首を横に振ったが、ルーシャスはヌリタスが態度とは裏腹に、名残惜しそうに剣を見つめていることに気がついていた。

「ちょっと待ってろ」

彼はそう言い残すと、練習場の近くの小さな倉庫へ走っていた。

そしてしばらくすると、木製の小さな剣を一本持って出てきた。それを彼女に差し出すと、ヌリタスはわけがわからずにただ黙って立ちつくしていた。

「受け取りなさい」

ヌリタスはそれを受け取り、疑問に満ちた表情でルーシャスを見上げた。ルーシャスは少しぶっきらぼうに、彼女にこう言った。

「俺ならあなたに簡単な剣術を教えてあげられる」

ヌリタスは、その時やっと両手でぎゅっと剣を握りしめ、初めて感じる不思議な気持ちに包まれていた。申し訳なさがこみ上げてきて、公爵の好意に喜ぶどころか、お礼すら言えずにいた。

ルーシャスは、彼が幼い頃に初めて父から贈られた大切な木の剣を胸に抱いたヌリタスの表情をじっと見つめた。自分にとって大切な意味を持つ剣を彼女に渡したルーシャスは、あの日の父が感じていたかもしれない満足感と似た気持ちを感じていた。

第48話　生きていてくれてありがとうございます

なんの特徴もない一台の馬車が静かな田舎道を走っていた。ヌリタスは焦る気持ちを抑えきれずに、ドレスの上に置いた両手を血の流れが止まってしまうほど強く握りしめていた。

（峠は越えたと言っていたけれど……）

そして髪の毛をかきあげようとした時、指先がベールに触れた。

ある時偶然、公爵が彼女の頭のてっぺんに元々の色の髪の毛があるのを発見し、ヌリタスにこれ以上髪の毛を染めないように言った。

だから今彼女の髪の毛は下の方は色褪《いろあ》せた赤毛で上は銀色に輝いている非常に微妙な状態である。結局ベールのついた帽子を被り、すべてを隠してしまうことになった。

ルーシャスは張り詰めた様子の彼女のために、何かできることはないか悩んでいた。

傷ついた女性を慰めたり、励ましたりした経験のない彼は、どんな言葉をかけてあげたらいいのかわからず困り果てていた。

だから彼は何も言わずに、膝の上に揃えて置かれたヌリタスの手に、自分の手をそっと重ねた。彼女の心を覆う不安の影を、少しでも分け合うことができたらと思った。

ヌリタスは公爵にいきなり手を握られて驚いたが、大きくて温かい手から伝わる彼の気持ちが全身に巡り、少しずつ緊張が解けていくのを感じた。

（どうして……）

「そんな顔をしていると、母君が心配するだろう」

ヌリタスは彼の手に包まれた自分の手を離すこともできないまま、静かにうなずいた。

乾いた血のついた母の青ざめた顔が何度も頭に浮かび、何も言えないほど気分が重かった。

馬車が到着した場所は、王国の外郭に位置する小さな修道院だった。公爵が馬車から降りると、小柄で青白い顔をした男が迎えにきた。

「ボルゾイ、ご苦労だった」

公爵がそう言うと、男はヌリタスに丁寧に頭を下げ、修道院の裏にある別棟へ二人を案内した。

別棟についたヌリタスが扉を開けられずに戸惑っていると、ルーシャスが彼女の肩にそっと触れて、力を添えてくれた。

そして震える足で中へ入ると、素朴で清潔な部屋に置かれた真っ白なベッドの上に横たわる女性が目に入った。公爵は、ヌリタスが心置きなく母との時間を過ごせるように、扉を閉めてくれた。

誰かが部屋の中へ入ってきたことに気がついたレオニーが、ぼんやりと目を開けて、ひび割れた唇を開いた。

「私は死んだの？」

「……」

「幻が見えるの」

「……」

「まだ死んではいけないのに」

レオニーはやせ細った体に、茶色のドレスを着ていた。彼女は訪問者を見ると、体を必死で起こして、ベッドから下りようとした。だがまだ無理があったのか、体をしっかりと支えきれずによろめいた。

ヌリタスはさっと駆け寄り、母親の体を抱くように支えた。元々痩せていた母の体はさらに軽くなったようで、重さを感じられなかった。涙がこみ上げてくるのを必死で堪えた。

何て言ったらいいのだろう。

ベッドに腰掛ける母の小さな肩、白髪が見えはじめた頭、しわだらけの手を見て、ヌリタスは口を開いた。

「母さん」

「いいえ。私は奥様のような高貴な……」

ヌリタスは戸惑う母親の前で顔と髪の毛を覆うベールをゆっくりと外した。

その姿を見たレオニーは、どこか見覚えのある貴婦人が、たった一人の娘であることに気がついた。だがレオニーは、娘のことを気安く呼ぶことができなかった。

離れていた間、どれほど恋しかったことか。

もう一度会えたならば、話したいことが山のようにあった。だがこうして顔を合わせると、胸がいっぱいで何を話したらいいのかわからなかった。

二人は、会いたかったお互いの顔を、じっくりと見た。

そしてヌリタスは、母の小さくて荒れた手をそっと撫でた。馬車で公爵が彼女にしてくれたように、彼女も気持ちを込めて手を重ねた。レオニーはもう片方の手で、娘の手を優しく包んだ。

「いつの間に、こんなに大きくなって」

生活の苦しさ、そして子どもを伯爵や伯爵夫人から守らなければならないという気持ちのせいで、きちんと面倒をみてやれなかった後悔が押し寄せてくる。

「ごめんね。全部、ごめんね」

「母さんが謝ることなんて何もないです」

ヌリタスは、ヌリタスの手を撫でながら罪人のように謝る母をみて心が痛んだ。

「違うの。私なんかの子どもに産んで、ごめんね」

レオニーは、今まで一度も子どもと正面から向き合ったことがなかった。現実はいつだって地獄のようで、子どもに本音を話すことを恐れていたのだった。謝るレオニーの痩せた顔は、小さく震えていた。

（こんなに綺麗な子だったのか）

伯爵夫人がこの子どもの存在に気付いてしまうのではないかという恐怖にいつも怯えていた。だから、娘を男の子として育てた。

ドレスがよく似合う可愛い子どもに、汚れた服ばかり着せなければいけなかった彼女の人生が、やっと少しずつ前に進み始めた気がした。

　レオニーのすすり泣きが激しくなった。

　ヌリタスは泣き続ける母親の体をそっと抱きしめた。彼女だって泣きたかったのだ。

（今までのことを思い出したら、涙が止まらない……）

　ヌリタスは、母の涙が止まるまで静かに待っていた。

　彼女の母親は、とても長い間苦しみを味わってきたのだ。今のヌリタスには、その悲しみがどれほど深いのか想像すらできなかった。

　そしてこんなふうに母親が病み、苦しんでいる原因はすべて伯爵にある。ロマニョーロ家に対する怒りがどっとこみ上げてきた瞬間だった。

「邪魔をして申し訳ありません」

　抱き合う母娘の後ろから、男の声が聞こえた。レオニーはすぐに泣くのをやめ、背が高く器量の良い男が入ってきたことを確認すると、親鳥が雛《ひな》を守るようにヌリタスを抱きしめた。

　その姿をみたルーシャスは、少しだけ近づいて、丁寧にお辞儀をした。ルーシャスの挨拶にレオニーは少しだけ警戒を緩めると、口をあんぐりと開けて言葉を詰まらせながら言った。

「ど、どうして貴族のお方が私のような卑しい者に……」

　ルーシャスが優しい目でヌリタスに手を差し出すと、彼女もそっと彼の手を握った。

「ご挨拶が遅れて申し訳ございません。私はお嬢様と結婚いたしました、モルシアーニ公爵です」

　公爵という言葉を聞いたレオニーは、まだ完治していない体を冷たい床の上に投げ出すようにしゃがみ込み、手を擦り合わせながら頭を下げた。

「私のような者に、申し訳ないだなんて。どうか、敬語など使わないでくださいませ」

　その姿をみたルーシャスは心が痛み、ヌリタスの母親の手をとってベッドに寝かせた。

「レオニー様のお嬢様と結婚したのですから、私たちは家族です。尊重するのは当たり前ですよ」

　彼の言葉を聞いたヌリタスは、手で口を押さえた。母の名前をこんな風に呼んでくれる人を見るのは、初めてだった。王国の公爵が伯爵家の女中に敬語を使うなど、ありえないことだ。

(どうして……)

ヌリタスは、自分以上に驚いている母を気遣い、わざと天井のほうを見ていた。

レオニーは生まれて初めて握る温かい貴族の手の感触に、どうしたらいいのかわからずにいた。するとルーシャスが、強い口調で念を押すように母に言った。

「この先、いい事がたくさん待っています。モルシアーニ公爵家の名誉をかけて約束しましょう。これからは、私の手をとっていただけますか?」

彼の力強い言葉に、レオニーは戸惑いながらもその大きな手を握った。

小さくてやつれた女の手は、乾いた地面のように荒れていた。この小さな手が今までヌリタスを守ってきたのだと感じたルーシャスは、握った手にさらに力を込めた。

それには、これからはヌリタスと彼女の母親を彼が守り抜くという誓いが込められていた。そして、共通の敵でもあるロマニョーロ伯爵家との戦いの始まりの宣言でもあった。

しばらくすると医者がやってきてレオニーの診察をし、そして面会時間が終わったことを知らせた。ヌリタスはやっと会えた母親と別れるのが名残惜しく、なかなかその場を離れられずにいた。

「回復をお祈りいたします」

「恐縮でございます」

公爵が彼女の回復を願うと、レオニーは彼から手を離し、言えなかった言葉を心の中にしまおうとした。

(厚かましいですか、どうかお願いいたします。母親のせいで、苦労ばかりした子どもなんです)

しわの寄った手で布団をぎゅっとつかみ、どうか我が子を大切にして欲しいと願った。

「では、私は先に出ている。あなたは母君に挨拶をしてから来なさい」

ヌリタスと母親が少しでも一緒に過ごせる時間を作るために先に部屋から去っていくルーシャスの後ろ姿を、母親はぼんやりとした目で見つめていた。こんなことは、王国の誰に話したって信じてくれないだろう。

まだ母に伝えたいことが山ほどあったが、まずは体を回復させることが優先だ。ヌリタスはベッドにもたれかかる母親に布団をかけながら、寂しさをなだめようとした。そして努めて明るい声を出してみせた。

「母さん、もう少しだけ頑張ってください」

「私はお前に会えたから、もういい……」

レオニーはベッドに横たわったまま、乾いた唇で静かにそう言った。

子どもの隣に公爵のような素晴らしい人がついていると思っただけで、今までの心配がすべて消えていくような気がした。

「どうしてそんな風に言うのですか」

ヌリタスは、まるで人生に未練がないような母の言葉に、胸がひやりとした。だがレオニーにとってはその姿すらも愛おしそうに、満足げな笑みを浮かべた。

この優雅な貴婦人が彼女の娘だと思うと、感慨無量だった。

「大丈夫、もう全部大丈夫だから。だからあなたは行って。幸せになって」

「どうして！」

ヌリタスは、母の目に微かに光る涙と痩せた頬に浮かぶ笑みを見ながら泣き叫んだ。ずっと我慢してきたものが、溢れ出して止まらなかった。


たった一人で公爵家に嫁ぐことになった彼女が今まで不安でなかったはずがない。

誰かを騙し、彼女自身をも裏切った。

だがそれらすべてをやりとげられた唯一の理由は、母親だった。レオニーは痩せた手を伸ばし、ぐっと涙をこらえているヌリタスの頬をそっと撫でた。

何もしてやれない母親でごめんんね。そんな気持ちでいっぱいだった。だが、子どもの未来は、彼女の過去とは違うということを、今は信じられる。

「泣いてはダメよ。こんな可愛いお前の横に、あんな方がいるなんて。安心したわ」

これはレオニーの本心だった。

ヌリタスが伯爵城を去った後から、様々な噂が聞こえてきた。レオニーは最後の挨拶すらできなかった娘の顔を思い出すたびに泣いていた。

だが、会ったとたん、公爵は噂のような男ではないと会った瞬間すぐにわかった。

公爵の態度が演技だったかはわからないが、娘の反応は間違いなく真実だった。レオニーは、娘の頬を伝う涙を袖で拭いながら言った。

「公爵様がお待ちだ。早く行きなさい」

「また来ますから。必要なものがあったら、言ってくださいね」

母親の疲れた顔を見ながら、ヌリタスはドレスを整えて姿勢を正した。するとレオニーが、少し小さな声で彼女の願いを口にした。

「お前に似た子どもを抱いてみたいわ」

ヌリタスはその言葉は聞かなかったフリをして、急いで部屋を出た。

子どもだなんて……。

この前花を持ってきてくれた少年をみながら、想像してみたことがある。幼い頃の公爵の顔を思い浮かべながら、とても口にできないようなことまで考えた。

母の言葉を聞いてそれを再び思い出すと恥ずかしくなり、ヌリタスはブンブンと頭を振った。

第49話　綱渡り

「何をそんなに考えている？」

ヌリタスは泣いた痕跡が消えないままの顔で、気を揉んでいた。もしかしてさっきの考えが公爵にバレてしまうのではないかと心配しているのだ。

なぜ自分を待っていてくれたのだという、公爵に対する理不尽な恨みすら感じ始めた時だった。

公爵は何の予告もなしに、真っ白なデイジーの花束をヌリタスに渡した。

「花があなたに似ていたから」

彼は今何を言っているのだろうか。ヌリタスは、公爵と同じ空間にいながらも、まるでお互い別の場所にいるかのような違和感を覚えた。

こんなに真っ白で綺麗な花の、どこが自分に似ているというのだ。

「どうして私に優しくしてくださるのですか？」

白い花を握る小さな手が震えていることに気づいたルー

シャスは、ゆっくりと口を開けた。

「一目惚れだと言ったら、あなたは信じるかな？」

ルーシャスの声には悪戯っぽさが混ざっていたが、見上げた彼の黒い瞳が、それが真実であることを告げていた。

「冗談が過ぎます」

ヌリタスは動揺して花を持ったまま彼に背を向けて歩き出した。

彼は男が好きなはずだ。その上こんな卑しい存在に惚れただって？

すべてに納得できなかった。ヌリタスは馬車が止まっている場所に向かって何も言わずに歩いた。

心臓があまりにも強く鼓動を打つせいで、地面が揺れているような錯覚に陥った。

そして馬車に乗る前に少しだけ振り返り、母に別れの挨拶をした。

（母さん、次会うときは、今日よりも元気な顔を見せてくださいね）

ルーシャスは、彼の気持ちを冗談として受け取ろうとする彼女の後ろを、黙って歩いていた。いつの頃からか、彼は彼女の影の中に入ることに慣れていた。どうか、彼女までの道が長くないことを祈った。

ルーシャスの黒髪が風になびいた時、ヌリタスの心も彼と同じように揺れていた。

＊＊＊

白いカーテンが、暖かい風に吹かれて翻っていた。ヌリタスは椅子に腰掛け、窓から入ってくる風を感じていた。

いつの頃からだろうか。

心臓が何の前触れもなくドキドキし、そしてまたスッと落ち着くのを繰り返すようになったのは。まるで、風に吹かれて翻っては元の位置に戻るカーテンにでもなった気分だ。

（こんなの私らしくない）

置いていた刺繡枠を再び持つと、糸を通した針を動かした。針は美しい模様を描くことができず、何度も彼女の指を刺した。

「こんなんじゃ、ワシのどたまを一つ完成させるのに十年はかかりそう」

「奥様」

隣で静かに花瓶を磨いていたソフィアがビクッと反応した。するとヌリタスは、ここにくる前に受けた数々のレッスンを思い出しながら悩んだ。

「ああ。ワシの頭、かな?」

「私も何と言ったらいいのかわからないのですが、どたまではないと思います」

「間違ったか」

ヌリタスが可愛く舌打ちすると、呆れたようなソフィアと目があい、ヌリタスは久しぶりに明るく笑った。だがその笑みも長くは続かなかった。

ヌリタスはセザールから、公爵がもうすぐ馬上試合に参加するという話を聞いたことを思い出した。

その瞬間、彼女を叩いていたボバリュー夫人の声が、耳元で聞こえた気がしたのだ。望んだことではなかったが。

(覚えておいてくださいね。貞淑な女性たるもの、夫には必ず刺繍の入ったハンカチをプレゼントするものです)

今になって思えば、ロマニョーロ家の人間よりは、ボバリュー夫人の方がマシかもしれない。

何も知らないヌリタスが貴族になりきるために力を貸してくれたのだから……。


刺繍枠にはめられた布の上に描こうとしたワシの模様が思い通りにならず、ヌリタスは落ち込んでいた。

このまま完成させられないのではないかと思った。

「ソフィア。ちょっと、散歩でもしてこようかしら」

ヌリタスの髪の毛の下の方の赤く染められた部分はもう色がだいぶ落ちて、まるですべて銀髪のように見えた。

貴族たちが髪の毛を染めるのは珍しいことではないので、彼女が突然銀髪になったからといって特に問題はなかったが、ヌリタス自身が銀髪に慣れていなかった。

(自分じゃないみたい)

ヌリタスは長い間暗い色の髪の毛で生きてきたので、真っ白な顔に銀髪を垂らした鏡の中の自分が、見知らぬ人のように感じた。

その上、銀髪に青い瞳はある人物を連想させるので、不快だった。

(どうして少しも母さんに似ていないんだろう)

私生児の分際で伯爵と同じ目をして生まれたなんて、滑稽だ。すぐに鏡に背を向けると、帽子を探してかぶった。

あまりに深くかぶったせいで、銀髪と目が隠れた。

庭園に出てゆっくり歩いていると、木々が醸し出す新鮮な空気で心が洗われるような気がした。

決まった目的地があるわけではなかったが、彼女は休むことなく歩き続けた。

「ああ、なんてことだ」

ヌリタスが無意識にやってきてしまった場所は、公爵が毎日のように練習している演武場の近くだった。

彼はとても真面目に、毎日欠かすことなく練習に励んでいた。

書斎からこっそり見るのではなく同じ地面を踏み、近くに立っていると思っただけで、ヌリタスの心は重くなった。

どうにか抑えようとしても、公爵に対する想いは簡単に消えなかった。

抱いてはいけない恋心は一日ごとに強くなり、ヌリタスを苦しめた。それがたとえ一方的で、決して表に出せないものだとしてもだ。

（ああ、今日はセザール様と一緒なんだ）

汗を流している彼のすぐ隣に、侍従がいた。

彼がタオルを渡し、それを公爵が受け取る様子は、とても自然だった。とても単純な行動だったが、それは彼女の心を曇らせた。

黒髪に大きな体の公爵と、小柄で華奢なセザールはとてもお似合いだった。

これ以上見ていてもしょうがないと思い戻ろうとした時に、木の枝を踏み小さな音を立ててしまった。

セザールがその音を聞き、公爵夫人が近くにいると気がついた。

「公爵夫人、いらしたのですか？　とてもいいお天気ですね」

今日も夫人の視線が冷たかったので、セザールは空気を変えようと慌てて言葉を並べた。彼は公爵と夫人の間で、ソワソワしながら立っていた。

タオルを置いたルーシャスはヌリタスに軽く目で挨拶をすると、セザールに近づいた。

「セザール、お前がくれたタオルは、とてもいい匂いだ」

顔を拭いた公爵がセザールをうっとりとした目で見つめながら突拍子もない発言をした。

セザールは、十年前に食べたパンが逆流してくるような恐怖を感じ、後ずさりした。公爵様はなぜ急にこんな目で自分を見つめるのだろうか。

「はい？」

ついさっきまで、水を準備していなかったことを怒っていた公爵と同一人物とは思えなかった。

「公爵様、どうか！　ご冗談はおやめください！」

セザールは、もし王国全体で噂にでもなったら結婚できなくなってしまうのではないかと思い、怖くなった。

公爵夫人の誤解などきっとすぐに解けるだろうが、ほかの人々に知られてしまうことは、また別の問題だ。

だが彼の強い祈りも虚しく、公爵のこの奇妙な悪戯は簡単に終わりそうもなかった。

公爵が何の言い訳もしないため苦境に立たされたセザールは、今すぐここを逃げ出すことが得策だと思い、水を汲んでくると言って大急ぎで走り去った。

二人だけが残されると、ヌリタスは帰ることも彼に近寄ることもできず、困惑した。

「夫人、こっちへ」

素早く立ち去ることができずに悔しそうにしているヌリタスに、ルーシャスは剣の持ち方を教えてくれると言った。

彼女はあえて今それを習う必要はないと思ったが、彼はとても頑固だった。

しかたなく彼がくれた木の剣を握ってみたが、説明を聞いただけではそれを使いこなせなかった。

「やはり、言葉だけでは説明できないな」

そしてルーシャスは突然彼女の後ろに立ち、腕を伸ばして彼女の手と腕を握った。

まるで彼の腕に抱かれているような状態になった。

「ほら、ここは力を抜いて。ここをぐっと握って」

ヌリタスの背中に密着したルーシャスが、深みのある声で説明を始めた。

だがヌリタスは、彼が自分の後ろに立った時から、すでに剣を習うことを諦めていた。

彼の吐息を耳の裏に感じた。剣を握る手の小さな震えすら気づかれてしまうほどの距離だった。

剣どころか、クラクラして何もできない。

「あの、公爵様……少し離れて教えてくださいませんか？」

「夫人！　何を気にしているんだ？」

そう言うとルーシャスは、さらに体を近づけて説明を続けた。

ヌリタスはそれ以上言い返す言葉も見つからず、仕方なく彼の言う通りにするしかなかった。

二人の額から汗が流れ始めた時だった。

「今日はこのくらいで十分だろう」

公爵がそう言うなり、ヌリタスは飛ぶように彼から体を離した。木の剣を胸に抱いたまま公爵に挨拶をすると、急いでその場を離れようとした。

彼と一緒にいると、時折自分が私生児であることや、母の具合がよくないことも忘れてしまうほど、彼に夢中になってしまう。


今日もそそくさと去っていく彼女を見守りながら、ルーシャスはやっと大きく息をした。何ともない様子で剣術に集中するふりをするのは、とても大変だった。

(こんなバカみたいなことを続けているとは…)

彼が握ったヌリタスの手首から感じられた脈拍の早さは、彼の情熱と似ていた。

彼が胸に抱く熱い想いを彼女に伝えたいと思う気持ちと、決して気づかれたくないと思う気持ちが、心の中で激しく戦っていた。

「あなたが俺に背を向けるたび、あなたを捕まえたくなる強い衝動に駆られていることなど、知らないだろう?」

＊＊＊

ヌリタスは張り裂けそうな胸をおさえ、城の裏側にやってきた。ソフィアに木の剣を預けた後、上気した頬を両手でこすった。

「奥様、大丈夫ですか?」

ソフィアはさっきからヌリタスが何も言わないので、心配していた。

(公爵様とあんなに仲がいいのに、何か心配事でもあるのかしら)

ヌリタスは大きなため息をつきながら、オニックスの小屋の前にしゃがんだ。小さな小屋で横たわっていたオニックスが尻尾を振りながら彼女を歓迎した。

犬たちはいつの間に肉付きがよくなり、舌で腹を舐めたり、軽く走り回りながら土を掘り返していた。

犬のピンク色の鼻に土が付くのを見ると、さっきまでの緊張が解けるように消えていった。

そして、母との団欒《だんらん》を過ごす犬たちを見ていると、自分が過ごすことができなかった母との時間について思い出し、残念な気持ちにもなった。

「お前たちはとても幸せそうだな」

浮き立った気分が嘘のように冷めていった。

母親と並んで食事をした記憶すらない。それが何の意味かもわからずに生きてきたのだ。

(なぜ、今頃になって)

いっそのこと、この気持ちを一生知らぬまま生きることができたらよかったのに。

母親が永遠にいなくなるということがどういう意味なのか悟った時、過ぎ去ったすべての時間が後悔に変わった。

(何も知らなければ……)

時間は、彼女の事情などとは関係なく流れていった。ヌリタスは切れそうな一本のロープの上でバランスを取らなければいけないような危うさを感じた。

母の体調が回復したとしても、その後は…。

彼女に、未来など与えられるのだろうか。

不安そうなヌリタスのそばに犬が一匹近づき、彼女の手を優しく舐めた。犬の柔らかい毛を目で追いながら、片手で頭を撫でてやった。

だが、ヌリタスの心を奪った人物のことを思い出し、ボソッと呟いた。

「そうだよな。どうしてこんなに好きなんだろう」

第50話　真夏の昼の演劇

セザール・ベイルは、すぐに何か対策をとらなければならないという結論を出した。

彼のような消極的な人間にとって、それはとても意外な行動だった。

（これは私の未来と公爵夫妻の新婚生活がかかった重大な出来事だ）

公爵が一体どんな意図でこんなことをするのか知る術もなかったが、だからといってこのまま黙っているわけにもいかなかった。

悩んだ挙句、セザールは公爵夫人の女中であるソフィアに助けを求めた。最初に助けて欲しいと伝えた時、彼女がきっぱりと断ったため、動揺した。

ソフィアは夫妻の仲がとても良いと思っていたため、セザールの言葉に納得できなかったのだ。何度も説明して、やっと彼女は理解を示した。

セザールとソフィアが仲間になって数日後に、二人は公爵夫人を庭園に誘《おび》き出《だ》す作戦を立てた。

セザールが震える声で、隣にいるソフィアに励ましの言葉をかけた。

「これが公爵様と公爵夫人にとってとても重要なことだということを、忘れてないでしょう？」

「ですが、こんなこと……」

「我々はただそういう演技をするだけだ。奥様が最近やたらとため息をついたり苦しんでいると言っていたじゃないか」

「それはそうですね」

ソフィアもまだ男性と恋愛どころか手を繋いだことすらなかったため、これからやらなくてはならないことをやり遂げる自信がなかった。だが、時折とても憂鬱そうに見える公爵夫人の青い瞳を思い出し、ぎゅっと拳を握った。

ソフィアは、高まる鼓動を抑えようと大きく深呼吸をした。


その時ヌリタスは心配そうな瞳で、公爵がいる場所とは反対方面にひたすら歩き続けていた。

頭痛がひどく横になっていたかったのだが、ソフィアが訳のわからない話をしてきたせいで、こうして外に出ることになった。

（ソフィアが何と言っていたっけ？）

だが少し時間が経つと、鍔《つば》の広い帽子がすべての日差しを遮ることができないのと同じように、ヌリタスの頭の中は、公爵に対する考えで埋まり始めた。

（身分をわきまえなくちゃ。あんな方を想ってしまうなんて……。しかもあの人は、男が好きなのに）

その時、聞き覚えがあるが、何だかぎこちない声が聞こえてきて、ヌリタスは足を止めた。

「や、めて、く、ださ、い」

「ソ、フィア。き、君も、ぼ、僕を、好き、だろ？」

「ああ、だ、め、で、す」

声がする方の草むらが、まるで生きているかのように激しく動いている。ヌリタスはソフィアに何かあったのではないかと心配になり、急いでそっちに向かった。

そこではソフィアとセザールが抱き合っていて、公爵夫人をみると慌てて体を離した。ヌリタスは彼の髪の毛と服のあちこちにくっついた落ち葉を見て、これがどんな状況なのか把握しようとした。

「ああ、奥様」

ソフィアが恥ずかしそうに頬を赤らめ、頭を抱えて震えていた。そしてセザールも、何度も咳払いをした。

「えっ、どうして……！」

ヌリタスは今目の前に広がる光景を理解できずに、言葉にならない言葉を口にすることしかできなかった。

公爵とセザールは、お互い愛し合う関係ではないのか？カリックス嬢も、公爵が男を好きだと言ったと言っていたじゃないか。

するとセザールが服についたものを払いながら、姿勢を正してヌリタスにこう言った。

「私が説明いたしましょう。奥様は誤解されております。私はただの、平凡な男にすぎません」

「では、公爵様がおっしゃったことは……」

「それはただ女神ディアーナだけが知るところ。誓って公爵様は奥様の思うような方ではありません」

セザールはついに言いたいことが言えて、スッキリしていた。今まで、公爵夫人から公爵を奪ったような立場になってしまい、とても悲しかった。

鋭い目をした公爵から愛される自分の姿を想像しただけ

でも、真夏の風邪にかかったような恐怖に襲われた。

一方ヌリタスは、セザールの言葉を聞いて、さらに頭の中が混乱するのを感じた。

(公爵様は男色ではなかった。セザールとも、何の関係もない)

そして突然剣を教えてくれると言って彼女を抱くように後ろに立っていた公爵のことを思い出し、顔が熱くなった。胸に灯がともるような気もしたし、真冬の雨が頭の上に降り注ぐような気もした。ヌリタスはどうにか平静を保ちながら、はっきりと言った。

「今日の出来事は、お互い公爵様には言わないことにしましょう」

セザールは、悲壮な面持ちでそう告げる公爵夫人に、わかりましたと答えた。

そしてヌリタスはソフィアとセザールの時間を邪魔してはいけないと思い、彼らに背を向けた。

彼女は嬉しいのか悲しいのかわからないくらい少しだけ唇を尖らせていた。そんなヌリタスの帽子の上に、ひらひらと花びらが舞い落ちていた。

セザールはそんな公爵夫人の姿を見て、この作戦が成功したのか失敗に終わったのかわからず、頭を掻いた。ソフィアも、去っていく夫人の姿をしばらくの間ぼんやりと見つめていた。

「セザール様、奥様はどう思われたのでしょう」

「私にもよくわからない」

＊＊＊

長閑《のどか》な日がしばらく続いていた。

公爵はヌリタスに木の剣を贈った日から、度々演武場にやってきては基本的なことを彼女に教えてくれた。最初はぎこちなかったが、教えられたことはすぐに上手《うま》くできるようになった。

だがこの剣術を教える間にも、釈然としない感情がルーシャスを苦しめていた。

「そこでまた姿勢が崩れている」

ルーシャスが彼女の後ろに立って、姿勢を直すという名目でその小さな体をぎゅっと抱いた。

最初はこんな意図で剣を習うことを勧めたわけでは決してなかった。彼の剣術を瞳を輝かせて見つめるヌリタスを見て、ふと思い付いただけだった。

だが自分の気持ちを少しずつ自覚してからは、彼女にもっと触れていたいという欲求が出てきた。警戒心の強い彼女と一緒にいるために、男が好きだという誤解をわざと植え付けた。

(だが、何かおかしい)

「教えてくださって、ありがとうございます」

確かに少し前までは、触れるたびに彼女は耳を赤く染めていた。自分の存在を意識して小さな肩をすくめる姿さえも、ぞっとするほど愛らしかったのに。

数日前から、彼女の反応はすっかり変わってしまった。ルーシャスが彼女の細い手首を掴んでも、耳元に吐息を漏らしても、無反応だ。

もしかして彼女はもう自分に魅力を感じていないのではないかと思うと、気持ちが焦った。

ルーシャスは、「暑い」と言いながら突然着ていたシャツを脱いで柱にかけた。

太陽に照らされた半裸の体は、まさに彫刻そのものだった。適度に日焼けした肌と、ちょうどいい具合についた筋肉の調和が素晴らしかった。

だがヌリタスは彼のその姿を見ても驚きもせず、再び見ようともしなかった。ルーシャスは彼女の気を引くために、わざと彼女の前で伸びをして見せたりした。

だがヌリタスの気を引いたのは、彼の立派な筋肉や美しい体ではなかった。彼の背中に刻まれたたくさんの傷を見たヌリタスは、一人深い思いに沈んでいた。

王国で、王族の次に高い身分の彼には似つかわしくない傷だ。戦争中は鎧をまとっているから、あんな傷ができることはないはずだ。

彼女の青い瞳が、とても深く沈んでいく。

もしかしたら公爵は、自分が思っている以上に辛い時間を過ごしてきたのかもしれない。だからこそ余計に、彼の隣に自分は相応しくないと思った。

ルーシャスは、彼女が服を脱いでも全く反応を見せないため気恥ずかしくなり、再びモゾモゾとシャツを羽織った。

「公爵様、今日はもうおしまいにしてもいいでしょうか? 午後にやることがあるのです」

ルーシャスは、こんなにいい日差しの中で、もう少し彼女と一緒にいたかったのだが、ヌリタスはそんな彼の気持ちには気づいていないようだった。

彼と彼女の距離を証明するかのように消えていくヌリタスの後ろ姿を、ルーシャスはしばらくの間見つめていた。そして、今日も彼女を笑わせることができなかったことに気づき、ため息混じりの笑いをこぼした。

「こんなことになるなら、もう少し恋愛をしておけばよかった」

女性の心など、彼にはわからなかったのだ。

母親が死んだ八歳の時から、彼の周りにそんなことを教えてくれる人は誰もいなかった。

父も母も兄も皆この世を去り一人残された小さな子どもに、自分の感情を見つめる余裕などなかった。ルーシャスは彼女が去った方向に向かって腕を伸ばし、手を握りしめた。

＊＊＊

ヌリタスはしばらく歩いてから、我慢していた息を大きく吐き出した。

彼が男色でないとわかってから、彼女の心臓は公爵に向けて勝手に走り出した。彼がどんな意図で彼女を騙したのかはわからないが、まだその事実を知ったということを彼に知られたくなかった。

そうすれば、公爵のそばに少しでもいられるのではないか。

何も知らないふりをしていれば、この気持ちもバレないだろう。

ヌリタスはぼんやりとした瞳のまま、すぐに自分の部屋へと向かった。

馬上試合が近づいていたが、彼女の布に刻まれた模様は、ちっとも鳥の形をしていなかったため、焦りを感じていた。

ヌリタスは、夜遅くまで刺繍をした。だが気持ちは全く落ち着かなかった。

小さくて細い針が布を突き抜けるたびに、彼女の雑念が徐々に大きくなっていった。目が疲れて少しだけ手を休めている間も、黒い髪の彼の姿を思い浮かべてしまう。

彼は、彼女が先日体調を崩した時以来、寝室を訪れていない。

（ここは彼の寝室なのに。どこか落ち着かない場所で寝ていたりはしないよね……？）

セザールと一緒ではないということを知ってから、さらに気になり始めた。そして、ふと初夜のことを思い出した。

何と言っていたっけ。

緊張のせいでたくさん酒を飲んでしまい記憶が鮮明ではないが、あなたを抱かないと言っていたような気もする。

「どうして？」

彼を騙していたからだろうか。

実はすべてロマニョーロ伯爵の仕業で、自分と母親はただ力なき罪人なだけだと嘆きたかった。

だが、貧しい暮らしの中生き延びるためにこの道を選択したのは彼女自身だった。だからこそヌリタスは貧しい過去を言い訳にしないと心に決めた。公爵に同情されたくなかった。

「畜生」

ヌリタスはすくっと立ち上がって、部屋を歩き回った。

そして寝室に置かれた大きな鏡の前に辿り着いた。

真っ白なシュミーズに月明かりが差し込み、彼女の肌の下の血管までが透けてみえた。ウェーブのかかった銀髪で無表情の顔はいまだに自分ではないように感じる。

鏡の中の冷たい目をした女が、まるで自分をあざ笑っているような気がした。

そんな高価なドレスが似合うと思っているの？

あんたみたいな子に、ここが相応しいと思う？

「はあ」

誰に言われなくとも、彼女自身が一番よくわかっていた。こんなドレスも輝く銀髪も、すべて彼女には相応しくないのだ。

（でも……）

彼女が選択できる運命ではなかった。

こんなことになる前までは、この支離滅裂な人生に対して悩んだことすらなかった。

「説教はやめて！　望んでこうなったんじゃない！」

寂寞《せきばく》が流れる夜、ヌリタスは力強くそう叫んで、鏡に背を向けた。

開かれた窓の間から入り込んでくる冷たい空気のせいで、腕にぞわっと鳥肌がたった。しばらくの間窓辺で手が痛くなるほど外に伸ばしてみた。

久しぶりに感じる懐かしい感覚が、彼女の心を落ち着かせた。

ヌリタスは窓を閉めてカーテンで月明かりを隠すと、再び刺繍枠を手にした。

「死んでもこれだけは完成させよう」

ワシが夜空を飛び回る姿を刺繍したかったのだが、羽が非対称になり、クチバシも少し伸びてしまった。

「こんなので、あの人はこれがワシだとわかってくれるだろうか?」

鶏が鳴く時間まで、刺繍を続けた。だが、それでも少しの疲労も感じないのはなぜなのか、彼女はわかっていなかった。

第51話　夜空を翔《か》ける者たち

ルーシャスとヌリタスは、いつの間にか日常になった剣術のレッスンに一生懸命だった。

衝動的に木の剣を渡したことから始まったレッスンだが、ルーシャスは自分の妻は素晴らしい生徒だと思った。一度教えたことは忘れなかったし、骨は弱かったが機敏で柔軟性があった。

「素質があるな」

初めての褒め言葉に、彼女は何と答えたらいいのかわからなかった。ヌリタスは、褒められるということはこんなにも心を踊るのだということを知った。

嬉しさのあまり突然顔を上げたら、激しい目眩を感じて体がよろけてしまった。公爵につかまらなかったら、そのまま倒れてしまっていたかもしれない。

「おっと。無理をさせすぎたか」

ヌリタスはその瞬間、公爵の口の形だけは見えたが、言葉は耳に入ってこなかった。しばらくして頭が少しスッキリしたので周りを見渡してみると、公爵の服を敷いて座っているではないか。

その上、すぐそばで彼が足を組んで横になっていた。

二人きりでいるとわかった瞬間、顔がカアッと熱くなるのを感じた。すぐに空気を変えようと、横にあった剣を手にとった。剣の柄の部分に、だいぶ前に掘られたと思われる文字が見えた。

「ルー」

ヌリタスは何も考えずに声に出してそれを読んだが、何だか不思議な気分に襲われ、言葉の最後を濁した。確かに、どこかで聞いたことがある名前だ。横になっていた公爵が上半身を起こして、懐かしそうな目をした。

「亡くなった父が名前を彫ってくれたんだ。その名前、本当に久しぶりに聞くな……」

淡々とそう言っていたが、ヌリタスにはわかった。公爵が今、幸せだった頃のことを思い出しているのだと。

公爵のような身分の高い人が悲しみにくれている時どんなふうに慰めてたらいいのか、ボバリュー夫人は教えてくれなかった。ヌリタスは彼の瞳の影を、少しでも取り払ってあげたかった。彼女は今日の午前からずっと胸に隠し持っていた小さな布を恐る恐る公爵に差し出した。

「これは何だ?」

微かな記憶に浸っていた彼は、彼女が差し出したものをそっと開いた。薄い布を広げると、それは普通のハンカチだった。ルーシャスはそれを両手で持ち上げてみた。

白い布に、夜空を飛び回っているような鳥の刺繍が施されていた。確かにモルシアーニ家を象徴するワシのようだったが、羽は折れ曲がり、全体的に雑だった。

その上、夜空のあちこちには穴が空いており、真っ白な布地が見えていた。

明らかに、上手だとは言えなかった。

だが、なぜこの小さなハンカチ一枚で、こんなにもあたたかい気持ちになるのだろうか。ルーシャスはそれを大切に受け取ると、笑い出した。

一方ヌリタスはあまりにも恥ずかしい出来のハンカチを渡してしまい、穴があったら入りたい気持ちだった。しかも、ハンカチを開いた公爵はこんなにも大きく笑っているではないか。

(上手くはできなかったけど、でも……)

公爵に対する感謝の気持ちを、その小さな物を通して伝えたかった。だが、目の前で笑われてしまっては、何ともないふりをするのも難しかった。指先の傷たちが、再び痛み出すような気がした。

ルーシャスは笑うのをやめ、誤解されてはいけないと思い、慌てて説明した。

「ありがとう。俺がこんなに素晴らしいプレゼントを受け取ったのに礼に欠ける態度をとったのは……今までの十数年間にもらったものの中で、最も気に入ったからだ」

ヌリタスは、公爵が心から感謝している様子であることを口調から感じると、いっそのことさっきまでの状況の方がマシだったと思い始めた。

(なんてことだ。城にはありとあらゆる貴重で高価なものたちが並んでいるのに。なぜこんなみっともないハンカチが気に入るんだ)

そして二人の間に、少しの沈黙が流れた。

「つまらないものですが……受け取ってください。そしてどうか馬上試合、お怪我をなさらないでくださいませ」

ヌリタスはそう言った後いつものようにさっと立ち上がりこの場から立ち去る作戦だった。公爵と並んで座ったままここにいるのは、心臓への負担があまりに大きかった。

そして彼女が立ち上がろうとしたその時、公爵がさっとヌリタスの手首を掴んで引き寄せた。

「?」

怪訝そうな青い瞳を見つめながら、ルーシャスがゆっくりと口を開いた。

「この素敵な贈り物に対するお返しがしたい」

彼女の手首を優しく撫でる彼の手は、とても熱かった。

ヌリタスは彼の声の響きがいつもと違うことに気がついていたが、なぜか彼の目を見つめること以外他に何もできなかった。公爵の黒い瞳の奥に、彼女と似た青い波が見えた気がした。

彼がゆっくりと彼女の方へ顔を傾けると、ヌリタスは彼の爽やかな空気を近くに感じ、そっと目を閉じた。彼がゆっくりと近づいてくる時間が、とても長く感じた。

そして公爵の唇が彼女の額に軽く触れると、ヌリタスはその感覚に驚いて、さっと体を離した。だが公爵は彼女の両腕を軽く引き寄せ、とても小さな声で囁いた。

「額にするキスの意味を知っているか?」

彼女は彼に、「悪戯がすぎる」と言いながら軽く流そうとしていた。だが彼の瞳は決して軽くなどなかったため、何も言えずに黙ってしまった。彼女はただ、罪なき空を見つめるだけだった。

＊＊＊

伯爵の誕生日以降、ロマニョーロ家はまるで喪に服しているような雰囲気に包まれていた。

メイリーンがまだ旅立っていないことに気がついた伯爵の怒りが爆発したせいで、メイリーンはついにここを離れるしかない状況になった。その上、後継者であるアビオが辺境へと出発する日が決定し、夫人は心配で居ても立っても居られなかった。

「お母様、私行きたくないわ。ここでお母様と暮らしたい」

「ああ、わが娘、メイリーン。今度ばかりはどうしようもないわ。どうしたらいいのかしら」

赤毛で華奢なメイリーンが、大声をあげて母親に泣きついているところだった。伯爵夫人は、末娘の泣く姿があまりにもかわいそうで胸が張り裂けそうだった。

メイリーンは、どんな娘だっただろう。

「娘」だという理由で、生まれてから百日経つまで伯爵の顔すら見られなかったかわいそうな子どもだ。体も弱く、生まれてから何度も生死の境目をさまよってきた。

「女神ディアーナは、とても残酷ね」

父親に恵まれなかった娘は、結局配偶者にも恵まれないのか。あんなにも輝かしく威風堂々とした公爵の妻の座を自ら蹴り飛ばし、安らげる家を捨てて、波の荒い海へと旅立たなければないない。

「お母様。私、怖いわ」

父親の分まで娘を愛すると決めた伯爵夫人がメイリーンに対して物質的にも精神的にも惜しむことなく与えてきた結果、メイリーンは一人では何もできない貴族のお嬢様に成長した。

（こんな子を送り出すなんて。心配で仕方がない）

「こっちへいらっしゃい、娘よ」

伯爵夫人は大切な娘を抱きしめて涙を流す以外、何もできなかった。

伯爵は、公爵が帰った日、いくら呼んでも現れない息子を自ら探しに行った。

そして彼が見たものは、吐瀉物まみれで床に倒れているアビオだった。もう少し発見が遅れていたら、吐瀉物を詰まらせて死んでいたかもしれない。呆れて物が言えなかった。

厳しい辺境へと送る前に危うく後継者を失ってしまうところだったと思っただけで、神経痛が再発しそうな気分だった。

召使いや医者たちがアビオのために走り回っている最中、伯爵は舌打ちしながら声をあげた。

「情けないな。意識が戻ったら、私の元へ連れてこい！」

そして二日後、アビオはいつも通りの蒼白な顔でうつむいたまま、伯爵の顔色をうかがっていた。

「出来損ないが」

貧相な息子の背中はより一層丸まり、赤い髪の毛は伯爵の銀髪とは違って軽薄にみえた。アビオはどうせ伯爵に頭を下げなければいけないのだったら、さっさと機嫌をとってこの時間を終わらせたかった。だが今日は彼の期待とは異なり、軽く叱られるだけでは終わらなかった。


「はい？　どういうことですか？　僕は伯爵家の後継者なのに、なぜ侯爵の侍従なんかにならなければならないのですか？」

「……」

「お父さん！　僕はあんな寒いところに行きたくないです！」

アビオはすでに辺境に行っているかのように体を震わせ絶叫した。

椅子に深く腰掛けていた伯爵が、不満そうな目でアビオを睨みつけた。

何一つ自分に似ていない、軟弱な息子だった。

（私生児の女にも及ばない後継ぎとは……話にならない）

きっかけは少々気に入らないが、むしろアビオにとってはいい機会かもしれない。

伯爵夫人に甘やかされてわがままに育った息子が、男になって戻ってくるかもしれないと期待してみた。男色だというスピノーネ公爵の噂が気にはなるが、まさか伯爵家の後継者に手を出したりはしないだろう。

完全に青ざめてしまった息子を見つめながら、伯爵は顎を触って口を開いた。

「そこで広い世界を見てくるんだ。三年程で十分だろう。男になって帰ってこい。ロマニョーロ家の真の後継者として生まれ変わるんだ」

息子に見聞を広めてこいと伝える伯爵の声は落ち着いていた。

一方でそれを聞いたアビオは、その言葉を到底信じられなかった。足がガタガタと震え、指先が冷えて行くのを感じた。酒に酔って二日間倒れていたのちに対面したこの父親は、今一体何を言っているんだ？

いくら気に入らない息子だとはいえ、これはあまりにもひどすぎる。きっと伯爵は頭がおかしくなってしまったのだ。そうでなければ私生児を公爵に嫁がせたり、自分を辺境に送ったりなどしないはずだ。アビオが全く気力のない目で宙を見つめていると、伯爵が怒鳴り声をあげた。

「何をしている。出ていけ。このクズが！」

伯爵に部屋を追い出され、よろめきながらなんとか廊下に出た。世界に投げ出された気分だった。スピノーネの領地に行ってもいない今の時点で、きっとそこでの暮らしに耐えられないだろうと直感した。

その時、廊下で彼の視線を避けようと体を縮こめている女中が目に入った。アビオはその姿に父が自分を見下す時と同じような不快感を感じ、我慢できなくなった。

「お仕置きしてやらないと」

アビオはその礼儀知らずの女中を引きずって、彼の部屋へ入った。父に侮辱された気持ちや挫折感を、すべてその か弱い体に発散した。いくら踏みつけても気持ちは晴れなかったが、それでも少しの間すべてのことを忘れられた。

＊＊＊

伯爵城から一人の女中が消えたことを知ったのは、パーティーが終わってから三日後のことだった。

ロマニョーロ伯爵は、アビオの今後について決めた後、伯爵夫人にも知らせた。なんだか後味が悪かったが、彼は勝者であり、モルシアーニ公爵は罠にかかったネズミであることに変わりない。

「なかなか貴族らしくなっていたじゃないか」

化粧を施しドレスを来て座っていた私生児は、メイリーンを凌駕《りょうが》する気品を漂わせていた。

「そうだよな。私の血が流れているんだ。仕方ない」

私生児一人を除いては、子ども達は全員夫人ににて赤い髪の毛をしていた。

伯爵はグラスを傾けながら舌打ちをした。気分が晴れずに、もう一度グラスを傾けた。

だいぶ酔いがまわってくると、一人の女のことを思い出した。卑しい身分であることを除いては魅力的で、彼が度々尋ねている女中だ。適当にガウンを一枚羽織り、その女中の部屋へと千鳥足で向かった。

だがそのみすぼらしい部屋にいるはずの女中はどこにもおらず、ただ風の音だけが響いていた。伯爵は赤くなった顔で、狭い部屋を一周してみた。だがどこにも女中の痕跡はない。

「レオニー、おい。かくれんぼでもしているつもりか?」

結局伯爵は、この部屋で息をしているものは自分だけであることに気がついた。酔いがさっと覚めるような気分だった。

「見つけたらただじゃおかないぞ」

第52話　モルシアーニ公爵の告白

ヌリタスは公爵の計らいで、馬上試合の前に母親に会いに行くことができた。

久しぶりに会った母の顔は、病状が一向によくなっていない様子で、彼女はとても気が重くなった。

「そう。そこに行ったらどれくらいかかるの?」

「私にもよくわかりません」

「元気なんだね? お前の顔から、春を感じるよ」

母はベッドにもたれかかったままヌリタスの顔を見て、微かに笑みを浮かべてみせた。ヌリタスはすべてが正しくないような気がして、申し訳ない気持ちでいっぱいだった。

公爵を想っていることはもちろん、母を差し置いて自分だけ健康なのも気に食わなかった。浮かない表情で俯《うつむ》くヌリタスに、痩せた手が近づいてきた。頬に触れたその手が、ゆっくりと娘の顔を撫でる。

「お前がもっとたくさん笑うこと。それが母さんの最後の願いだよ」

その言葉を聞いたヌリタスは、母の小さな手をつかんで涙を流し出した。

「母さん、ごめんなさい」

荒れた手が、彼女の涙を拭う。

「こんないい天気の日に、どうして泣くんだい」

母を公爵家に連れて行きたかったが、物事が無事解決するまではここで静かに体を休めるほうがいいだろうという公爵の言葉を思い出した。

それはそうだ。

二十年近くも母に執着したロマニョーロ伯爵の性格上、きっと簡単には諦めないはずだ。凶暴な狩猟犬を連れてきたり、鋭いナイフや槍を持って母の後ろを追いかけてくるかもしれない。

レオニーは病人たちが着る木綿のシンプルなドレスを着ていた。ヌリタスは、母の体調が悪化する前に、自分と同じような美しいドレスを着せてあげたかった。水っぽい粥やカビの生えたパンではなく、きちんとしたものを食べさせてあげたかった。

もちろん彼女が真の公爵夫人ではないという事実は、解決していない宿題のように残っていたが、公爵城でなくとも、どこであろうと伯爵家よりはマシだろうと確信していた。

「母さん、私がいない間に、どうか元気になってください。そして一緒に山に行って花を見たり、今までできなかったことをしましょう」

ヌリタスは、一人で庭園を散歩しながら見てきた美しい風景を、母と分かち合いたかった。いつも伯爵城のくすんだ床を磨くばかりで、季節の移り変わりの美しさなどを感じる余裕すらなかったはずだ。

「そうね」

レオニーは夢にすら見たことのなかった風景を頭の中で思い描きながら、ヌリタスをゆっくりと見つめ、そして手を強く握った。

「気をつけて行っておいで。私の心配はいらないよ。ここの人たちは親切だから。体も、少しずつ良くなってきている」

そう言って微笑む母の顔には、全く血の気がなかった。その姿があまりにも悲しくて、ヌリタスは言葉が出なかった。

「それから。私がいなくても、いつも幸せになるために努力するって約束してくれる？」

ヌリタスは、母の言葉がすべて最期の言葉のように感じて、わざと何も答えなかった。会うたびに、これが最期だったらどうしようという不安に駆られた。

「そんなこと言わないでください。母さんがいなかったら、幸せになんかなれません……」

ヌリタスは涙をこらえ、わざと平気なふりをして笑ってみせた。やっとあの地獄のような場所から抜け出すことができたのだ。

（希望は捨てない）

娘の顔に浮かんだ真っ白な虹のように澄んだ微笑みをみて、レオニーもゆっくりと笑った。

それは、ヌリタスと母親が初めて一緒に笑った瞬間だった。

ヌリタスは母親の看病をしてくれる女性にしっかりと母を託すと、部屋から出た。涙が出そうになるのとぐっと堪えながら、しっかりと前だけを見て歩いた。馬車に乗り込んだヌリタスは、揺れる体をしっかりと支え、大きな木を見ながら呟いた。

「どうか奇跡が、母さんにも……」

帰り道の間中、ヌリタスは母のために祈り続けた。

＊＊＊

ルーシャスは、夕食の席でも妻の表情が硬いので何度も咳払いをした。

確かに昼間に母親に会いに行ったはずなのに、どうしてこんなにも憂鬱そうなのだろうか。

病状が良くなっていなかったのだろうか。それとも他に理由があるのだろうか。

ルーシャスはヌリタスの顔を見ながら、注意深く口を開いた。

「腕のいい医者といい薬が揃っている。そう心配しなくても大丈夫だ」

彼の気持ちが彼女にゆっくりとでも伝わることを願いながら、顔色をうかがった。

ヌリタスは、全く回復していない母親を置いてきたことが、気にかかっていた。だが公爵の口から出た言葉があまりに意外で、何も言えなかった。

（ありがとうございますなんて簡単な言葉で、この気持ちが伝わるだろうか）

喉を通らない食べ物を無理矢理《むりやり》飲み込み、ずっと公爵を意識していた。時間が経つほどに彼に対する想いは深くなり、彼からの好意はさらに彼女を萎縮させた。

結局考え込んでしまい、食事が終わるまで彼と会話をすることができなかった。


彼女が部屋に戻ろうとした時、公爵が散歩に行こうと提案した。内心、部屋に戻って一人になりたかったが、公爵の差し出す手を断ることができなかった。


月がぼんやりと光を放ち、カモの姿も見当たらない湖がゆらゆらと波打っていた。頬に触れる風さえも暖かい夜だった。

当てもなく揺れるヌリタスの瞳を除いては、すべてが静かだった。

言いたいことを胸にぐっと押し込めたまま、彼女は公爵の隣を黙って歩いた。

会話はなかったが、公爵はとても嬉しかった。このまま永遠にこの夜を歩き続けられたなら、それもいいかもしれない。

「汗をかいてしまった」

ルーシャスはそう言いながら立ち止まると、ハンカチをゆっくりと取り出し額を拭った。

そのハンカチが何なのか気がついたヌリタスは困惑した。

高貴な人がこんなにみっともない物を持ち歩いているなんて。そしてそれを見て連想するのは、公爵からの短い口づけだった。

思い出しただけで、ヌリタスの額はその日と同じように熱くなった。

ルーシャスはそんな彼女の姿を満足そうに見つめ、ヌリタスの手をそっと握った。

「あなたに告白することがある」

ルーシャスは、馬上試合に行く前に、彼女の誤解を解かなければならないと決めていた。

今となっては一体どんなつもりであんな冗談を言ったのかも思い出せない。

最初は、少しだけその状況を楽しむつもりだったのだ。

だが時が経つにつれて焦りを感じ、そのせいで苦しんだのは彼女ではなく自分自身だった。

実は自分は女性が好きであるということを、きちんと伝えたかった。

（なんであんなこと……）

だが時には、遅すぎるということもある。ルーシャスは下唇を軽く噛んだまま、次の言葉をなかなか言い出せずにいた。そのせいでヌリタスは、繋いだ手を離すこともできないまま、固まっていた。

（なぜこんなに真剣なんだ）

ヌリタスは彼の言葉を待っている間、口の中が渇いていくのを感じた。もしかして、元の場所へ帰れというのではないだろうか。

それとも、彼女の嘘に対する怒りを吐き出すのだろうか。

一方でルーシャスは、先ほど威勢良く告白があると言ったものの、まだ葛藤していた。

戦場で無数の死体を踏み、直視できないような残忍な出来事にも耐えてきた彼だった。

だがそんな偉大な彼でも、こんな瞬間はお手上げだった。

そしてルーシャスは、正直に話すこと以外に方法はないという結論にたどり着いた。

「実は俺は女性が好きなんだ」

焦ったルーシャスは、一息でそう言った。だがそう言ったあとで、また別の不安が彼を襲った。彼女を騙した自分のことを恨むのではないだろうか……。

しかし公爵の心配とは違い、ヌリタスは何も考えられずにいた。

彼女が作ったハンカチを大切に持っている彼の姿と、女が好きだと告白して彼女を見つめるその黒い瞳のせいだ。

二人はまるでダンスを踊るように手を握ったまま少しずつ近づいた。ルーシャスは再びハンカチをそっとしまい、握った手に少しだけ力を込めた。

彼女の青い瞳が、驚くたびに輝くのが好きだった。

近づくたびにビクッと後ずさりする、その挙動も可愛かった。

月明かりのような銀髪も、愛おしかった。

お茶をこぼしてしまった女中に優しい言葉をかける彼女の声にうっとりした。

怪我をした子どもを抱いて走る彼女の勇気に魅了された。

雨に打たれながらオニックスの子どもを抱き上げる彼女

の姿に、心を奪われた。

彼女の生まれや身分など、彼にとって何の意味も持たなかった。

彼は彼女へと、さらに二歩近づいた。

彼女に惹かれているということを自覚した瞬間、これ以上ためらう理由はないと思った。

「あなたが俺の元へやってきたとき、とても嬉しかったといったら、信じてくれるか?」

しばらくしてから公爵の告白を理解したヌリタスは、座り込んでしまいそうになった。すぐにこの手を離して部屋へ戻らなければいけないと思った。

「公爵様、何を……」

「俺が生まれて初めて心を奪われた女性があなただと言ったら、受けとめてくれるか?」

ルーシャスの瞳が黒く輝き、彼女だけを見つめていた。

ヌリタスはいつものように彼の顔にいたずらめいた表情が浮かぶことを期待していた。そして冗談だったと軽く笑ってくれることを願ったが、公爵にそんな気配は全くなかった。


(なぜこんなにも高貴な方が、私なんかに愛を求めるんだ……?)

彼女は驚きのあまり、しゃっくりをし始めた。

ずっと憧れていた公爵から、こんな告白をされるとは夢にも思っていなかった。彼女や母に対する施しは、公爵の優れた人格による慈悲の一種だと思っていた。

ルーシャスは告白に答える代わりにしゃっくりをするヌリタスを見て笑ってしまった。

張り詰めていた糸が切れたような気がした。彼女と共に過ごす時間は、まだたっぷり残っている。

(気持ちは伝えたのだから、これで満足しよう)

彼はゆっくりと自分のマントを脱ぎ、ショールをかけた彼女の肩を包んだ。まだしゃっくりをしている彼女に、いたずらっぽく言った。

「それを止めるいい方法を知っているんだが……」

「っ……!」

ヌリタスは変な音のしゃっくりを止めようと息を止めていたが、公爵の言葉に驚いてしゃっくりが止まっていたことに気がついた。

「ああ、残念だ」

「……」

「戻ろうか」

ルーシャスは手を伸ばして彼女の肩をそっと抱き、並んで歩いた。彼女と彼女の影が混ざり合う、美しい夜だった。

＊＊＊

それからどうやって部屋に戻ってきたのか全く記憶がなかった。

ヌリタスは肩にかけられたままの温かいマントを脱いで胸に抱いた。マントから感じられる公爵の残り香で、胸が苦しくなった。

「どうしたらいいの……」

自分のことをよく思ってくれていることは、ありがたかった。だが、自分が彼のそんな心を受け止めてはいけない立場だということに変わりはなく、どうしようもない現実が二人の間に存在していた。

まさか伯爵はこんな状況まですべて予想していたのだろうか。自分のせいで、今後公爵は苦境に立たされるのではないだろうか。そんな心配が彼女に襲いかかり、頭をあげることができなかった。

どうするべきなのか、全く見当がつかなかった。

窓に映る木の影がヌリタスの頭を撫でるようにゆらゆらと揺れていた。

第53話　握り合った手はあたたかい

　ヌリタスの髪が完全に本来の銀の色に戻った頃。

　馬上試合の日は訪れた。

　前日に準備した荷物をすべて積み、公爵とヌリタスはモルシアーニ家の馬車へ乗り込んだ。三台の馬車がとてもゆっくりと動き出した。


（馬上試合か……）

　ルーシャスは長い間戦場にいたため、数年間この悍《おぞ》ましい祭りに参加せずに済んでいた。だが今回は、国王から必ず参加するように言われ、断ることができなかったのだ。いくら国の英雄とはいえ、王の命令に背くことは叛逆《はんぎゃく》に匹敵することだった。

　ルーシャスは貴族の子ども達を値踏みするような舞踏会もまっぴらだったが、人の命を賭けて楽しむ馬上試合もうんざりだった。


　馬上試合の本来の趣旨は、騎士たちの実力を試し、迫りくる戦争に備えることだ。きっと最初のうちは、そのような意図で行われていたのだろう。

　だがルーシャスが見た馬上試合は、高い鎧に名馬、宝剣など家門の財力を披露するだけの場だった。優勝者を予想し大金を賭ける賭博場でもあり、多くの貴族たちの艶聞が流れる場所でもあった。

　馬上試合で行う訓練は、血が飛び散る戦場では役に立たないものばかりだった。

　戦場では、敵たちが攻撃の合図を事前に知らせることなどなく、突然現れては首を狙ってきた。

　そして、こんな愚かな行事の最中に、命を落とすものが何人もいるということが、さらに腹立たしかった。

（なんて無駄な死だろう）

　それは、戦争で家族や王国のためにともに戦い命を落とすような名誉あることではない。死んだものが落馬し土埃の中で転がっている時、観衆たちは勝者の名前を連呼していた。

　ルーシャスはそんな昔の記憶を呼び起こしながら、強く拳を握った。そんな試合に時間を割きたくなかったので、ルーシャスは故意に落馬したり、刺されたふりをして予選で敗退することに全力をつくしていた。だが今回は……。

虚ろな瞳で窓の外を眺めている彼女の横顔を見つめた。

綺麗な額と深みのある目元が彼の視線を奪った。礼儀正しく重ねられた手は、彼の片手におさまりそうだった。

その瞬間、ルーシャスは全身に力がみなぎるのを感じた。

母が死んで以来、初めて守らなければならない存在ができたのだ。

自然と勝負欲が疼《うず》くのを感じた。こうなった以上、いっそ最高の順位まで上り詰めなければならない。

「今回の試合だが、俺は優勝を目指している」

「え?」

「応援してくれるか?」

ヌリタスは手袋をはめた手を握ったまま、しばらく考え込んでいるようだった。

「……聞いた話では、馬上試合では怪我が多いと。落馬で骨が折れたり、槍や刃物による負傷する事もあると聞きました。公爵様の実力は信じていますが」

彼女は静かに短い願いだけ伝えた。

「怪我をしないで欲しいです」

彼女はそれを口にした後で、頬を桃色に染めて汗を掻いていた。それを見て、ルーシャスも自分の頬も熱くなっていくのを感じた。

ヌリタスが暑くなったのか、手袋を外しているのを見て、その指先に目が止まった。

ルーシャスはためらうことなく彼女の手首を掴み、じっくりと指先を見た。

なぜこんなに傷だらけなのだ。

「これは、一体どうしたんだ?」

ヌリタスは大したことない傷に驚く公爵の反応を見るとなぜか気恥ずかしくなり、手を離そうとした。ルーシャスは、指先の痛々しい傷跡は、彼の胸にしまわれたハンカチを作る過程でできたのだろうと、分かってしまった。

「あのハンカチか……」

彼は儚げな眼差しで彼女の指先をそっと撫でると、軽く息を吹きかけた。

昔、自分が痛いと泣いた時は、母と兄がこうしてくれた記憶がある。こんなことをしたからといって傷が治るわけではなかったが、ルーシャスの記憶では、こうされるととても気持ちが落ち着いた気がした。

「あなたの望み通り、絶対に怪我をしないようにしよう」

ルーシャスは、自分を奮い立たせるようにそういった。

砂利道を走る馬車は揺れていたが、二人の結ばれた心は微動もしなかった。

＊＊＊

馬上試合が開かれるヒースフィールドは、数百のテントが張られた領域、試合が開かれる競技場、予備競技場に分かれていた。

家門の紋章が描かれた旗がテントの上でなびいていた。予選が始まり熱気がみなぎる競技場からは悲鳴と歓声が上がっていた。声が聞こえるたびに、地面が微かに揺れているようだった。

「これは一体」

ヌリタスは顔のほとんどを覆ったベール越しに見える馬上試合の光景に驚き、ぽかんと口を開けていた。それもそのはず、伯爵城では他の貴族に出会う機会がほとんどなく、結婚式も簡素に終わらせてしまったため、たくさんの人々を目にするのはこれが初めてだったのだ。


予想していなかったわけではないが、これだけの人々がすべて貴族だと思うと、気が遠くなった。彼女が萎縮していることに気がついた公爵が、手をとって優しく話しかけた。

「試合はまだだから、まずは少し観覧をしよう」

彼らが競技場に入ると、すべての人々の関心が彼らに注がれた。

モルシアーニ公爵家の紋章が入った馬車から降りてきた二人だ。

王国のあちこちで公爵にまつわる奇怪な噂が広まっていたため、談笑していたものたちは皆声を潜めてささやきあった。

（あの美男子が、モルシアーニ公爵ですって？）

（噂と違うじゃないか……）

（あの血のモルシアーニ公爵が馬上試合に現れた！）

馬上試合の結果を賭けていた者たちも、騒ぎ始めた。戦争の英雄であるモルシアーニ公爵の参戦は、間違いなく勝敗に大きな影響を与えるからだ。

公爵がいなかった過去三年間は、ミカエル伯爵の優勝で幕を閉じた。だから、すでに多くの人々がミカエル伯爵に大金を賭けていたのだ。だが公爵の登場により、皆試合結果を予測できなくなっていた。

「少し騒がしいな。大丈夫か?」

ルーシャスはヌリタスに腕を組ませると、優しくそう尋ねた。

ヌリタスは人々や馬の騒音は全く気にならなかったが、視線からは自由になれなかった。二人が歩くだけで、多くの人々の熱い視線が注がれた。

それらの視線に悪意はなかったが、とても執拗な印象があった。だから、モルシアーニ家の名声に傷がつかないように、背筋を伸ばして公爵の歩調に合わせ優雅に歩いた。

円形の競技場の入り口には槍を持った兵士たちが歩哨《ほしょう》に立っており、公爵が近づくと丁寧に頭を下げて道をあけた。

競技場の中央にある試合を行う広い空間を除いて、ほぼすべての場所に観衆が溢れていた。その中には貴族ではない平民も紛れており、観客席は身分によって場所が分けられていた。

「公爵様にお越しいただけて光栄です」

どこからか現れた男が、二人をモルシアーニ家の席へと案内してくれた。試合会場が見渡せる良い位置に柔らかい椅子が準備されており、日よけのためのテントが張られていた。ヌリタスがここを歩きながら感じたのは、得体のしれない恐怖とおぞましさだった。

最初の試合が始まろうとしていた。

闘技場には鎧を全身にまとった騎士たちが、会場の両サイドで馬に乗って合図を待っていた。旗がふられると騎士達は、全速力を出しつつ長い槍で相手に狙いを定めて飛びかかった。

勝負は一瞬だった。左側にいた少し痩せた騎士が槍で突かれて血を流しながら力なく馬から落ちた。

(なんてことだ。この試合は大怪我をしたり、死ぬ可能性もあるんだ)

まるで公爵が怪我をしたかのように胸が痛んだ。彼にも十分起こりうることではないか。そしてさらに驚くことがその後に起こった。

勝った方の騎士が勝利に酔いしれて片手を振ると、観衆たちが一斉に歓声をあげたのだ。

地面に倒れ血を流し生死をさまよっている敗者には、誰も興味を示さなかった。ヌリタスは思ったよりもずっと残酷な馬上試合に寒気がした。

　気がつくと無意識に公爵の腕を強く掴んで震えてしまった。ルーシャスは興味なさそうに試合を見ていたが、ヌリタスが怖がっているのを感じ、さっと立ち上がった。

「もう行こう」

　彼だって来たくなかったが、王に指名されてしまった以上は一度は顔を出すのが礼儀だと思った。だがこれ以上ここにいる意味を見出《みいだ》せなかった。

（顔を出したのだから、もう十分だろう）

　ルーシャスはこんな面倒くさいことに巻き込んだ王の顔を思い出し、眉を寄せた。ロマニョーロ伯爵が老いたタヌキなら、王は狡猾な蛇のような男なのだ。

　ルーシャスは、さっきと同じようにヌリタスの腕をそっととり、急いでその場を離れた。その間も、花や軽食を販売する商人たちが両手いっぱいに物を抱えて大声をあげていた。

　二人が競技場から離れた後も、ヒースフィールドは観衆たちと商人の声に包まれていた。

第54話　ヒースフィールドに翻る旗

　ヒースフィールドにやってきた人々は、身分を問わず試合中はテントに滞在することになる。

　テント型宿舎は数百年も続く伝統だった。建国初期の先祖たちが遊牧民だったからといういわれもあるが、短い間しか使わないこの場所に建物を建てるのは非効率的だからではないかという説もある。

　ヌリタスとルーシャスは、腹の出た中年男性官吏に案内され、モルシアーニ公爵家のテントへと向かった。

　最も良い位置には、王の大型テントが張られていた。その周囲に、少し間隔を置いてテントがずらりと並んでいた。

　色とりどりのテントは一見無秩序に並んでいるように見えたが、すべて身分を基準に厳しく領域が分けられていた。

　貴族と王族は高い地帯に配置され色も鮮やかだった。

　一方で平民や使用人たちの場所は少し低い地帯に定められ、単調な色のテントで共同宿舎が作られていた。

「大雨などで我々貴族たちのテントが被害を受けないよう

になっているのです」

官吏が、口髭を両手で触りながら誇らしげな顔でテントについて説明した。ヌリタスは顔には出さなかったものの、心の中で小さくため息をついていた。

（身分の低いものは死んでも構わないっていう考えは、どこも一緒だな）

こんなことを考えていたヌリタスの隣で官吏が立ち止まり、地面に頭がついてしまいそうな勢いで公爵にお辞儀をすると両手であるテントを指差した。

「ここが、国王が公爵様に特別にご準備された場所でございます」

テントの外は青みがかっており、王のものより小さいということを除いて特別な点はなかった。だがこのように布で作られた建物を初めて見るヌリタスは、これが家なのかと戸惑っていた。

「こちらへ」

ルーシャスが先にテントへ入り、ヌリタスを手招きした。ヌリタスは、彼女をチラチラと見る官吏と公爵の間で少し戸惑ったが、結局テントへと足を踏み入れた。

公爵と二人きりになる状況は避けたかったが、公爵が差し出す手を断る姿を他人に見せるわけにはいかない。

緊張した面持ちで中へ入ると、テントの入り口が閉じられた。

見渡した内部は思った以上にこぢんまりとしていた。

床には動物の毛皮のようなものが敷かれており、火を熾すことのできる簡易暖炉が置かれている。公爵家から持ってきた荷物を出す前だったので、とてもがらんとした印象だった。

内部のひんやりした空気のせいで、ヌリタスの体が冷えてしまうのではないかとルーシャスは心配になった。外で待機している公爵家の召使いたちに、急いで指示をする。

「まずは火を熾してくれ。ここでの生活は不便なことが多そうで、心配だ」

公爵の心配とは異なり、ヌリタスにとってここの第一印象はそんなに悪くなかった。

女中たちが準備してくれたティーカップを手にしたまま、ヌリタスはテントの内部をもう一度見渡した。そこまで大きくないテントは心地よく、毛皮が敷かれた場所はとても柔らかそうだった。

以前は時々、仕事中に馬小屋で眠ったこともあった。そこよりは確実に整っていた。

「ご心配ありがとうございます。私は大丈夫です」

そんなことよりも、ヌリタスはテントに入った時から気になることがあった。ベッドの代わりと思われる分厚い毛皮が一枚しかないのだ。彼女は恐る恐る公爵に聞いた。

「あの、私のテントは、別にあるのですか?」

彼女の言葉を聞いた公爵は、ゆったりと両手を後ろに伸ばしながら答えた。

「まさか。ヒースフィールドでは王でさえ一つのテントで暮らすんだ。見ての通り、空間が限られているからな……何か問題でもあるか?」

ヌリタスはそれを聞いて、目の前が真っ暗になるのを感じた。

寝室の大きなベッドに一緒に入ることすら緊張するのに、横になったら肌がふれあいそうなこの場所で一緒に眠ることなど無理だと思った。

眠っている間につい寝返りを打ってしまって、彼の胸や顔に触れてしまったら……。

(駄目だ、耐えられそうにない。絶対にここから抜け出さないと)

公爵が眠っている間にこっそり抜け出して、外で休む場所を探そう。野原や物置、馬小屋くらい、ここにもあるだろう。

人目につかないようにさえすれば、問題ないはずだ。

ヌリタスはそう決心して、うなずいた。

彼女のその顔を見たルーシャスが、大切なことを言い忘れていたように一言付け足した。

「そういえば、ここは夜になると狼が出るんだ。そんなことしないと思うが、一人で夜中に散歩でもするつもりなら、やめておいたほうがいい」

(狼だって⁉)

ヌリタスにとって怖いものはあまりなかったが、以前伯爵とアビオが狩りから戻ってきたときに戦利品のように持ってきた大きな獣の歯を見たことがある。すでに死んでいたが、その大きな体をみたときに感じた恐怖をいまでも覚えている。

あんな歯で噛まれたら……。

ヌリタスが黙って肩を震わせる姿を見たルーシャスは、少し申し訳ない気持ちになった。

王が滞在するこの場所に、恐ろしい獣がいるはずがない。

野良犬くらいはいるかもしれないが、先に乗り込んでいる兵士たちがこの地域の安全を守っているはずだ。

ルーシャスには、いつも彼に背を向けて去っていく彼女をそばに置いておくための口実が必要だった。それがたとえ荒唐無稽で幼稚だったとしても。

召使いたちが皆出ていき、部屋の整理も終わると、暖炉から薪が燃える音が聞こえ、テントの中の空気が暖かくなった。

熱気がヌリタスの頬を瞬く間に赤くし、波打つように耳の方へと広がっていった。その姿がとても神秘的で目を離すことができないでいた。そんな彼女を見て自分が欲望を抱いている事に気づき、彼は慌てた。

「俺はちょっと外に出てくるから、ここで休んでいるといい」

ルーシャスはカップを置いて、ドタバタとテントを出た。このままここにいたら、きっと彼女を困らせるような行動をしてしまいそうだった。

テントの外の冷たい風が頬に触れると、やっと平常心を取り戻した。

「そうだ、殿下に会いにいかねば」

後回しにしていた事を思い出した。きっと自分の到着を知らされているはずだ。全く気が進まなかったが、これも責務だと歩き始めた。

ヌリタスは会話の途中で突然消えてしまった公爵のことが気になり、椅子から立ち上がった。

小さな暖炉から出る熱気で、テントの中はとても暑かった。

「息がつまる」

外で待機していたソフィアを呼び外出することに決めると、再びベールを下ろした。

見知らぬ場所に一人残されるのは、少しだけ心細かった。以前は感じたことがなかった感情が、一つ、また一つと、彼女の中に芽生え始めていた。

ヌリタスは顔を上げてテント式宿舎の区域を不思議そうに見渡した。

テントの形や大きさ、色が少しずつ異なっていて、まるで森の中に生えるキノコのようだった。

ヌリタスは伯爵城と公爵城以外の場所に長く滞在するのは初めてだった。新しい環境で、緊張していた。

ボバリュー夫人の授業で、馬上試合の挿絵を見たことがあったのだが、まさか自分がここに来ることになるとは、夢にも思っていなかった。まるで本の中に入り込んでしまったような不思議な気持ちになった。

この無数のテントを張ったのは誰なのだろうか。あの木の柱を切ってここに運んできたのは？

観客達は呑気《のんき》に飲み食いをして、誰かが死ぬのを青筋を立てて騒ぐのだ。誰かが汗水垂らして作ったこの場所で。

きっとこの多くのテントの住人たちは、ヌリタスのような気持ちなど感じていない。

（だって、みんな本物の貴族だから）

「奥様、まだ先にいくのですか？」

黙って彼女の後についてきていたソフィアが、テントの列が終わってガランとした広場に出たとき、少し不安そうにそう言った。だがヌリタスは、新たに登場した場所に目を奪われていた。

足下に敷かれた砂利、そして名前も分からない野の花たちが、彼女を歓迎してくれた。しかも、テントと野原の境界を守る兵士が数名槍を持って立っているため、トラブルに巻き込まれることもなさそうだった。

ヌリタスは兵士たちとある程度距離を置いたまま、野原の真ん中まで歩いていった。全身を揺らす激しい風のおかげで、すべての煩悩が消えていくような気がした。

「あーくっそ気持ちいいとこだな」

誰にも見られていないと思ったら、自然と昔の口調に戻った。だが不思議なもので、今ではそんな言葉もなんだか不自然に感じた。

貴族たちは疲れることばかりしている人種だと思った。なぜそんなにも他人の目を意識して暮らすのだろうか。貴族ごっこをしているうちに、彼らに対し哀れみを感じるほどになった。

人はこのような場所でのびのびと風を感じるだけで気持ちがいいというのに。

その時だった、強い風が吹き、しっかりと固定してあったはずのベールが空高く舞い上がった。

ヌリタスはベールが飛んでいくのをぼんやりと見つめていた。露わになった細い銀髪が、まるで野草のように揺れ始めた。

しばらくの間遠くに飛んでいくベールを見守っていた彼女は、それを拾いにいくために歩き始めた。長く伸びた野草がドレスの中で彼女の足首をひっぱり、なかなか早く歩けなかった。

「あ……！」

風が止むとベールは一瞬にして下に落ち、ヌリタスは小さな声をあげた。彼女のベールが、なぜか見知らぬ男の手にすっぽりと収まっていた。

男は背が高く、青緑色の髪の毛を腰まで伸ばし、紫水晶のような瞳をしていた。今まで会ってきた男の中で最も華麗な男だった。真っ白なガウンのようなものを羽織り、腰には金の帯を巻いていた。ガウンの間から白い素肌が見えて、彼女は軽く目をそらした。他国からきた人間なのか。一際風変わりな恰好をしていた。

顔立ちや恰好から高貴な身分だという事は分かるが、こんな野原で召使いもつけず、一人で歩いている男はどう見ても怪しい男だった。

これが、ヌリタスと『彼』との最初の出会いだった。

第55話　紫水晶の男、ルートヴィヒ・ザビエ

「お嬢さんのものかい？」

男が、響きの良い声でそう言うと、彼女に近づきベールを差し出した。

「ありがとうございます」

ヌリタスは、男の異質な身なりに警戒心のこもった目つきのままベールを受け取ると、丁寧に礼を告げた。

そして再びベールを頭に固定し、顔を隠した。貴婦人がベールで顔を覆わなければならない決まりなどなかったが、ヌリタスはなぜかこうすると気分が落ち着いた。そして男に背を向けて戻ろうとしたその時、再び彼の声が彼女を呼び止めた。

「私はルートヴィヒと申します」

先に名を明かした人を置いてそのまま立ち去るのも礼儀に反することだった。ヌリタスは自分を他人にどう紹介したらいいのかわからずしばらく考え込んだのち、ゆっくりと口を開いた。

「私はモルシアーニ公爵家の者です」

ヌリタスはモルシアーニという姓を口にすると、思った以上に違和感がないことに驚いた。

だがさらに驚くべきことが起きた。

「ああ、ルーシャスの奥方でしたか。失礼をお許しください。公爵夫人」

ルートヴィヒと名乗る男は礼儀正しかったが、どこか異質な空気を醸し出していた。

彼からねっとりと肌に絡みつくような視線を感じ、ヌリタスはベールでしっかりと顔を隠した。

（この人、今、公爵様のことを呼び捨てにしなかったか？）

不審な男に対する疑問がどんどん膨らんでいく中、ボバリュー夫人の厳しい声が頭に浮かんだ。

（貴婦人は、決して見知らぬ男と同じ空間にいてはならず、むやみに会話をするのもいけません）

ヌリタスはその言葉に関わらず、男とはこれ以上関わらず、早く公爵家のテントに戻るのが賢明だと判断した。

「では、私はこれで……」

だが彼女が別れを告げる前に、紫水晶の目をした男がとても丁寧な口調でこう言った。

「お待ち下さい、美しい姫君！　ぜひ私にあなたをテントまで護衛する栄誉をいただけませんか？」

彼女が断ったところで決して聞き入れそうもない様子で、男はニッコリと笑った。ヌリタスは本能的にどう答えても無駄だと察した。

（ヒースフィールドの夜に警戒するべきなのは、狼だけじゃなかったのか）

ヌリタスは全身の緊張が解けぬまま、モルシアーニ家のテントに向かって歩いた。

女中一人だけを連れた銀髪の女性が、数歩前をスタスタと歩いている。彼に見えるのは、ひらひらと揺れるベールと、その中に隠れた銀髪だけだった。

それは突然だった。

ベールが風で舞い上がり、そこから現れたのは冷ややかな青い瞳、さらさらと揺れる銀髪、そして彼を警戒する小動物のような姿。

その女のすべてに、なぜか心が躍った。

美しい女など生まれた頃から見過ぎて見慣れていた。いや、女に限らず人間すべてに興味など持てなかった。そんな自分の視線を一瞬で奪ったこの女は何者なのか。

「送っていただきありがとうございます」

「いえ、このくらいは」

「それでは、私はこれで」

女性はテントに到着すると彼に向かって丁寧に挨拶をして一瞬で消え去った。ルートヴィヒに挨拶を返す暇すら与えずに姿を消した女性に思わず呆気《あっけ》にとられてしまう。

「せっかく面白いウサギを見つけたというのに」

名残惜しさを隠せずに、思わず長い髪の毛をかきあげた。

＊＊＊

凶暴な獅子《しし》が前足をあげている紋章が靡く一つのテントの中で怒鳴り声が響き渡っていた。

「それで、今回の試合にはモルシアーニ公爵が出場するのだと？」

威圧的な体格の伯爵が、召使い達を威圧している。怯えた召使い達は言葉を濁らせて答えた。

「はい、そのようです」

「それで？　賭けの勢力が変わりでもしたのか？」

召使いがガタガタ震えながら黙っていると、再び怒鳴り声が響いた。

「返事をしろ！」

「あのっ、その、公爵様の出場の噂を聞くなり、ご主人様の勝利に賭けていた者の半分ほどが公爵様に賭け直したようです」

「何も分からぬ馬鹿どもが！」

彼の名前はミカエル・スリザリン。

この馬上試合で過去三年間連続で優勝しており、今回も彼の独り舞台だと思われていた。

彼はモルシアーニ公爵と同年代の、伯爵家の後継者だった。幼い頃から剣術の才能があったが、王国では彼以上に有名な騎士がいたため、彼にはその名を轟《とどろ》かせる機会すらなかった。

そんな時に戦争が起こり、多くの騎士たちが王国の旗の下、戦場へと向かった。父親は一緒に行くことを勧めたが、ミカエルは領地を守るという名目で、ついていかなかった。名誉のために命を賭けるには自分にとって損が大きすぎると思ったのだ。

同じ名誉なら馬上試合だって得られるのだから。

しかし、彼の思惑と違い、戦争の間は公爵の優れた戦績ばかりが耳に入りその名を轟かせ続けた。

(さっさと戦場で死んでしまえばいいんだ)

何度そう思った事か分からない。


そして終戦を迎え、ついにモルシアーニ公爵がこの馬上試合に参加するという話が飛び込んできた。

彼の心は乱れた。

昨年まで彼に気に入られようと躍起になっていた者たちの姿が見えないと思えばこういう事かと。

ここで召使いをいくら殴ったところで、彼の怒りは全く収まらなかった。

こうなれば、今すぐにも決勝戦で公爵と戦い、恥をかかせてやりたかった。

ミカエルは、公爵を無残に打ち負かす自信があった。

「戦争で手当たり次第切り裂く殺戮行為を犯した経験は奴のほうが多いかもしれない。だが、馬上試合はある種の芸術だ。これだけは、あいつに負けない‼」

ミカエルは怒りにまかせ、隅の方に座っていた召使いの少年に向かって、わざと酒の瓶を投げつけた。避けきれずに顔面に瓶が当たった少年が鼻血を出しながら倒れると、ミカエルは口を歪ませ笑った。

それを見ていた召使いたちは、どうか今回の試合も主人が優勝するように心から祈っていた。

＊＊＊

先ほどから王を待っていたルーシャスは、触りすぎて輝いてしまうほど椅子の手すりをこすりながら、なんとか苛立ちを抑えていた。

「また改めて来るとしよう」

困っている王の侍従に、ルーシャスはそう告げて椅子から立ち上がろうとした。

その時だった。聞きたくはなかったがずっと待っていた声が響き渡った。

「これはこれは！　我が国の英雄じゃないか」

そこには、白いガウンだけを羽織った相変わらず奇妙な服装をした王が、公爵に向かってとても明るく笑いながら近づいてきていた。

「モルシアーニ家の……」

「そんな挨拶なんているものか。キミと私の仲だろう」

「……」

ルーシャスが椅子から立ち上がって挨拶をしようとすると、王は制した。

そして、王は周りの者たちに席を離れるように手で合図を送った。

ルーシャスとルートヴィヒはしばらく沈黙を保っていたが、先にルートヴィヒが紫水晶色の瞳を輝かせながら口を開いた。

「ようやく勝利を収め、手柄をあげたというのに、こちらに顔も見せずに、さっさと領地に引きこもって。どうした、牛でも育てているのか」

「ご挨拶が遅れましたこと、誠に申し訳ございません」

全く申し訳なくなさそうな顔でそう答えるルーシャスを見て、ルートヴィヒは大きく笑った。

貴族の中で唯一彼に屈しない者。それがこの目の前の黒豹《くろひょう》のような男だった。

だからこそ彼は公爵を大切にした。……大切な意味が少々人とはずれていたが。

公爵にとってはとんだ災難だ。

「ご想像されているような暇な日々は送っておりません」

「嘘をつけ。……まぁいい、忙しいということにしておいてやろう。そうだ。私が勧めた結婚の感想は、どうだ?」

王は楽しそうに言った。

幼い頃から、ルートヴィヒに敗北という言葉はなかった。

王子という身分に生まれてきただけではない。文武両道で一度読んだ本は決して忘れず、馬に乗って武器を振り回す才能もあり人々からも賞賛された王だった。

ただ、唯一、剣の腕に関しては、彼に負けを味わわせた男がいる。

それが彼の正面に座っている。ルーシャスだ。彼はいつだって勝負の後で、勝利に酔いしれる事もなく、ただ淡々と握手を求めてきた。

それがどれほど腹立たしくプライドを傷つける行為だったのか、ルーシャスは気づいていないだろう。そのせいでついにルートヴィヒは剣を折ってしまった。

それ以降、一度も剣を握っていない。

（そうさ。私に一発喰《く》らわされた感想を、さっさと述べるがいい）

ルートヴィヒは、今の公爵の気持ちがとても気になっていた。

半ば強制的に伯爵家の娘を妻に迎えることになったルーシャスの戸惑う顔を直接見ることができると期待し、楽しみにしていたというのに、彼が結婚式を突如、小規模で行うと言い出したとき、ルートヴィヒは腹立たしさで涙が出そうだった。

だが彼の予想とは違い、ルーシャスの顔はとても穏やかに見えた。

「とても光栄に思っております」

それは型にはまった答えではあったが、偽りのない答えだという事にルートヴィヒは気づいてしまった。

あの狸《たぬき》伯爵の娘と結婚させられたというのに。ルーシャスは怒っていないのだ。復讐は失敗した。

しかし、すぐさま次の考えが浮かび、ルートヴィヒは笑顔でこう言った。

「明日の馬上試合に出るんだろう？　公爵夫人を招待して一緒に応援しようと思うのだが」

ルーシャスは一瞬にして神経を尖らせた。王が彼の夫人をもてなす理由など一つもないからだ。

「……ありがたいお言葉ですが、結構です」

ルーシャスは丁寧な言葉だがバッサリと断った。ルートヴィヒはこの公爵の反応を見逃さなかった。

「王の命令に背くのか？　君と夫人の命は、いくつあったかな？」

ルーシャスは歯を食いしばって表情を整えた。ルートヴィヒはよく突拍子もない思いつきの、冗談のような言葉を発するが、実際そうでないことが多かった。

彼が命じるなら、気は進まなくとも受け入れるしかないのだと長年の付き合いで分かっていた。

「わかりました。用件がそれだけでしたら、私はこれで失礼いたします」

「明日が楽しみだな。まさか結婚したばかりで夫人を未亡人にするつもりではないだろう？　ま、私には別に、どうでもよいが」

一人でくだらない話を並べてケラケラ笑っている王に向かって頭を下げると、ルーシャスはそれには答えず急ぎ足でその場を離れた。

公爵の姿が完全に消えると、ルートヴィヒは手で合図を送る。王の配下が姿を現した。

「公爵夫人について調べ上げろ」

ルートヴィヒは、お互いの関係が良好でなかったロマニョーロ伯爵家とモルシアーニ公爵家の結婚を命じた。

表向きには戦争の勝利に大きく貢献した公爵に対する報酬であったが、実際は嫌がらせのつもりだった事をルーシャスは知っていたはずだ。

それなのになぜ彼からも、ロマニョーロの老いぼれからも忌避する話が出てこなかったのか、不思議に思っていた。


ルートヴィヒ・ザビエは賢い王であったが一つ、大きな問題があった。

人間性に著しく欠けていたのだ。

大切にしていた猫や犬に向かって矢を命中させて逃げ惑う姿に喜びを感じた。大切な物を執拗に追い詰めたくなる衝動があった。

だが賢いルートヴィヒはそうした性質を他人がどう思うのかすぐに理解をして普段は隠すようにしている。

だからこそルートヴィヒにとって馬上試合はぴったりの場所だった。

本来むやみに人の命を弄んだら暴力的だと非難されるが、ここはどうだ。

「ゲーム」「賭け事」「戦場に出た時の訓練」それらしい包装紙で包んでしまえば、誰もが誤魔化《ごまか》された。それどころかルートヴィヒ同様にこの場所を楽しむようになってきたのだ。


「さて、一体何が出てくるか」

彼は愉快そうに笑った。

ガブリエラブックスをお買い上げいただきありがとうございます。
Jezz先生・なおやみか先生へのファンレターはこちらへお送りください。

〒110-0016 東京都台東区台東4-27-5 (株)メディアソフト
ガブリエラブックス編集部気付 Jezz先生/なおやみか先生 宛

gabriella books

MGB-089
ヌリタス ～偽りの花嫁～ 上

2023年6月15日 第1刷発行

著 者 Jezz《ジェズ》

装 画 なおやみか

発行人 日向晶

発 行 株式会社メディアソフト
〒110-0016
東京都台東区台東4-27-5
TEL:03-5688-7559 FAX:03-5688-3512
https://www.media-soft.biz/

発 売 株式会社三交社
〒110-0015
東京都台東区東上野1-7-15
ヒューリック東上野一丁目ビル3階
TEL:03-5826-4424 FAX:03-5826-4425
https://www.sanko-sha.com/

印 刷 中央精版印刷株式会社

フォーマットデザイン 小石川ふに(deconeco)

装 丁 齊藤陽子(CoCo. Design)

ISBN 978-4-8155-4315-0